U0115302

文學研究叢書・臺灣文學叢刊

李萬居譯文集

李萬居　著　許俊雅　編

編者序

　　李萬居（1901～1966），號孟南，原名李桑，臺灣雲林人。知名報人、政治家，敢言人所不敢言而有「魯莽書生」之稱。出身貧農家庭，十歲喪父，十九歲時，母親不堪日本保警不時催租而自縊身亡。一九二四年到上海求學，先後在文治大學、民國大學學習，曾受教於章炳麟門下。一九二五年留學法國，在巴黎大學文學院攻讀社會學，並加入極右具中國民族主義的中國青年黨，且終身為該黨黨員。一九三二年秋返回上海，從事法文著作的翻譯，在南京中山文化教育館擔任編譯，在《時事類編》刊載了極多的翻譯作品（請參見附錄〈生平著作年表初編〉），內容以政治經濟為中心，專載從外國雜誌譯介的時事性論文。抗戰軍興，王芃生籌組國際問題研究所，邀請李萬居加入，並擔任港粵區辦事處主任，在香港結識於香港郵政總局郵電檢查處工作的謝東閔。幾經職務變動，於一九四四年冬隨著湘桂大撤退，全家抵達重慶，且加入了中國國民黨於一九四一年輔導成立的臺灣革命同盟會，負責機關報《臺灣民聲報》的發行工作，鼓吹抗日。

　　抗戰勝利後，一九四五年九月隨國民政府回臺，出任行政長官公署新聞專業專門委員，以國民黨政府名義接收《臺灣新報》改名《臺灣新生報》，任社長。一九四六年起歷任數屆省參議員與省議員，在省議會中對保障民權、中央民代改選、國民黨專政等多所質詢，致力於民主政治與言論自由的爭取。與郭國基、郭雨新、李源棧、吳三連合稱為「五虎將」。質詢內容豐富，對臺灣一地的軍政、經濟多有涉獵。二二八事變中任處理委員會委員，被視為是「主動及附從者」，然而倖免於難。一九四七年《臺灣新生報》改組，權力實被架空，遂

另創辦民營報紙《公論報》，任發行人兼社長，標榜言論自由，時有針砭時弊之語。一九四九年國民黨當局藉口《公論報》刊登人口數字失實，罰令報紙停刊三天。然而辦報不脫書生習氣，缺乏企業化經營手法，經常出現週轉不靈的狀況。為了挽救《公論報》，李萬居以增股的方式改組，但卻發生產權的糾紛，與出資過半的臺北市議會議長張祥傳對簿公堂。此時，李萬居正積極投入「中國地方自治研究會」，並參與籌設「中國民主黨」，同雷震往來。一九六〇年雷震被捕後，李萬居也受到當局打壓，十一月《公論報》因其一貫持反對立場，而招致改組訴訟案敗訴，次年該報經營權被迫易手。最終由聯合報系董事長王惕吾收購，於一九六七年易名為《經濟日報》問世。陳玉慶回憶與《公論報》一段因緣時，特別提到他印象中的李萬居「是一個爽朗的謙謙君子，但在議會中針砭時弊時，卻像變了一個人，慷慨激昂，諤諤敢言，然後把自擬的質詢文稿，全文登在《公論報》上，因此被記者取了個『魯莽書生』的綽號，在議會中成為黨外『四龍一鳳』的首領。同時《公論報》也令人耳目一新，聲譽鵲起，不久便贏得『臺灣大公報』的美稱。」李萬居雖然仍有心辦一份給青年人的雜誌，但是因為糖尿病的舊疾復發，妻子又邃逝，內外煎逼，身心俱疲，而於一九六六年四月九日溘然長逝。綜觀一生，其人其行，令人嚮往之。

臺灣過去對李萬居的討論，集中在政治領域，對於他擔任省議員、國大代表、創辦《公論報》等等事蹟，都有極詳盡報導，幾本李萬居傳記也都能發前人所未發，提供了甚多難得資料，但對於李萬居在文學翻譯上所付出的心血，較未著意，其實他與黎烈文、胡風、耿庸、章士釗等人皆熟識，留法時即與黎烈文熟識，在黎烈文主編《申報·自由談》時，李萬居譯著即刊其上，來臺後的黎烈文又與之共事過一段時間，章士釗曾寫過〈懷李萬居〉，詩云：「兩年三度到灣

頭,妙句曾教憶陸游。喚作主人元是客,知非吾土強登樓。閒情爾
我幾無二,奴役東西豈不侔。與子儼然成二老,漫言來往亦風流。
（1946～1947年,吾三度赴臺）。洪炎秋在憶述〈張我軍兄〉一文裡
曾提到早年與李萬居的一段筆墨紛爭,文章說他暑假回臺灣,「在臺
中發行的《臺灣新聞》的漢文版上,讀到一篇李萬居兄寫的痛罵《亂
都之戀》的文章。文章內容已因經過太久,記不清楚,大約是反對
戀愛的。我那時候正在耽讀廚川白村的戀愛論,醉心於他所提倡的
Idveiskst,深不以李說為然,就用筆名（我一生極不願意不用真名寫
文章,不過在《臺灣新聞》上寫過兩次,一次應徵它的紀念徵文,得
了小說第一名,獲得獎金六十元,對我留學日本,大有幫助,這是第
二次。）寫了一篇文章,痛加駁斥。我們都在二十多歲的年紀,火藥
氣味極重。因為他在文後用括弧寫著『寫于上海南方大學』;我也討
厭他想要用大學生的大帽子來壓人,所以也針對著他,寫了『寫於北
京北京大學』。他不服氣,又寫了一篇反駁的文章,開頭先指摘我冒
充北京大學生,因為他認識的臺籍北大學生中,沒有我這樣的人;接
下去大都是無理取鬧的話。我認為這種筆墨官司,終歸是打不出所以
然的,就置之不理。當時我和李萬居兄,未曾見過面,光復後都回臺
灣,從事新聞事業,成了好朋友,直到他去世,可惜始終沒有機會把
年輕時代的這一檔子可笑的鬧劇告訴他,感到非常的遺憾。」大約可
知一九二○年代的青年李萬居,仍是比較謹守傳統禮教的[1],雖然人在

---

[1]　張我軍〈隨感錄〉提到李萬居對他一百左右字的序文,作了幾千字的反駁文字,
　　「使我不知道是光反對我的戀愛觀、或是反對一切的戀愛,再則、是反對我的文學
　　觀」,文刊《臺灣民報》第94號,1926年2月28日,頁13。從文章來看,二人不
　　相識、無恩怨,但李萬居畢竟也是說的是感情上的話,大約是反對自由戀愛。至於
　　洪炎秋此文似乎因時間過久,細節不復清楚,致筆者仍有些疑惑。其時傳統道德觀
　　念之保守,累見各報刊,如對文明、戀愛自由之說,臺灣傳統文人有很多不大能
　　接受,即使贊成戀愛自由的洪炎秋亦曾寄啟明（周作人）書函,對臺灣自由戀愛之

上海，但大學生時代就踴躍投稿，已稍有名氣，其詩作每多奇句而可觀。

李萬居也從事翻譯，其譯作〈蛇蛋果〉、〈威爾幾妮與保羅〉已在一九二〇年代的《臺灣民報》刊出，從他所選譯的作品觀之其選材眼光獨到，所譯文學作品之藝術性皆極高，具有世界文學的視野。因之，筆者特別將其相關文學的譯、著，蒐羅彙編成一書，期待在政治鐵人一面外，呈現他文學柔情的另一容顏。雖然其志不在以詩文名家，但文學作品亦可觀其心志及內在心靈世界。他的譯著有《關著的門》、《詩人柏蘭若》、《現代英吉利政治》、《法國社會運動史》、《為誰寫作》、《戲劇與教育》等書，尤其在《時事類編》所譯極多（目前李萬居研究者多忽略了李氏在南京中山文化教育館任職，並參與了《時事類編》的編輯及撰述），個人亦已全面蒐羅整理，但刊《時事類編》之譯著，一如其刊名，時事政論類為多，因此目前本書先就文學文化方面相關的若干譯作及李萬居自身的創作先出版，其餘則等待他日機緣。事實上，李萬居在《時事類編》的譯作相當多元，其中亦有不少在今日仍值得省思之作，如〈歷史與科學〉（2 卷 25 期），他從自然科學的定義「探討」、「求真」出發，認為史學與自然科學性質相同，「歷史學家必須像化學家分析礦物那樣細心，一個化學家無論他較量過的數如何，甚至於有害他的理論，然而他卻沒有權利加以

風，表達不以為然之意，信件云「昨閱《臺灣新聞》，發見有關世道人心之妙文一篇，素知先生對於此種文章，樂為宣佈，亟為剪下送呈，煩為登諸語絲，俾海內賢豪知吾臺灣雖淪於夷狄者垂四十年，尚能力挽狂瀾，維國粹之聖道於不墜，洵可使聖道會諸公，手舞足蹈，嘆同志之大有人在也。……洪櫨寄自臺灣。」《臺灣新聞》此文標題「深閨少艾與男子私約　並肩攜手狹褻備至　因有傷風化即被拘捕訊問。」以失貞、無恥、不孝三者責之。見〈臺灣的禮教〉（信函標題為《語絲》編者所加），《語絲》1927 年第 148 期，頁 157～159。張我軍、李萬居、洪炎秋三人後來都留居中國發展，直到戰後初期返臺，亦都成為好友，是臺灣文化界重要人士。

變更；歷史學家也是一樣的，當他在敘述史實時，他沒有權利放棄或變更會妨礙他的意見的參考材料。」我想：要深刻而全面客觀理解李萬居，從他的辦報、編輯及政事活動固然是一條路，掌握他的譯事創作活動，也是一條重要的路徑。我個人仍自我期許日後能將李萬居其餘的譯作整理出版，對於這麼一位重要而讓人敬重感佩的文化人，我們所做的實在是太少太少，那能不汗顏？

許俊雅

謹序於二〇一二年新春期間

編者說明

　　李萬居譯文多半完成於一九二八年至一九四五年，當時文字使用習慣及標點點符號之用法與今日有若干差異，標點符號雙引號者為今日之單引號，因此直接改正，至於文字的處理，本書採取三種方式，一是明顯錯誤者逕自訂正，如和靄改為和藹、年青改為年輕。二是不影響文意者予以保留當時現狀，如一班、燬滅、播弄、那末、兜弄、一付、一只、傍邊、計劃、朕兆、蘇甦，另「牠」字亦保留，做為非常意思的「很」，亦保留過去以來的用法「狠」（如《儒林外史》等小說即時見），一九二〇、三〇年代文人寫作時依舊都是使用「狠」字，如黎烈文諸多譯作亦如此。第三種是意思相通者直接改換，如重覆改為重複、雰圍改為氛圍、飫立改為創立、傚法改為效法、贊賞改為讚賞、週圍改為周圍、部份改為部分、喝彩改為喝采、那管改為哪管、散砂改為散沙、技倆改為伎倆、附麗改為富麗、彫刻改為雕刻等等。這些詞彙有些是古籍的用法，有些是當時白話文初發展時的用法，並無錯誤，為方便現代人閱讀，又希望能保留當年翻譯的風貌，編者因此做了些微調，謹此說明。

目次

編者序 / *許俊雅*
編者說明
圖版

附錄

不同時期的李萬居

◀傅潤華主編,《中國當代名人傳》,
　世界文化服務社,1948年。

◀李萬居

▲1946李萬居（左四）在臺北賓館舉行新年園遊時攝。

▲1946年5月1日，臺灣省參議會在南海路的會址成立，議長為黃朝琴、副議
長為李萬居，秘書長為連震東，皆為大陸返臺人士。（臺灣省議會提供）

⬆1956年，李萬居（右一）與沈雲龍合攝於臺北市金華街中圍。

⬆1960年元月，李萬居合家攝於銀婚（結婚25年）紀念。

雲林縣

△雲林縣（當選五人，原候選人七名）

① 李萬居青年黨 五一、四二一票 連任
② 廖萊輝國民黨 四五、三九〇票 新任
③ 王安順國民黨 四一、八〇九票 新任
④ 林午港國民黨 三七、一一六票 連任
⑤ 林蔡素女國民黨 一六、三四〇票 連任

選民三五〇〇、八〇九人，投票數二三七、七〇三票、投票率七七、一五％，廢票八、〇八四票。

△雲林縣❸李萬居

▲臺灣省第三屆議員當選名單及票數：雲林縣。《民聲日報》1963年4月29日第3版。

▲李萬居與公論報昔日同仁合影。

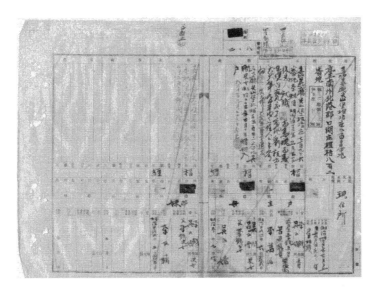

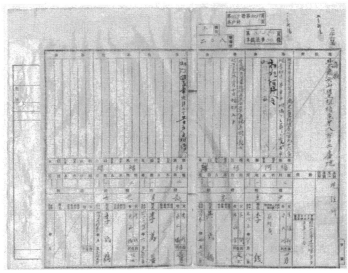

⬆ 李萬居日治時期戶籍謄本。

三，民眾是革命政黨的活動基礎

革命政黨應向何處去活動呢？團着看向民眾方面去活動。革命政黨了解政黨的意義，與政黨打成一氣而政黨的後援。如果醒開民眾活動，便是沒有下層工作，那黨却要做下層工作了。況且這然不做下層工作，任何黨派也難與之為敵了。

向民眾活動的革命政黨可有以下幾種好處：（一）本身得着民眾的勢力，倒止敵黨的活動。在未得政權以前的革命政黨固須以民眾運動的基礎，才能依賴民眾，取得政權，既得政權以後的革命政黨尤須握住民眾運動的領導地位，才能依賴民眾維持政權。不過革命政黨既得政權以後，每每大家趨於爭權奪利，升官發財一條路上去，將民眾當做敵門磚丟了。結果革命政黨便與民眾愈離愈遠，而成功民眾之敵。

威爾幾妮與保羅

法國 Villiers de L'isle-Adam 著

李　萬　居　譯

這是寄宿舍右廣邊的鐵柵。遠處的鐘聲穿了十下。四月的一夜天空溶藍而且栗藍。那些尼兒奸惶樣子一般。成淡的輕颷接過女們的寄宿舍了。

日間她們正似磨場中的小鳥，在那裏嬌嬌婉……

▲〈威爾幾妮與保羅〉刊《臺灣民報》，又刊《醒獅週報》1928年第188期。

寫實派健將巴爾扎克略傳

李萬居

從拿破崙第三帝位至第三共和成立的初期，寫實主義(Réalisme)在法蘭西文壇上頗佔優勢，風行一時；至其誕生的歷史卻已經過和當的歲月：當浪漫派昌盛的時代，巴爾扎克，斯丹達爾(Stendhal)，梅里梅(Mérimée)等人就已抛棄摹仿原來傳統的抽象的描寫，樹起與浪漫派對抗的鮮明的旗幟，而往重各觀事實的精細的研究分析，和描寫(參閱現代法蘭西文學研究 M. Brannschvig: La Litterature Franc,aise Contemporalne, t. III, p. 104—116)。但是寫實主義的普遍運動還是在一八五二年以後的事情，從這個時期想，無論是小說家，詩人，戲劇家，哲學家和歷史學家都是傾向於事實的精細的研究；因為自一八三〇年至一八四二年孔德(Auguste Comte)的名著實證哲學講義(Cours de Pluosophie Positive)陸續發表以後，法蘭西的學術界和思想界因受着實證哲學的影響，根本發生動搖，而突起一種新運動和新趨勢，就是文藝界也不能例外，而受了它很大的影響。所以寫實派才有一八五二年普遍運動的一幕。這是寫實派誕生及其運動的過程。

▲〈寫實派健將巴爾扎克略傳〉書影。文刊《現代學生》1932年第2卷第5期

▲〈瑞士的少女〉書影，刊《申報‧自由談》，1932年2月5日第14版。

〈中學生時代的普魯東〉書影。
文刊《中學生》1932年第29期。

➡〈得救的鄉村〉書影。

文刊《時事類編》1934 年

第 22 期

◀〈鄉村中的鎗聲〉書影。

文刊《時事類編》1934 年第 24 期

〈懷疑主義的詩人比蘭台羅論〉書影。
文刊《文化月刊》1934年第1卷第15
期。

〈懷疑主義的詩人比蘭台羅論〉書影。
文刊《時事類編》1935年第3卷第4期。

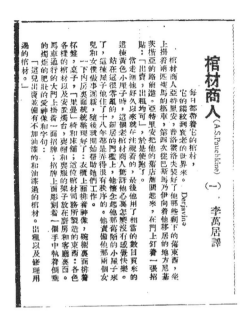

↑〈棺材商人〉刊《中央日報》1935 年 6 月 4 日 11 版。

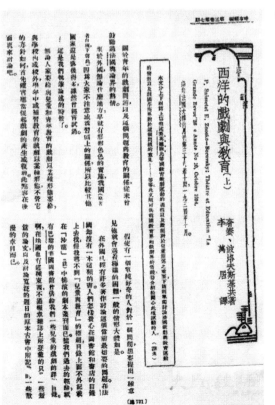

←〈西洋的戲劇與教育（上）〉
刊《時事類編》1935 年
第 3 卷第 7 期。

◀〈為誰寫作？〉刊《時事類編》
1935 年第 4 期。

▼〈莫泊桑論〉刊《文藝月刊》1936
年第 9 卷第 3 期。

➡〈日本存金究有多少〉書影，刊《申報‧自由談》，1938年10月29日、11月5日。

⬅〈日本國民的厭戰情緒〉刊《申報‧自由談》1938年12月16日第4版。

←〈日本民眾的反戰運動〉書影。

　刊《文化批判》，1939 年第 6 卷第 1
　期。

↓〈福建與臺灣〉書影。

　文刊《東南海》1944 年第 1 卷第 1 期。

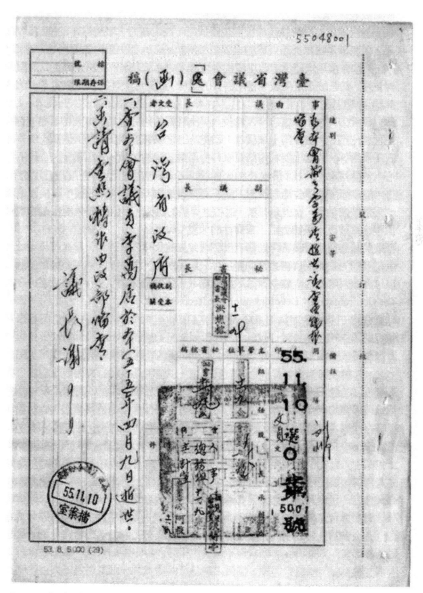

▲1966年李萬居逝世，臺灣省議會函請省政府轉報內政部備查函稿。

←刊《自由中國》1960年第23卷第1期。

↓臺灣省參議會副議長李萬居致函秘書長連震東介紹呂一塵為該會生產小組會工作。資料來源：《數位典藏與數位學習聯合目錄》

李萬居先生在選舉改進會委員會議第一次會議中致開會辭全文

各位先生，各位女士：

今天是選舉改進座談會委員會議第一次會議，諸位熱心的大家於百忙中抽暇參加，我們謹以萬分誠懇的心情來歡迎各位，同時感謝各位不辭勞苦，踴躍參加。

自上月十八日選舉改進座談會檢討選舉問題以後，引起全國各地的熱烈反響與期望，所接獲各地來信與投函，以及海內外僑胞紛紛的報導和消息，並非文字所能一一加以介紹。此間，國際輿論對於此事的評論與注意也不少，香港、東南亞和美洲各地來信探詢新黨組織情形的，如雪片飛來，其中許多朋友也接受和支持這個主張的號召。我們對於此種反響和熱烈期望，實在是有一句話不得不向各位表示衷心的感謝。

凡是實行民主政治的國家，它的國內必定要有兩個以上的政黨，互相制衡，才能發生作用。反過來說，今日我們國內祗有一個國民黨獨大，這是不健全的現象，我們正北伐以後，這個現象雖然改化，至三十餘年來，還是如此。中山先生所壯今一造成凤凰...

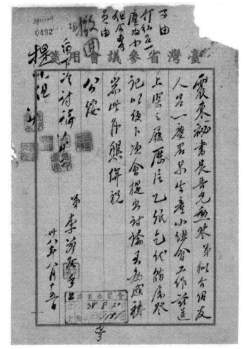

◀陸軍軍官學校第四軍官訓練班校慶，孫立人函謝李萬居賀電暨臺灣省警備總司令部政工處為李代總統蒞臺舉行歡迎大會，函附入場證致臺灣省參議會。資料來源：《數位典藏與數位學習聯合目錄》

▼臺灣省參議會第一屆第五次大會李萬居副議長建議郵電收費應依照臺幣匯率比例計算。資料來源：《數位典藏與數位學習聯合目錄》

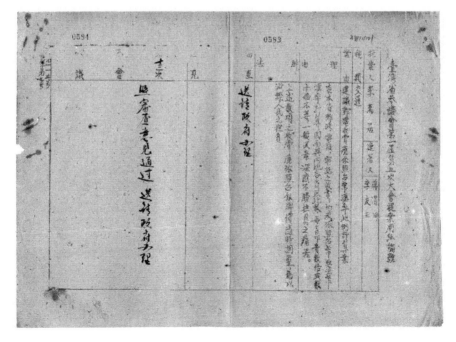

詩人栢蘭若

1931年4月中華書局印行。

序言

　　本書的原著者法國賽薩‧義特里（Sacha Guitry）係一八八五年二月一日生於聖栢爾斯堡（Saint Petersbourg），就是名優梨西映、義特里（Lucien Guitry）的兒子。他小時對於戲劇便具有聰敏的天資，十八歲寫了一編三幕喜劇名為：「Nono」，獲得了意外的好評；他不但是個劇作家，並且是個舞臺上的名角色。但他生性不羈，所以在中學肄業的時候，常常不見容於學校當局或教師，而經了十多次的轉學。

　　本劇以法國大革命時期反抗帝制或專制政府非常激烈的著名歌者栢蘭若（Tean Pierre de Béranger, 1780～1857）做主人翁。栢蘭若因極力攻擊當時的政府，一八二一年致被捕下獄三個月，罰款五百佛郎，一八二八年又坐了九個月牢獄和一萬佛郎的罰款；他死的時候，全巴黎人都去參加他的葬式。這是一編史劇，可以說是栢蘭若的生涯。

　　義特里的作品都是用純粹、簡鍊的巴黎語言（Parisien）寫成的，又本劇中的幾首歌係當時很流行的東西，頗不易譯，加以譾陋的我更難譯得滿意，現在雖然勉強譯成，但錯誤和不達之處定不能免，如蒙讀者諸君指正，竭誠歡迎！

　　此劇初次的上演係於一九二〇年正月廿一日在聖馬爾丁門戲院（Théâtre de Porte Saint-Martin）。

　　譯此書時，有許多地方頗得我的朋友黃君維揚的教益，用特在此表示我的誠懇的謝忱。

譯者　十九年四月中旬於巴黎郊外

詩人栢蘭若

法國義特里（Sacha Guitry）作

作者

　　義特里（Sacha Guitry,1885～1957），今譯作「吉特里‧薩夏」，法國演員、導演和劇作家，生於聖彼德堡（現列寧格勒）。父為法國演員兼戲劇家呂西安‧熱爾曼‧吉特里（1860～1925）。他五歲時首次登臺演出。十六歲時寫出第一部劇本《小侍從》，第二年成為巴黎文藝復興劇院的一員。五年後劇本《諾諾》首次獲得成功，此劇本是他持久而成功的藝術生涯的起點。早期成功的戲劇有《更夫》（1911）和《嫉妒》（1915）。一九二○年，他在巴黎建立了自己的劇院，他和他的劇團在倫敦演出了《魔術師》和《大公》。在近五十年的戲劇生涯裡，寫下一百三十多部戲，其中不少劇作由他本人在各商業性劇院參加演出。參加演出的第一部電影是《愛情與冒險的故事》（1917）。此後他做為演員、導演或電影腳本作者，或者同時身兼三職，參加了許多影片的拍攝，還經常身兼幾個角色，如在《我們重遊香榭麗舍大街》（1938）中。他被視為法國兩次大戰之間的輕鬆喜劇代表作家，他善於描繪巴黎風情，劇作情節常圍繞男女愛情糾葛展開，其中以《忌妒》、《一場夢幻》、《家父有理》、《幾時我們演喜劇？》、《夫人們請不要聽》、《托阿》最為有名。其他的戲劇包括《法國的歷史》，《騙子的故事》（1935）和《不要聽，女士們》（1942）。著名的電影則有《跳四對舞的人》（1938），《拿破崙》（1955）和《兩個人的生活》（1957）。一九三六年曾獲法國四級榮譽

勳位。另請參譯者李萬居的〈序言〉（見前述）。（編者）

譯文

序劇的登場人物

媚賽琳‧聖若勒斯特

農民

農婦

梭密老人

栢蘭若

序劇

舞臺的佈景，是在千七百八十年奧塞爾附近的一個鄉村的農民家裡。一個婦人坐在搖籃傍邊縫補衣服。幕啟後，一下門開，一個男人出來。

農婦　你在這兒嗎？

農人　是……

農婦　唉！怎樣呢？

農人　唉！算了……不該再想了……牠死了！

農婦　牠死了嗎……？

農人　是！

農婦　你有沒摸牠的心？

農人　我摸了牠的心……我又轉了牠的眼睛……完了，罷‧……不該再想牠了！……

農婦　牠已冰冷了嗎？

農人　啊……並且像石塊一般硬！

農婦　可憐的老母雞！

農人　呀！那是一隻好母雞！

農婦　你幹了什麼事情？

農人　我把牠放在雞欄裡面……

農婦　你應該把牠埋掉……

農人　不……今晚，我把牠送給梭密老頭子去！……那個小
　　　孩怎樣？

農婦　啊他很好……

農人　他還是哭嗎？

農婦　是，哭，常常！

農人　人家會想為甚麼緣故就哭了哩……多麼漂亮的小孩
　　　兒！

農婦　是，不過他哭得太厲害。

農人　你要怎樣……到底總不能夠打他！

農婦　啊！可憐的小乖乖……不，那是一定的！……不過
　　　呢，仍要想想看有沒有法子可以叫他不哭……

農人　或者應該先找一找……他為甚麼哭的理由來……

農婦　理由，對哪……

農人　我跟你談，因為我十分相信我已找到了，這理由……

農婦　你嗎？……

農人　是！……這怕完全是由於你的奶的不好！

農婦　啊！這……你要我怎麼辦呢！假如我再也沒有奶了，
　　　那並不是我的過錯！

農人　嚇，不錯……但是，那更不是他的錯！

農婦　那麼，以後呢？

農人　嚇，那麼以後……以後……應該想……

農婦　應該想什麼？

農人　應該想用旁的方法來養他，呸！……那不是像一隻雞！

農婦　為什麼緣故你對我這樣講，像這樣……你總不相信我
　　　會讓他餓死……

農人　那麼，你怎麼辦呢？

農婦　我要弄粉奶給他吃，就是這樣……

農人　照你喜歡的那樣做……不過要弄點東西……馬上就弄
　　　吧！

農婦　等一下……隨後我就弄去！

梭密老人　（來站在門檻上）　嘿！啦！嘿！啦！孩子們，不該吵
　　　嘴！

農人　啊！家裡並沒吵嘴，梭密伯……好呀！

梭密老人　好呀，我的孩子們……

農婦　好呀……

農人　我們有一隻母雞死了一個鐘頭要給你。

梭密老人　死得好……我明天來吃牠罷！……小孩怎樣呢？

農婦　啊！好……

農人　喂，我要跟你商量，跟你……

梭密老人　商量什麼，說！

農人　我的老婆已經沒有奶了……你想一想看！

梭密老人　怎麼！

農人　是哪……從昨天起就差不多完全是水……

梭密老人　那麼？

農人　那麼，請你給我一點意見……

農婦　為甚麼緣故你拿這事體來問梭密伯伯呢？

梭密老人　因為他知道老年人都有點像醫生，我的女！……活得
　　　久的人就是看見死的人多，結果就得到經驗……

農婦　那是可能的……但是我，這個小孩的事體，我不要那

麼多的意見……

梭密老人　呀！……

　　農婦　不要！

梭密老人　你要用什麼東西來代替奶汁給這個小孩呢？

　　農婦　唉！那我就弄些粉奶給他吃！

梭密老人　唉！好，你會把他弄得更糟糕！

　　農婦　因為……

梭密老人　因為我告訴你！……粉奶裡面沒有給他的力量，勇氣和聰明的東西！

　　農婦　我該把什麼來養他，纔能夠給他有那些東西呢？

梭密老人　你應該給他，像人家給我的東西一樣，給我……

　　農婦　是什麼東西？

梭密老人　那就是完全好好地浸在酒裡的麵包！

農人和農婦　啊！……

梭密老人　這就是蒙爾昂（Bourgogne）的習慣，是哪，我的孩子們……

　　農人　沒有危險嗎？

梭密老人　危險嗎？……但是你看一看我！我已六十七歲了……假使從這裡跑到教堂你追得著我，我的孩子，我允許你跟牧師接吻！……相信我的話吧，沒有什麼比這個再好的！第一這就是使他學唱歌……人家要叫鳥啼得好，就是把這東西給牠們吃……

　　農人　我很知道這可以給他好處……不過有點使我害怕！

梭密老人　為什麼害怕呢！……你可以常常地試！……假使這給他不好……你就不要再給他，就是這樣……。給我酒吧……讓我幹去……

農婦　我很願意試試看……不過，萬一有什麼不好的事
　　　體……我就要說這是你給他的……

梭密老人　像這樣試一次看，你或者就會說這是真實的……

農人　紅葡萄酒……請拿去！

農婦　新鮮的麵包……

梭密老人　僅僅給他一試……就夠了……

農婦　正正好，他哭起來了……

梭密老人　這會把他鎮靜下去……

農人　那我不相信……毫無用處！……

梭密老人　（側向著搖籃）　等一等看！……喂，我的小寶貝……
　　　張開口……給你好東西吃……把他的手臂按住……留
　　　心……但是不要這樣的搖，小娃子……啦……喂……
　　　啦……好了！……唉！好……他再哭嗎？……沒有比
　　　這好……哼！……你們瞧，我對啊！……照我說的那
　　　樣做去，相信我的話吧……並且會長成一個漂亮強
　　　壯的小孩跟我一樣……慢一下，他會像我同樣的聰
　　　明！……（他一口喝完了他手裡端著的一杯酒。）順
　　　便我告訴你們有個客要來……

農人　有客？……是誰？

梭密老人　媚賽琳‧聖若勒斯特小姐……

農婦　侯爵的女嗎？

梭密老人　是的！

農人　為什麼她要來呢？

梭密老人　她要看這個小孩咧……

農人　為什麼？

梭密老人　要看這個小孩！……今早我在一塊曠地聽見人家談論

這事體！……人家談論的就是這個小孩的事體……

農婦　人家談論他嗎？……談論什麼呢？

梭密老人　談論了一大堆事體！有人說他是個孤兒……你們拾來
代替你們死掉了的小孩……有些人斷言你們是偷來
的……但是又有旁的人肯定他是被他的爸爸媽媽丟掉
的……

農人　那比較近實在！……但是他們不是把他丟掉……是寄
在我們這兒養的，就是這樣！

梭密老人　為什麼他的爸爸媽媽不留起來自己養呢？

農婦　因為他的爸爸媽媽不和睦。

梭密老人　真的，他們是貴族嗎？

農人　這是真的！……瞧，這就是證據……前天我收了他的
爸爸來了一封信……

（他在抽屜裡找了一封信，交給梭密看。）

梭密老人　他寫得好！怎麼……他說不能夠繳養費……

農婦　是的……他請我們等月底……。他這樣要求我們已經
有兩次了…

梭密老人　那會拖累著你們！……歸根結底是你們的事體……但
是貴族，他們確實都是隨他們自己的便……這事結果
怕會使他們意外的更吃虧！……有一句新奇的話，慢
慢地從這個口中傳到那個口中……

農人　什麼新奇的話呢？

梭密老人　就是「自由」（Liberté）！

農人　呀！那是一句笑話！……

梭密老人　不，那不是一句笑話……

農人　（向他的婦人）　你看見他現出狡猾的樣子！

梭密老人　呀！我確實僅僅願意能夠再活四五年……

　　農人　為什麼？

梭密老人　因為要看這事會變成怎樣？

　　農人　有什麼不好的事情嗎？

梭密老人　百姓就會明瞭的……。你知道什麼是……（他搜摸
　　　　　袋子裡，從那裡面捻出一塊紙頭，他念下面這幾個
　　　　　字：）……專制政治嗎？

　　農人　不知道……

梭密老人　唉！是，好像國王和由奧大利嫁來的王后[1]……他們
　　　　　是行專制政治！

　　農人　呀！……

梭密老人　是哪！……他們甚至好像行得有點過分！

　　農人　怎麼會知道呢？

梭密老人　一定有些人看見！……

　　農人　因為這樣，那麼大家就知道了嗎？

梭密老人　就是！

　　農人　最好還是不談這事……

梭密老人　要談……不過要秘密地告訴眾人！

　　農婦　（向著窗外）啊，小姐來了……

梭密老人　在貴族面前不要講什麼話……
　　　　　（媚賽琳來在窗前。）

　媚賽琳　諸位好呀……有個被丟掉的小孩就是在這兒嗎？……

　　農人　就是此地，小姐……但不是丟掉的……

　　農婦　那是寄在我們家裡養的……

---

[1]　譯者注：即指路易十六的王后 Marie-Antoinete, 1755～1793。

媚賽琳　我可以看嗎？

農婦　　很可以看，小姐……

農人　　假使不嫌腌臢，請進裡面來！……（向著梭密老人。）她很溫和的樣子……

梭密老人　少年人……常常都溫和！

農人　　請進來，小姐……

　　　　（媚賽琳進去。）

農婦　　就是這個，看……

媚賽琳　（一面側身向著搖籃）啊！這麼漂亮……

農人　　這是個漂亮的小孩子……

農婦　　是的……但是，恰好……他又哭了！

農人　　這是他唯一的缺點，這……他眼邊的淚太多……

媚賽琳　他怕是要什麼東西……

農婦　　啊！不……他不要什麼東西……

農人　　他哭……像這樣……哭才舒服！

農婦　　不要哭，小乖乖，小乖乖……

農人　　沒有什麼法子能夠叫他不哭！

媚賽琳　你曾把他搖搖看嗎……

農婦　　搖過的，小姐……什麼法子我都用盡了……

媚賽琳　是的，你要這個東西……（她把拿在手裡的袋子給他。）不？……他恐怕是要我的帽子……。你要我的帽子嗎？……啦（她把帽子脫起來給他。）不？……

農人　　小姐，不要辛苦，去吧……。他開始像這樣哭，要哭一個鐘頭！……

農婦　　真是可憐！……

媚賽琳　我想要看他笑一笑……

農人　那你就不得不再來一次，小姐……

媚賽琳　對著我，你不笑一下嗎？……怎麼？……要怎樣辦好

　　　　呢？……喂……聽……聽我唱歌……

　　　　（她開始唱歌。）

　　　　梨如蒂[2]在小榆下，

　　　　靜把麻紡織。

　　　　她的情郎瞥見周圍無旁人，

　　　　跑到跟前來溫柔私語：

　　　　蒲麗妮蒂，[3]

　　　　我願把我的愛情

　　　　終身獻給你！

　　　　（講話）

　　　　他不再哭了！……他的名叫做什麼？

農人　讓‧彼得（Tean-Pierre）

媚賽琳　他的姓呢？

農人　栢蘭若！（De Béranger）

媚賽琳　（一面唱歌）

　　　　有時偶吹風笛子

　　　　我便歎恨你的殘酷……

　　　　他笑起來了……

　　　　有時偶吹風笛子

　　　　我像歎恨你的殘酷……

　　　　（她仍繼續地唱歌）

2　譯者注：梨如蒂（Lisette）係喜劇中的侍女。

3　譯者注：蒲麗妮蒂（Brunette）係褐色頭髮的女郎，以此呼之，蓋表示親愛之意。

幕下（序劇完）

登場人物

達列朗公爵

栢蘭若

瑪麗　侍女

瑪德琳　侍女

瑪格娌特　侍女

勒偌治葉

五個詩人　一八一三年卡維的會員

一個青年

一個輕佻工女

一個中年人

兩個少婦

一個女僕

酒家的老板　一八一三年的

若梨家老婦

保羅　木匠

酒家的老板娘　一八四八年的

三個青年　一八四八年卡維的會員

第一幕

地點　距離巴黎三法里的塞納（Seine）河岸的一間酒家，時間
　　　在千八百十三年五月的某星期日。

幕開　酒家的侍女瑪麗一面收拾桌子，一面安排餐具，她唱著歌

瑪麗　傳說「伊凡東」之王，

　　　名聲不顯於史書，

　　　不要榮華，不知曉，

睡得很早，起很遲，

但讓若尼統來加冠，

用了一頂樸素的棉帽子！

啊！啊！啊！啊！呀！呀！呀！呀！

多麼可愛的良王！

啦！啦！

（一個青年和一個輕佻工女從舞臺裡面跑進來。輕佻工女直向一張桌子跑。）

青年　啊！不，不是那兒……請你……不要坐在那兒……我們到小苑（Bosquet）⁴裡去吧！

輕佻工女　（已坐下去）　不……我們在這兒吃罷！……

青年　這裡，半點事都不能夠做。

輕佻工女　正好……甚麼事我都不願意幹！

青年　為甚麼緣故，今天甚麼事都不願意幹嗎？

輕佻工女　因為！……這是你的報應。

青年　啊！白蹧躂了一個星期日……並且是個這麼好的星期日！

輕佻工女　守你的約束就是了！……上星期日你答應今天要給我一只金手鐲……你只會做空人情……給你糟糕！

青年　我把這星期所賺的薪水，自己買了一雙皮靴……我那雙舊的已經爛了……

輕佻工女　單單知道幹你自己喜歡的事體……

青年　剩下的錢恰夠開銷中午的飯錢！

4　譯者注：法國的咖啡館或飯店的前後，每每培植了許多灌木，名為「Bosquet」等於小園林一樣。

輕佻工女　罷了，今天甚麼事情我們都不必幹！

青年　那末，這不是會抑制你嗎？

輕佻工女　是的，會抑制我……但是，我知道抑制你比我更厲害……我們不到小苑裡面去吧！

青年　啊！這是你的不好！……我整星期都在想這事體！

輕佻工女　手鐲也應該想一想罷！

青年　不過，手鐲的事我曾想過……

輕佻工女　沒有想到像那樣吧！

瑪麗　（挨近他們）　兩個人的中飯嗎？

青年　是的！

瑪麗　要菜單看嗎？

青年　要！

瑪麗　（交菜單給青年）　菜單……

青年　（一面瞧著菜單）　好……

瑪麗　什麼酒？

青年　紅葡萄酒。

瑪麗　在這兒還是在小苑裡面呢？

青年　這裡，哼？……我想在這裡好……

瑪麗　隨你的意思！（她踏上階簷，進到飯店裡面去，一面呼著）兩個人的中飯和紅葡萄酒！

青年　這時候等吃飯，你還是願意到河邊去散一下步嗎？

輕佻工女　我不願意去。

青年　天呀，但是我那能夠做什麼給……

輕佻工女　給我手鐲吧！

青年　啊！……

（一個人進來，這人就是勒偌治葉。）

勒偌治葉	呵啦……有人在嗎！
瑪麗	（站在門檻上） 好呀，先生！
勒偌治葉	你好，孩子！……有位子麼？
瑪麗	有，先生……那些桌子都是空的，揀吧……不過，或者到小苑裡面去好？
勒偌治葉	不，小苑讓給那些戀人們去吧！
青年	你聽！……我們到小苑裡面去不……
輕佻工女	不。
勒偌治葉	那麼，還是在廚房附近的地方好……因為菜比較熱些！
瑪麗	預備幾個人的餐？先生。
勒偌治葉	六個人，孩子！……請把菜單給我看罷……（他瞧著菜單。）多添一小碟……另外，每人多給一份油炸的東西！……總之，請弄好的滋味來……我們都是饕餐的人！……告訴你的老板說：這張桌子是勒偌治葉先生定的……
青年	那個人是著名的歌者……你聽到沒有？
輕佻工女	那干我什麼事。
勒偌治葉	另外你再告訴他：我請的客都是卡維的會員！……不過，你要知道甚麼是卡維（Civeau）呢？
瑪麗	不，……實在我不知道！
勒偌治葉	好，那麼，我告訴你吧，孩子，卡維是法蘭西第一流的歌者所組織的著名團體！……這個會是專收納那些有智慧的人……而不收容愚蠢的人……因要避免吵架，我們不許婦女進會，又為要減少麻煩，我們排斥好酒之徒，新聞記者和那些難惹的人加

入！……我們再十分鐘就來……（他登上階簷，在出去以前，對著瑪麗說：）你這雙眼睛非常好看，孩子！

瑪麗　謝謝先生……等一下見！

青年　在這五分鐘，不去散步去嗎……？

輕佻工女　不！……

（瑪麗排著勒諾治葉剛訂的六個人的餐具。隨後一面鋪排，一面唱歌。）

瑪麗　每天自理四餐飯，

　　　在他茅茸的王宮裡；

　　　騎在驢子背上，

　　　慢慢地巡遍他的王地！

　　　篤信善行，

　　　和藹，樸質，

　　　若問他的護衛，

　　　僅有狗一只！

　　　啊！啊！啊！啊！呀！呀！呀！呀！

　　　他是多麼可愛的良王，啦！

（這時候聽到：「有人在嗎」的呼聲。老板出來的時候差不多怒氣滿臉。）

老板　唉！罷，罷！瑪麗……你沒有聽到樓上有人喊嗎？

瑪麗　我唱歌……沒有聽到。

老板　你應當快點兒吧！……並且應該客客氣氣，尤其……你知道是誰在樓上，是不是？

瑪麗　就是，就是，我知道！……那麼，這是了不起的事體嗎？

老板　看哪，怎麼那個人進這酒家來呢？……呀！是
　　　的……！假使他僅僅來了三次，個個人都會認得
　　　他……我也可以算他加倍的價錢。

瑪麗　（對著自己說）　無論怎樣，他都要算加倍的價錢！

老板　那麼，用心打聽，為什麼緣故今早他到這兒來吃飯
　　　呢？……

瑪麗　好！

老板　輕快一點！

瑪麗　是哪……

　　　（瑪麗去了。一秒鐘後，另一個女僕兩手捧著一個
　　　蒸氣騰騰的盤出來。）

老板　快去伺候，我的孩子……

青年　怎麼，五分鐘的散步有甚麼了不起的事嗎？

輕佻工女　啊！麻煩極了！……

　　　（後來她決定了，於是兩人踏到上面出去。剩下老
　　　板自己一個人，他一面低聲唱著「伊凡東之王」的
　　　歌，一面安排著盤子。）

　　　（幾分鐘後，瑪麗再進舞臺來。）

老板　他要甚麼東西？

瑪麗　要很濃的咖啡……

老板　你知道嗎？

瑪麗　知道！……今早皇帝召喚他進皇宮去諮問事情……
　　　他想一定會被留在那兒吃中飯……但是皇帝讓他出
　　　來……我曾問他在這兒，是不是要使他的僕人們以
　　　為他是在那兒吃飯？

老板　沒有這樣問吧？

瑪麗　真的……

老板　他不生氣嗎？

瑪麗　不，那是兜他發笑！

老板　萬幸！

瑪麗　（她一面向著廚房的窻門叫道）　一杯很濃的咖啡！

老板　真的，在這雙眼睛前面，他是不容易生氣！……瑪
　　　麗，聽我說吧……生意很順手……天氣這樣好……
　　　今晚，你願意跟我到巴黎城內吃飯去嗎？

瑪麗　不，謝謝你，我有事情。

老板　每次的星期日，你都這樣回答我。

瑪麗　那一定是因為每星期日我都有事情……

老板　但是，今天你沒有像平常時那樣可愛！……為甚麼
　　　緣故你變成不乖巧呢？
　　　（他想抱瑪麗的腰。）

瑪麗　我不願意你摸我！

老板　不過呢，你是個傻丫頭……你真不懂得……

瑪麗　懂，懂，我很懂得……

老板　不，你不知道我是個鰥夫……又不知道有一天你會
　　　變成這間咖啡店的老板娘嗎？

瑪麗　你無論對著那個女僕都這樣說！

老板　沒有這回事！……告訴你罷：你兜我喜歡，況且這
　　　又是正正當當的事情！

瑪麗　不要和我歪纏吧……

老板　你不愛首飾嗎？

瑪麗　我寧願愛情。

老板　假使我把愛情和首飾都一齊獻給你呢？

瑪麗　你可以讓我另找一個情人嗎？

老板　潑辣貨，罷！……你覺得年青的好！……

瑪麗　不要胡鬧，讓我做工。

老板　假使有一晚我把你強摟起來呢？

瑪麗　那晚你要當心把刀子收拾得好咧！

老板　嘿！嘿！

　　　（當那時候另一個女僕從那邊經過。）

老板　小苑裡面都坐滿了人嗎？

女僕　還有一塊地方是空的！

　　　（她去了。）

老板　錯了，你嘲笑我，你知道吧！

瑪麗　你以為指手畫腳，我就害怕嗎？我還沒二十歲……

　　　我怕甚麼呢？

老板　你不會永遠是二十歲。

瑪麗　以你的年紀，你更永遠不會再有了……而且你不會

　　　再有我這樣的年紀了！

老板　撒嬌去吧，嘿！……你會為愛情痛苦，你太相信自

　　　己！

瑪麗　我寧可為愛情痛苦，不願沒有愛！

老板　等十五年，我們再來談罷！

瑪麗　再十五年！我們兩人嗎？

老板　為甚麼，不？

瑪麗　到那時候，我也是死了嗎？

老板　賤丫頭！

　　　（一個男人兩手各挾著一個女人，唱歌進來。）

男人　他的國土毫無擴張，

他是個和藹的鄰人，

專制君主的模範，

他有嗜好法典的精神……

因要在那兒吃午餐，

還有無剩下一座小亭林？……

牠是明媚，蒼翠；

我的情人們正青春！

（瑪麗用指尖指示他往小苑去的路徑。）

多謝姑娘。

當他去世之時，

安葬他的民眾

啜泣！

啊！啊！啊！啊！呀！呀！呀！呀！

多麼可愛的良王啦

啦！啦！

（他們唱歌去了。）

（栢蘭若在幾秒鐘前就進來了。他現出驚駭的神氣。）

（瑪麗再開始工作。栢蘭若瞧著她。當那時候在遠遠的地方，一種像大絃琴的樂器奏著「伊凡東之王」的歌。栢蘭若側耳而聽，越發驚駭。受了音樂的引誘，瑪麗繼續地唱歌。）

瑪麗　他沒奢侈的嗜好

僅有點過度的貪喝！

雖欲為民謀福

但是國君更應享樂……

（瑪麗看見栢蘭若挨近她的身邊，一直注視著她，
她因而停止唱歌……。舞臺上僅剩了他們兩人。）

栢蘭若　呀！……你唱甚麼歌呢？

瑪麗　我不知道……

栢蘭若　你怎麼會懂得這首歌呢？

瑪麗　我不知道。

栢蘭若　你怎樣學來的？

瑪麗　我不知道。

栢蘭若　那是誰的歌呢？

瑪麗　我不知道。

栢蘭若　你是嘲笑我嗎……？

瑪麗　為甚麼你要我嘲笑你呢？

栢蘭若　這首歌你想不出，然而，無論怎樣一定有人教你！

瑪麗　但是，我告訴你沒有人教我。

栢蘭若　那是件稀奇的事情……

瑪麗　我聽見人家唱……我就記在腦筋裡，這是實在的情
形。

栢蘭若　誰在你面前唱呢？

瑪麗　很多人！……真的，從今早起個個人都唱這首歌，
沒有人認識著者是誰……而那些在我面前唱這首歌
的人們……他們確實像這樣隨隨便便學來的……。
你要學嗎？

栢蘭若　不，謝謝你。

瑪麗　雖然你不願意學，但是你仍會記得……。在我，
覺得這首歌個個人都可以記得的，當人人工作的
時候，像這樣毫不費力一面低聲地唱著……這星

期……那麼，因為今天是星期日，大家統統高聲唱著這首歌！

栢蘭若　或者是。

瑪麗　你要甚麼東西呢？

栢蘭若　你有新的葡萄酒嗎？

瑪麗　有，我有「蒲茹冽」（Beaujolais）！

栢蘭若　給我一壺很新鮮的罷！……

瑪麗　你也是來吃午飯嗎？

栢蘭若　我要做給你高興的事情。

瑪麗　為甚麼緣故呢？

栢蘭若　因為你唱歌逗我喜歡……

瑪麗　那麼……請坐吧……這張桌子是空的。

栢蘭若　多謝。

瑪麗　你不等旁的人嗎？

栢蘭若　不，不等任何人。

瑪麗　星期日，自己一個人在河邊吃飯……不是奇怪嗎……？

栢蘭若　有道理……你跟我一塊兒吃吧！

瑪麗　噯喲！我不行。

栢蘭若　你一定是老板的女孩吧？

瑪麗　不是……

栢蘭若　那麼，是他的情人吧？

瑪麗　還沒到時期！

栢蘭若　你等待甚麼呢？

瑪麗　等一個三十歲以下的青年。

栢蘭若　那麼，你不喜歡老年人嗎？

瑪麗　不……我敢斷言誰都不喜歡老人吧？

栢蘭若　你幾歲了？

瑪麗　我還沒老。

栢蘭若　真的……你生著一雙大的眼睛你很漂亮，你知道吧！

瑪麗　似乎是這樣。

栢蘭若　你愛人家巴結你嗎？

瑪麗　是，願意。

栢蘭若　來這兒，我巴結你罷

瑪麗　我應該去拿酒來給你。

栢蘭若　先給我陶醉一下吧！……再見……

瑪麗　再見。

栢蘭若　你是酒家的女子，為甚麼緣故生著這麼樣的眼睛呢？

瑪麗　因為要作點事體。

栢蘭若　一定是談愛情吧。

瑪麗　不能幹兩種事體嗎？

栢蘭若　你已經試過了嗎？……說……你已經試過了嗎？

瑪麗　你就會知道。

栢蘭若　請你到這兒來吧……！到這兒來……請回答我……你還是處女嗎？

瑪麗　是不是處女，與你有甚麼相干呢？

栢蘭若　我很愛知道我要去的地方。

瑪麗　一直向前跑去，甚麼東西你都不必管。

栢蘭若　閉著眼睛嗎？

瑪麗　為什麼不。

栢蘭若　萬一我的鼻孔碰破呢？

瑪麗　這樣的鼻孔？……

栢蘭若　好！喂，你……

瑪麗　你問，我便回答！

栢蘭若　假使我吻你，你回答我嗎？

瑪麗　如果問題下得好，或者會回答你。

栢蘭若　把你的耳朵給我看一看……

　　　　（瑪麗把頭髮撐起來，栢蘭若吻她的耳後。）

栢蘭若　對這事你要怎樣回答呢？

瑪麗　我不十分懂得……

　　　　（瑪麗再把另一個耳朵給他看。）

栢蘭若　你已回答了一切啊！

　　　　（他再吻瑪麗。）

栢蘭若　你既不能夠跟我在一塊兒吃午飯……今晚你願不願
　　　　意我們兩人同到達維勒城（Ville-d' Avray）內去吃
　　　　晚餐？

瑪麗　我先告訴你吧，我僅僅這一件衣。

栢蘭若　我替你把牠換起來。

瑪麗　鈕扣子在背上咧。

栢蘭若　我看見！……是的，喂……我漸漸愛你了，你知道
　　　　嗎？

瑪麗　啊！這樣……

栢蘭若　這是美麗的事情……

瑪麗　先生一定結過婚了嗎？

栢蘭若　沒有，真的！……這樣，那是可怕的事情！……假
　　　　如我愛你，你會不會給我痛苦受。

瑪麗　無論甚麼我都不能跟你約束。

栢蘭若　你為我守貞操到甚麼時候？

瑪麗　我為你守貞操……一直到你沒有相反的證據的時候為止！

栢蘭若　告訴我吧，你是不是處女？

瑪麗　不！

栢蘭若　呵！你這麼討厭！

瑪麗　告訴我罷，你究竟願意……我仍是處女，抑不是處女呢？

栢蘭若　我不回答你。

瑪麗　為什麼緣故？

栢蘭若　因為我知道你一定會騙我，無論我怎樣回答！

瑪麗　我不能永久瞞著你。

栢蘭若　整日的等待……時間太長！

瑪麗　這話你是對誰說的！

栢蘭若　你的名字叫做什麼？

瑪麗　叫做瑪麗。

栢蘭若　啊……

瑪麗　怎麼？……你不喜歡這個名字嗎？

栢蘭若　喜歡……

瑪麗　但是……？

栢蘭若　你肯允許我叫你做梨如蒂嗎？

瑪麗　梨如蒂？

栢蘭若　是！

瑪麗　為什麼緣故？

栢蘭若　因為這逗我喜歡。

　瑪麗　　是一種紀念嗎？

柏蘭若　　是的！

　瑪麗　　她一定是漂亮罷？

柏蘭若　　因為你與他相彷彿，逗我喜歡。

　瑪麗　　她一定欺騙了你，雖是你仍然愛她？

柏蘭若　　她並不是我的情人……

　瑪麗　　是什麼？

柏蘭若　　那完全是一段故事。

　瑪麗　　請講給我聽罷。

柏蘭若　　呀！不。

　瑪麗　　啊！講吧。

柏蘭若　　再慢一點……或者會講給你聽！

　瑪麗　　你在談她的時候，你的眼睛現出了煩悶的樣子！

柏蘭若　　喂……有人來了！……

　　　　　（青年和輕佻工女再進來了。）

　瑪麗　　你讓我到那兒去一下嗎？

柏蘭若　　去吧……

　瑪麗　　告訴我罷……

柏蘭若　　讓我停一下……

　瑪麗　　我不知道你是跟誰談話！……請你呼我的名吧。

柏蘭若　　梨如蒂，讓我停一下吧！

　瑪麗　　立刻再會！

　　　　　（青年和輕佻工女在他們的桌子坐下了。瑪麗進裡
　　　　　面去，音樂在遠遠的地方再奏起「伊凡東之王」的
　　　　　歌。）

柏蘭若　　（向著這對賭氣不語的青年男女）　唉！你們兩

位，……不講話呀！

青年　先生，你是跟我們兩人說話嗎？

栢蘭若　是，先生……對不住……剛纔我就注意你們兩位……我看見你們兩位不講話……真是使我不快！……萬一你們打起架來，我是不管……但是你們兩位都不做聲，好像賭了氣的樣子……你們好像是二十年前就結了婚……不過我相信你們兩位都還不滿四十歲！……你們並沒有發瘋，怎麼這樣輕的年紀，大家互相賭氣呢……。第一你們應當到小苑裡面去。

青年　啊！你瞧（向著輕佻工女）……。謝謝先生。

輕佻工女　他守他的約束就是了！

青年　她單單知道講這事體……

栢蘭若　到底是甚麼約束沒有履行？

輕佻工女　前星期日他答應今天給我一隻手鐲。

栢蘭若　啊！標緻的姑娘……你為著這樣無謂的事情，蹧蹋了一個好的星期日！……在你青春的時候，空失掉了一個星期日……總之這是罪過！請立刻吻你的情郎吧……。

青年　來吧……照先生所說的那樣做……吻我罷……兜先生喜歡吧……

栢蘭若　請你吻他吧……

（她吻了青年。）

青年　啊！先生……她單單吻了我的面頰上！

栢蘭若　請你好好地吻他吧……

（她讓青年在她的脣上接吻。）

青年　謝謝先生。

栢蘭若　瞧，這樣不好嗎？

輕佻工女　是的，啊……好！

青年　下星期日你就有手鐲了！（他巴結她一下。）這並不是我的過失，我這樣窮！……

栢蘭若　呀！愛是多麼美麗！

青年　她不願意到我的家裡去……因為我住在頂樓的亭子間裡面，

栢蘭若　呀！她多麼蠢！……你住在亭子間……她不滿意啊！……

（他從衣袋抽出一支鉛筆，一面在他的兩肱所憑著的桌子上寫了四行詩，一面詠吟著。）

栢蘭若　韶光如鳥逝，

　　　　行樂當及時！

　　　　為你常常質了錶……

　　　　廿年樓頂也安居！

（瑪麗帶著一壺葡萄酒進來，用心地拭著桌子，抹掉了詩，然後把酒放在栢蘭若身邊。）

瑪麗　啊！對不住……我抹掉了你所寫的東西了。

栢蘭若　我記得，不要緊……！

青年　（向著從那兒經過的女僕說）　姑娘……小苑還有剩嗎？

女僕　沒有，先生……已經沒有了！

青年　啊！……

輕佻工女　對不住！

瑪麗　現在你講梨如蒂的故事給我聽嗎？……

栢蘭若　不！

　瑪麗　為什麼緣故？

栢蘭若　因為那是一段很豔麗的故事。

　瑪麗　正好。

栢蘭若　唉！好，因此，所以不講給你聽……世上有些妙到
　　　　不能夠講的故事……這故事不過是其中之一……。
　　　　但是今晚我要講旁的故事給你聽……這些故事會使
　　　　你覺得興味！

　　　　（青年一面撫摩著這輕佻工女，一面隨意地唱著
　　　　歌。）

　青年　啊！啊！啊！啊！呀！呀！呀！呀！

　　　　他是多麼可愛的良王

　　　　啦！啦！

　瑪麗　你聽……他們到這裡的時候，還不知道呢！……

　　　　（勒偌治葉帶著幾個卡維的會員出來在舞臺中間。
　　　　門內現出熱鬧和喜氣。）

勒偌治葉　請預備剛定的六個人份的飯菜！

第一歌者　那是十二音節吧！

勒偌治葉　我雖然不願意，但我仍要做！……

第二歌者　這行詩是幽雅……

第三歌者　單作到這裡止是蠢……

勒偌治葉　我們各作一行罷！我開始作我的……當心！請預備
　　　　剛纔定的六人份的菜！

第一歌者　你吩咐我做的詩，我沒有做。

第二歌者　諸位，他失信不作詩。

第三歌者　我們還是管桌子上的東西好！

勒偌治葉　我們的菜是河鯊和小牛肉片！

第一歌者　多謝河鯊……和小牛肉……妙哉！

第二歌者　沒有聽見人說要喝什麼酒！

第三歌者　啊！我想那是大家忘記，諸位！

勒偌治葉　酒還沒選好！要那可口的……。

第二歌者　朋友，我提議喝「小蒲茹冽」酒（Du petit-Beaujolais）吧！

第三歌者　我高興極了，我的幸福無限……

第一歌者　假如有雞蛋糕（Tartes à la crème）更妙。

勒偌治葉　諸位，雞蛋糕等一下就來……一定有的……

第二歌者　已經定了八十三佛郎！

勒偌治葉　我們一起吃完！……因為我們是野獸（Fauves）的韻！

　　　　　（歌者們在找野獸（Fauves）的韻，但是找不著。）

　　一齊　奧維（Auve）！……奧維（Auve）！……

　　栢蘭若　（一面向他們行禮）　若是剩了一些，不要忘記了「禿」（Chauves）這韻！

勒偌治葉　謝謝先生。

　　栢蘭若　豈敢，豈敢！

第一歌者　什麼是「禿」（Chauve）韻呢？

勒偌治葉　我不認識這個韻。

第二歌者　他是有趣味的。

勒偌治葉　先生，我們願意請你跟我們在一張桌子，但我們是卡維（Caveau）的會員！

　　栢蘭若　我知道，勒偌治葉先生。

勒偌治葉　那麼，你認識我嗎？

栢蘭若　誰不認識你呢！

勒偌治葉　多謝先生……你知道僅僅一行詩是不夠做「卡維」
　　　　　的會員。

栢蘭若　我另做旁的，先生！

勒偌治葉　要做一首歌才能夠介紹。

栢蘭若　我不會忘記！

勒偌治葉　先生。

栢蘭若　先生！……

第一歌者　請就席！

　　　　（當這時候瑪麗和女僕招待「卡維」（Caveau）的
　　　　歌者們。他們一齊談起話來，滿座充滿了喜氣。一
　　　　下女僕過青年和輕佻工女所坐的桌子來。）

女僕　先生……有一座空的小苑！

輕佻工女　呀！……快去吧！……去吧……

青年　請替我們預備在那兒吧！

　　　　（他們差不多跑一般出去。在遠遠的地方有一個人
　　　　站起來唱著「伊凡東之王」的歌……）

勒偌治葉　再唱起來了！……聽吧……到處都聽到唱這首歌。

第一歌者　唱得很低了。

勒偌治葉　沒有人認識這首歌的作者是誰……這歌並沒有印
　　　　　行，但是個個人都在唱著！……（他站起來，跑進
　　　　　裡面去。）啊啦……唱歌諸君……你們認識你們所
　　　　　唱的歌的作者是誰嗎？

一齊　不認識！

勒偌治葉　這是首關於政治的歌兒……大家當心！

聲音　叨天之福！……

（停一下二樓上的特別室的窗門突開，迴欄上達列
朗先生扶著杖出來。）

勒偌治葉　萬一這歌傳入當局的耳朵裡去呢！

達列朗　　政府會告訴你們說：這些歌並沒傷害人。

勒偌治葉　達列朗！

一齊　　　達列朗！

達列朗　　是，諸位先生，達列朗……向諸位致禮……並祝諸
　　　　　位健飯。

勒偌治葉　多謝閣下！

達列朗　　呀！這首歌究竟有甚麼道理在？……從今早起我就
　　　　　聽見人家唱咧？

勒偌治葉　閣下，我們半點都不懂得！……

達列朗　　應當打聽這歌的作者是誰，「卡維」諸君！

勒偌治葉　閣下，你認識我們嗎？

達列朗　　窗門半開，我聽諸位談話已有五分鐘了。

勒偌治葉　閣下，我們驚擾你嗎？

達列朗　　精神的遊戲永不會擾亂我。

勒偌治葉　你是精神上遊戲的老手！

達列朗　　假使你們願意給我高興，請替我找這為一般人所唱
　　　　　的歌的作者是誰……

勒偌治葉　這椿事體是不容易的……我推測作者是隱避
　　　　　著……但是這歌流行的這麼快……應會使他非常
　　　　　害怕！……並且，我們的談話會吹到他的耳朵裡
　　　　　去……閣下要知道他的名字的這風聲萬一傳到他的
　　　　　耳朵裡去……我不相信能夠找出真相！

栢蘭若　　我就是這首歌的作者。

勒偌治葉　先生，你嗎？

栢蘭若　先生，是的，我！……我向你敬禮閣下！

達列朗　我榮幸認識你，先生。

達列朗　請問尊姓大名，先生？

栢蘭若　彼得・約翰・栢蘭若。（Pierre-Jean de Béranger）

勒偌治葉　你允許一個內行的人講一句話嗎？栢蘭若先生，你
　　　　　的歌是優雅的，韻也饒有風味。

栢蘭若　我深深地感激你的讚賞，因你是位歌曲的大師。

勒偌治葉　我不大相信。（向著瑪麗。）孩子，你有沒有一
　　　　　間關起來的客室可以給我的朋友們和我暫坐片
　　　　　刻？……因為我們要討論一樁非常興味的問題！

瑪麗　有，先生……進去那兒……大客廳就是在你的左
　　　邊！

勒偌治葉　進來吧，「卡維」的諸位會員！閣下，不能邀你同
　　　　　在一塊兒，萬分對你不起……因為要討論詩歌的問
　　　　　題！

達列郎　我懂得你的意見，先生……並且我早就祝諸位成
　　　　功！

勒偌治葉　等一會兒見，栢蘭若先生！

栢蘭若　等一下見，先生……

　　　　（達列朗示意瑪麗，她出去了，現在祇有達列朗自
　　　　己一人和栢蘭若。）

達列朗　栢蘭若先生，我喜歡你的歌。

栢蘭若　我很高興，閣下。

達列朗　那首在一切的歌曲中有牠的美點……人家一聽見就
　　　　記得。

栢蘭若　閣下，我十分驚疑！……我作了這首歌……念給幾位朋友聽……我並沒有把稿子給任何人，但是個個人都唱起來了！怎麼會變成這樣呢？……我卻不知道……我證明……並且我發覺先通俗化然後大家纔會認識。

達列朗　不久你就會成為著名的人物了，栢蘭若先生。

栢蘭若　啊！我沒有抱這麼樣的願望，閣下！

達列朗　那麼，你希望什麼？

栢蘭若　我沒有希望甚麼。我喜歡自然而然來的事情，其實我很驚疑！

達列朗　怎麼！……「真的，」你驚疑嗎？

栢蘭若　呀！真的，我對你發誓，閣下。

達列朗　一首這樣的歌成功……使你驚訝嗎？

栢蘭若　噯呀！這首歌並沒有什麼異彩。

達列朗　呀！呀！栢蘭若先生，你和我玩手段！

栢蘭若　閣下，我怎敢這樣狂妄呢！

達列朗　寫這首歌的時候，你不戰慄嗎？

栢蘭若　我不懂得你的意思。

達列朗　假使因為你寫了：「多麼可愛的良王」……我用皇帝的名義即刻逮捕你……你怕就會知道吧？

栢蘭若　呀……

達列朗　但是……我不會犯這不謹慎的事情，請你安心……凡是對於陛下有關係的地方，我會很留心！……哼？你說甚麼？……這是多麼失慎！……千萬不要說有危險。

栢蘭若　你嚇殺我，閣下！

達列朗　你更嚇殺我……你這麼泰然能夠避免檢查！……多
　　　　麼厲害！……怎麼，個個人都記得你的話……你的
　　　　歌雖是不要你印刷……不過你是握著兇銳的武器
　　　　的，栢蘭若先生！

栢蘭若　你比我更會使用這武器，閣下……再者我不得不聲
　　　　明：假使有人檢查這些文字……那麼，你就不能再
　　　　開口了！

達列朗　我的話沒有韻……嘿啦！人家引用的時候，常常把
　　　　牠改變！……你似乎沒有甚麼疑慮……你再聽到你
　　　　的歌，你覺得怎樣？

栢蘭若　民眾唱我的歌並沒有改變……因為牠已感動了民眾
　　　　了。

達列朗　栢蘭若先生，如果你所說的話是真的，那麼，你的
　　　　勢力是無限的了……。但是要當心……武器兩面都
　　　　是銳利的……同時不要忘掉名望不是容易應付的。

栢蘭若　名望對我有什麼要求？

達列朗　其餘的那些歌呢！

栢蘭若　如果祇是這樣，閣下……我還有百首已經作成的
　　　　歌！

達列朗　啊！啊！多麼僥倖！

栢蘭若　閣下，到底為誰呢？

達列朗　為法蘭西民族，先生。

栢蘭若　呀！法蘭西不需要我。

達列朗　你那裡知道呢？我比較你更認識法蘭西！……她是
　　　　我的老友……並且我知道法蘭西民族是極愛歌曲
　　　　的！

栢蘭若　閣下，那麼，請你告訴她：我服從她的命令！⋯⋯
　　　　假使我能夠效勞，我是敬愛我的祖國⋯⋯

達列朗　先生，你能夠盡力！⋯⋯明天來我的家裡，請讀你
　　　　的歌給我聽吧。

栢蘭若　啊！這⋯⋯閣下，不，我不能夠⋯⋯平生我祇能讀
　　　　我的歌給我的朋友聽。

達列朗　請把我當作朋友看待吧！

栢蘭若　你和我的談話居高臨下⋯⋯我回答你是由下而
　　　　上⋯⋯閣下，你要知道我們兩人是有界限的！⋯⋯
　　　　你不能降下到我的地位⋯⋯況且我也不能高攀到你
　　　　的地位！⋯⋯實在你不需要我⋯⋯我亦不應當需要
　　　　你。

達列朗　不意發見你這麼驕傲，栢蘭若先生。

栢蘭若　不得不如此，閣下⋯⋯你剛纔告訴過我：祖國有一
　　　　天會需要我⋯⋯無論如何，不會比較現在我守獨立
　　　　更重要的⋯⋯

達列朗　你接近我，不會失掉了你的獨立！⋯⋯仔細聽我的
　　　　話吧！先生，法蘭西與你有個連帶關係，不會使你
　　　　無用。

栢蘭若　我想：在法蘭西與我的中間沒有第三者的必要。

達列朗　第三者？⋯⋯很好！⋯⋯你是用什麼意見待我呢，
　　　　栢蘭若先生？

栢蘭若　啊！閣下⋯⋯

達列朗　我願明瞭你的意見⋯⋯

栢蘭若　不必追問我⋯⋯

達列朗　到底是甚麼道理？

栢蘭若　請憐憫我……萬一我回答你

達列朗　呀！那……一定的，你沒有少了勇氣！……你和我
　　　　談話雖是由下而上，但你是很驕傲的！……呀！
　　　　你不願意我向你詢問我的問題嗎？……你試探
　　　　我！……你對我這麼惡感嗎？……

栢蘭若　我的意見是誠實的……

達列朗　請講給我聽吧……

栢蘭若　你苦了我，閣下。

達列朗　你也是苦了我！……請說吧……你一定對我有什
　　　　麼非難……我由你那雙坦率的眼睛看出來！……
　　　　說吧……無論如何，總有一次人家會跟我對面而
　　　　談……請講罷……

栢蘭若　我不能再客氣了！……閣下，我責備你仍然貪戀著
　　　　政權！

達列朗　「仍然」兩個字是什麼意義？

栢蘭若　就是指「永遠」的意思！……是，我責備你永遠貪
　　　　戀著政權！……你在九十二年[5]便握了政權……翌
　　　　年你又握了政權……千八百十三年你又再握了政
　　　　權！……並且現在還未完！

達列朗　呀！還未完嗎？……那麼，你會預料帝制的沒落
　　　　嗎？

栢蘭若　我預料到一切蹂躪民命的制度民命的制度會崩
　　　　潰！……閣下，十年來，人已死得太多了。

達列朗　不過，我們的意見完全相同，栢蘭若先生……我不

5　譯者注：即指千七百九十二年。

會弄錯！……你怨恨皇帝……

柏蘭若　我怨恨皇帝嗎？……呀！不，尤其不要誤會！……
　　　　怨恨，他，噯呀，他是我的乳兄弟！……大革命同
　　　　是我們兩人的奶母！……他的唯一缺點就是忘掉了
　　　　這椿事情！……如果你以為能夠喚醒他記得這椿事
　　　　情……若是現在還是能夠喚起他的回憶的他的約束
　　　　的時候……那麼，就不得不眾口同聲喚醒他……再
　　　　者萬一你覺得我的微弱的聲音為有用……閣下，你
　　　　就令我唱起歌來！

達列朗　好！請先把你所講的話作成歌！……敘述我們大家
　　　　所感覺的看見祖國受了戰爭的蹂躪……貧窮，散
　　　　漫，懶惰……而為外人所輕視的痛苦……

柏蘭若　那不是真的……

達列朗　因聽到你的話使我想起一個畫家故意閉著眼睛繪
　　　　畫！……可惜……這椿事或許可以作成一首好
　　　　歌！……你不願意作一首歌……給我嗎？

柏蘭若　不，閣下！

達列朗　你不願意嗎？

柏蘭若　閣下……皇帝在我看來是崇高的！……

達列朗　柏蘭若先生，你是詩人！

柏蘭若　多謝閣下還我的職份！……我要謳歌陶醉，青春和
　　　　愛情。

達列朗　你能夠作得很好。

柏蘭若　不能，你很知道……

達列朗　你不得不作好……。像你所說的，如果你真實敬愛
　　　　你的祖國，天既賦與你的才能，那麼你就應該有把

牠貢獻給你的祖國的義務！……這些才能不僅屬於
你一人而已……一個詩人是國家的資產之一部份。

栢蘭若　但是政治呢……

達列朗　政治你不必談！不必過問！……唱歌吧！

栢蘭若　我所歌詠的差不多就是對你所說的關於皇帝的事
　　　　情。

達列朗　你脫了調，跑錯了路了。

栢蘭若　甚麼纔是正軌？

達列朗　假使我……

　　　　（這時候一陣鄉村的樂隊在遠遠的地方奏著「伊凡
　　　　東之王」的歌。）

　　　　聽吧！……先生，如果是一首不適合某種需要的
　　　　歌，不會這麼容易普遍！……聽吧！……「伊凡
　　　　東之王」已經不是一首歌了……而是一椿大事
　　　　件！……（許多聲音隨著樂隊唱歌。）聽吧！……
　　　　先生，過去的，一聲一聲地唱只有未來的一齊合
　　　　唱！……你敬愛你的祖國……好！你聽吧，先
　　　　生……這不是喚起過去的記憶，而是表示未來的
　　　　希望！你喚醒了酣睡在你的祖國的深刻的愛國情
　　　　操……。

栢蘭若　雖然，卻不是我所願的，我斷定不是……

達列朗　你所希望的事情不關緊要……你的意思對這件事
　　　　毫無關係！……民意是顯然……聽！……不要害
　　　　怕臨到你身上來的事情……你還是聽憑命運去支
　　　　配……先生，受你的恩澤，法蘭西民族正在開始歌
　　　　唱！……你問我什麼是正軌……這個問題，你的祖

國的全體民眾會回答你……詩人不必再遲疑了……
正軌，就是由卡列（Calais）直通英吉利的大道！

栢蘭若　路易十八！

達列朗　栢蘭若先生，只有。布爾朋（Bourbon）王朝才
　　　　能夠把她在世界上所應該占有的位子還給法蘭
　　　　西！……要政治上軌道只有根據主義……總之路易
　　　　十八就是主義……他就是法蘭西的正統的王！

栢蘭若　路易十八嗎？

達列朗　「伊凡東之王」的作者先生。

栢蘭若　啊！對不住，閣下，那是個傳說的王。

達列朗　或者是！……不過，關於這個傳說之王的事你怎麼
　　　　說呢？

栢蘭若　我說他可愛。

達列朗　你的國民幸福嗎？

栢蘭若　我想他們是幸福……

達列朗　你這樣說……並且你說得很好……（他低聲吟詠
　　　　著。）

　　　他的國土毫無擴張，

　　　他是個和藹的鄰人

　　　專制君主的模範

　　　他有嗜好法典的精神……

　　　啊！啊！啊！啊！呀！呀！呀！呀！

　　　多麼可愛的良王啦！

　　　維啦！[6]

6　譯者注：Voilà，這個字照原音譯出。

因為你說得很好，並且各人都這樣想，所以現在人人都在反覆地唸著！

栢蘭若　你過分稱讚我，閣下……不過這番你跑錯了路！在我的精神上是抱著共和主義的。

達列朗　早已？……你把你的錶子的時間弄準確，栢蘭若先生！……共和還未到時機……人家已經嚐過了一次了……菓子是苦的！……共和還未成熟。

栢蘭若　你對於王政的希望有點過度罷！受了這麼不幸和多年的戰爭以後，法蘭西國民正需要歌舞和歡笑……況且你給國民以一個殘疾的君主！

達列朗　他會乘著華蓋的四輪車來！

栢蘭若　你會乘著兩輪的馬車回去！那麼，什麼都不必給我們！讓我們自己選擇吧。

達列朗　你講選擇嗎？……你們都是小孩子！

栢蘭若　讓我們在自由的陽光之下成長吧！

達列朗　假使國王替你們帶自由來呢。

栢蘭若　國王怎麼會替我們帶自由來呢……十五年來，他剝奪了我們的自由，反而是我們給他的。

達列朗　栢蘭若先生，我給你吃驚……

栢蘭若　我不害怕。

達列朗　我們的意見差不多相同。

栢蘭若　雖然，也不過是表面上的……

達列朗　你猜得不十分中肯！我們意見的分歧祇是時間的問題……一年以後再會吧！

栢蘭若　在卡列（Calais）路上。

達列朗　是的！

栢蘭若　在你出發的那天嗎？

達列朗　在我回來的那天！你在路上等我嗎？

栢蘭若　跟著國民一同等你，

達列朗　國民！嘿！你時時都關心著國民！

栢蘭若　我不是關心國民……我是國民之一！

達列朗　那麼，你是貴族，栢蘭若先生！

栢蘭若　啊！……在我父親手創的家譜，總而言之祇是缺少
　　　　了證據書類，歷史的事實和倫理的真確罷了！
　　　　（勒偌治葉帶著「卡維」的會員再登場。）

勒偌治葉　栢蘭若先生，剛纔我告訴過你：一首歌就夠作「卡
　　　　維」的會員……以後你就是「卡維」的會員了！
　　　　（大家拍手喝采。）

栢蘭若　你們給我的光榮非常盛大……不過，既然受你們相
　　　　當的待遇，我高興地接受！

勒偌治葉　請多預備一副杯盤！

達列朗　請給這幾位香檳酒（Du Champagne）

勒偌治葉　多謝閣下……

達列朗　請舉盃慶祝「可愛的伊凡東之王」的健康！……唱
　　　　你的歌吧，栢蘭若先生……

栢蘭若　我不會唱，閣下！

勒偌治葉　這位女孩子會唱！
　　　　（他指著瑪麗，隨後把她抱上桌子上面。）

勒偌治葉　那麼，大家就合唱重複的句子。

栢蘭若　（附著瑪麗的耳朵）　不要唱得太高。

勒偌治葉　喂！樂隊！……「伊凡東之王」的譜……（樂隊開
　　　　始奏樂。）調子諧和不？

栢蘭若　這首歌應當唱得快，並且並不多半聲！

　　　　（勒偌治葉用手指示他們速奏，瑪麗開始唱歌。）

瑪麗　傳說「伊凡東之王，」

　　　名聲不顯於史書，

　　　不要榮華不知曉，

　　　睡得很早，起很遲，

　　　但讓若尼統來加冠，

　　　用了一頂樸素的棉帽子！

　　　啊！啊！啊！啊！呀！呀！呀！呀！

　　　多麼可愛的良王。

　　　啦！啦！

　　　（大家一齊合唱重複的句子，祇有達列朗和栢蘭若

　　　不作聲，面面相覷。）

瑪麗　每天自理四餐飯，

　　　在他茅茸的王宮裡；

　　　騎在驢子背上，

　　　慢慢地巡遍他的王地！

　　　篤信善行，

　　　和藹，樸質，

　　　若問他的護衛

　　　僅有狗一只！

　　　啊！啊！啊！啊！呀！呀！呀！呀！

　　　多麼可愛的良王！

　　　啦！啦！

　　　（舞臺上充滿著許多輕佻工女和青年，他們也在合

　　　唱著重複的句子。）

　　　　瑪麗　他會逗了

　　　　　　　良家少女的歡喜；

　　　　　　　臣民呼他為父

　　　　　　　具有充分的道理！

　　　　　　　並且召集國民

　　　　　　　每年四次來舉行

　　　　　　　射擊！

　　　　　　　啊！啊！啊！啊！呀！呀！呀！呀！

　　　　　　　多麼可愛的良王啦。

　　　　　　　啦！啦。

　　　　（勒偌治葉勸達列朗合唱重複的句子。他不肯。）

　　　　瑪麗　迄今仍然保留著

　　　　　　　這個賢良王侯的肖像，

　　　　　　　那是在他的國土

　　　　　　　的一間著名的酒家的招牌上

　　　　　　　當那些祭典的日子

　　　　　　　群眾在他的跟前

　　　　　　　舉杯，歡呼！

　　　　達列朗　啊！啊！啊！啊！呀！呀！呀！呀！

　　　　　　　他是多麼可愛的良王。

　　　　　　　啦，啦！

（幕下）

第二幕

　　這幕的佈景是在千八百二十九年栢蘭若的家裡。那是一間書齋兼客廳，睡房的裡面放著一張床。家具樸素。幕開舞臺上祇栢蘭若自己

一人在收拾行李，當那時候聽到街中談話，唱歌和叫囂的混雜的聲音。有人叩著門。

栢蘭若　進來！〔這時候一個老婦人進來。她是若梨（Tary）家的老婦。〕太太，有什麼事情？

若梨家的老婦　你不認得我了嗎？

栢蘭若　我……

若梨家的老婦　若梨家的老婆婆！……

栢蘭若　若梨家的老太太嗎？……天呀！……來！……呀！快來，我要吻你！

若梨家的老婦　我愛的乖！……（他們互相吻頰。）你允許我仍叫你做「我的兒」不是嗎？

栢蘭若　我很願意！……假使順口一點，你可以照我幼時那樣的呼我。

若梨家的老婦　你你我我嗎？呀！不……那，我不行，我不敢……。現在你長得太大了……你的名聲太大了！……著名，你……你是我曾抱過的……因為當你一歲的時候，我曾懷抱過你……你記得嗎？

栢蘭若　我記得你……還是慢一點……當你把我抱在你的兩膝上跳弄的時候，我還記得……

若梨家的老婦　我差不多是你的奶母！

栢蘭若　你本可以代替她……為要給她有奶汁！

若梨家的老婦　可憐的奶母用浸在「薩蒲莉」（Chablis）酒中的麵包養你。

栢蘭若　我覺得味道，真好，現在我還是愛吃！

若梨家的老婦　快說給我聽吧……報紙上所說的是真的嗎？

栢蘭若　嘿！僅僅這次報紙上所說的是真的！

若梨家的老婦	但是多麼可怕！
栢蘭若	為什麼緣故？……這並不是重大的問題！
若梨家的老婦	那麼？
栢蘭若	我告訴你……這既不是重大，又不是恥辱的事體！……並且這已是第二次了……我將成為習慣。
若梨家的老婦	今晚你就到那兒去嗎？
栢蘭若	是……七句鐘以前，我應當到那兒去！
若梨家的老婦	我看見在下面的那些人……是甚麼東西？……他們只談論這椿事體……
栢蘭若	那是些不相識的人，他們愛我，在等待我，因為要帶我到那兒去……並且他們又助長了我的勇氣……像我所缺少的！……因為他們喜歡我……這是我最高興的事情。
若梨家的老婦	啊！那，你儘可以說人家愛你！……像你這樣的著名，天呀……了不得！……到處都聽到人家談論你……到處的店舖都看見你的肖像……法蘭西全國都唱你所作的歌兒！……我的兒，這些事情都是我高興的……並且看見你這樣成功，我是多麼驚異哩！……
栢蘭若	是的！在我也是同樣！
若梨家的老婦	你……你在小的時候，多麼懶散！
栢蘭若	我很懶散嗎？
若梨家的老婦	啊！……並且你在小的時候都很平凡，假如我有好記憶力……你僅僅得著了一次的褒獎……就是僅僅規矩的褒獎！
栢蘭若	愚蠢的褒獎！

若梨家的老婦	那一天……當你的獲得獎章……規矩的獎章，你還記得嗎？
栢蘭若	為得什麼事情？
若梨家的老婦	為得一個頑皮的同學的事情……
栢蘭若	呀！是……
若梨家的老婦	不曉得是誰強迫了你伸手過那公學的鐵柵的欄杆裡偷了一個蘋果……
栢蘭若	我記起來了！他威脅我……他對我說假使我不偷蘋果他就要打我……
若梨家的老婦	那麼，你就偷了。
栢蘭若	隨後他就去告密！
若梨家的老婦	這麼下流的小孩子！
栢蘭若	那是個法蘭西戲院（Théâtre-FranÇais）的喜劇戲子的兒子……
若梨家的老婦	我覺得毫不為奇！……
栢蘭若	他的名字叫做克拉蒙（Gramond）……他穿著他的父親的戲院裡的衣服沿街跑！……你知道他現在變成怎樣嗎？
若梨家的老婦	不，一點都不知道！
栢蘭若	唉！八十九年（一七八九年）他死在斷頭臺上！
若梨家的老婦	應該的。
栢蘭若	並且還有旁的理由！……我因為這件事抱著永久不能消滅的宿恨……既不是為蘋果，又不是為獎章的事情！……四年前人家要授獎章給我……我拒絕掉，因為我不知道此次這事會使我怎樣結果！
若梨家的老婦	但我不是單為談論你的事體而來……現在應該談到

我的自身的事體⋯⋯。

栢蘭若　說吧，說吧！

若梨家的老婦　你可以給一點時間嗎？

栢蘭若　請不必客氣！

若梨家的老婦　我的孩子⋯⋯你能夠儘量地幫忙我！

栢蘭若　好！

若梨家的老婦　多謝你給我的勇氣！⋯⋯只要能夠，我要趕快向你說我的一生⋯⋯。不過，我的年紀很大，而我的生涯頗長⋯⋯。

栢蘭若　我聽你說，你不必忙！

若梨家的老婦　當我十七歲的時候，認識了若梨（Tary），他向我求婚。他生得漂亮，我愛他。我和他結了婚⋯⋯這就是我的不幸！⋯⋯他有一個小小的位置⋯⋯他把牠失掉了！他變成了兇惡、泥醉和殘酷。有一天他拋掉了我，以後我就沒有再看見他。我到巴黎來，拚命地工作，後來我認識了一個誠實的青年，名字叫做保羅・高塞爾（Paul Gaucher），他變成了我的戀人——那時候我像花枝一般！——所以我成為他的情婦。幾個月後他病了。我懷了孕。我已不能再工作了，他亦是跟我一樣。這就是我們倆的痛苦。他患了肺病，我就很知道他已無望了。過了幾星期。他不能夠出去了。他祇能勉強在我們的亭子間的內踱來踱去，而在這情形之下，我竟生了一個小孩⋯⋯但是這個小孩生得很漂亮⋯⋯。一個慈善的隔鄰的婦人來幫我生育。第二天早晨，當我醒來的時候，僅僅我自己一個人在房子裡面！當我看見我

的小孩不在我的身邊……我又看見保羅出去……我就驚惶的預先感覺！嘿啦！我沒有猜錯。忍耐地等待了兩個鐘頭以後……這是多麼難等……保羅進來了……他空著兩手……他哭倒在床前……他又告訴我說：他已經把小孩子放在孤兒院裡面去了！……他對我說明他覺得自己絕望，但他不願意放我自己和一個要養育的小孩子！這個可憐人雖然作了這種事情，但他自己卻不知道在他的行為上是怎麼殘酷。我呢，想要起來，跑去孤兒院……討回我的兒子……但是他對我說已經不中用了，人家不肯還我！我從他得到唯一的消息，就是當他把這個小孩子放在孤兒院的時候，他把小孩子的小名亦叫做保羅。他因為要安慰我，對我發誓說在孤兒院的小孩子，人家仍然用心地照顧和養育……並且那些小孩子都不會有苦受！……十天以後保羅死了……。

栢蘭若　可憐的媽媽……多麼悲慘！……

若梨家的老婦　我的兒，我把這些事情完全告訴你，但沒有哭……我說給你聽吧，因為我已經沒有眼淚了……已經流盡了！……假使我告訴你，現在你會相信我的話吧，四十年來……我完全像瘋狂的人一般……我找尋我的孩子！……我的腦袋裡裝著一種念頭——不可磨滅的念頭！——有一天會找到他的念頭！——到處找他！……我工作僅僅是為夠吃……並且我吃飯也是為得要有力氣再找我的兒子……。人家可以譏笑我……可以隨隨便便對我講他們所願意講的事情，這與我毫無相干！我的心裡有這樣的想頭：

「再找罷⋯⋯認真找罷！」

栢蘭若　我可愛的媽媽⋯⋯你應當仔細想一想⋯⋯

若梨家的老婦　不⋯⋯不⋯⋯我知道⋯⋯我知道他還活著！⋯⋯
哦，關於這事做母親的人是不會錯的！⋯⋯假使他
死了，我會覺得⋯⋯我的心裡會傷痛⋯⋯我會覺得
與生他的時候同樣的痛苦！

栢蘭若　那麼，我很希望⋯⋯是的⋯⋯我很希望他還活
著⋯⋯不過，你要怎樣⋯⋯

若梨家的老婦　你為什麼不願意！⋯⋯為什麼你要掃我的興
呢？⋯⋯那麼，你真不懂得我的希望就是唯一生存
的道理！⋯⋯他仔細聽⋯⋯有一天⋯⋯我以為我是
瘋了，那天⋯⋯那天在一條街角⋯⋯那已是二十年
前的事情⋯⋯一個青年在那裡⋯⋯在我面前⋯⋯那
就是保羅⋯⋯我告訴你，絲毫不錯⋯⋯那就是他，
同樣的身材⋯⋯同樣的眼睛很優秀⋯⋯同樣的兩撇
金褐色的鬍子⋯⋯。那時候，我雖然顫動，但是我
挨近他的身邊⋯⋯我問他在那裡等待甚麼⋯⋯他回
答我說：「等待我的父親。」我哭了，然而他卻笑
咧⋯⋯

栢蘭若　可愛的若梨媽⋯⋯你存著這種念頭，你會自殺
喲⋯⋯

若梨家的老婦　這念頭，會殺我嗎？⋯⋯但是，我告訴你這種念
頭使我活了四十年⋯⋯在一個月前，他已四十歲
了！⋯⋯我看見他長大⋯⋯我看見他一年一年強
壯⋯⋯他很漂亮啊⋯⋯

栢蘭若　呀！呀！⋯⋯

若梨家的老婦	嗳唷，他也像旁人一樣地好笑！……笑吧，我的孩子，不過，你要記得你小的時代是在我的膝上長大的，我託你的事情，你不要推辭……
栢蘭若	我答應你……
若梨家的老婦	距離的家裡兩步……有……
栢蘭若	甚麼？
若利梨家老婦	有……
栢蘭若	……一個人像那個相貌……
若梨家老婦	……我覺得他就是我的小孩……
栢蘭若	好！……
若梨家的老婦	我知道他叫做保羅……今早我碰著了他……他從一間小店舖出來……隨後有一個人向著他喊：「再見，保羅……」我跟了他……因此，我才知道他是和你住同街……
栢蘭若	那個人是幹什麼職業？
若梨家的老婦	他是個木匠。
栢蘭若	呀！是……
若梨家的老婦	你認識他嗎？
栢蘭若	不……但是我知道……
若梨家的老婦	我亦是因此纔知道你住在這兒……這是從下面那些人聽來的！……我禁不住對著自己說上帝帶我到你這裡來……我的不幸到了今天總算完了！
栢蘭若	那麼，我應該怎麼做呢？
若梨家的老婦	我的兒，我應當勞神做我所不敢做的事情……你應該問他……
栢蘭若	你要我問甚麼？

若梨家的老婦	你應該問他認識他的父母嗎……以後，你應當知道……如果這次我所想的是不錯……我懇求你不要推辭，喂！
栢蘭若	等一下……那麼……怎麼辦呢……（他看著他的錶子。）最利便就是……喂，把你的住址寫在這張信封的上面……（她照著栢蘭若所說的那樣做。）
若梨家的老婦	以後呢？……
栢蘭若	以後什麼你都不必管。
若梨家的老婦	我應當做什麼？
栢蘭若	下去的時候，請你對我的女門房說，叫她去對那個人講，我有事情跟他談，我在等著他……
若梨家的老婦	好……
栢蘭若	但是要他六點半鐘以前到這兒來……
若梨家的老婦	知道了！……我呢？
栢蘭若	你，你回你的家裡去！……
若梨家的老婦	呀！
栢蘭若	明天……或者今晚我會有信給你……
若梨家的老婦	我可以在這兒等候……回信……
栢蘭若	不必……我會照你所希望的那樣做……你也應該照我所希望的做！
若梨家的老婦	好！……我可以到監獄去看你嗎？
栢蘭若	可以吧……允許探獄……
若梨家的老婦	我回去！……或者我會帶我的兒子一同去……
栢蘭若	喂！……去吧……下去的時候，當心跌倒……
若梨家的老婦	多了一個母親嗎，哼？世界有許多沒有母親的人！……（若梨家的老婦出去。栢蘭若的轉身向著

他用皮帶在綑著的行李。幾秒鐘後，他聽見外面有
許多聲音在呼著他。他挨近窗門，把牠打開……）

栢蘭若　諸位好呀！……諸位好呀！……諸位好呀！……什
　　　　麼？……你們講什麼呢？我當心嗎？……我應該留
　　　　心嗎？……甚麼？……我聽不懂……你們一齊說
　　　　話……我應該當心甚麼？惡魔嗎？……惡魔在什麼
　　　　地方呢？……他到我家裡來嗎？……唉！好，我等
　　　　待……他來！……那是什麼思想呢？……

（開開的時候，達列朗出來。在這時期他已七十四
歲了。栢蘭若轉過身，看見他。）

栢蘭若　呀！……（他又關上窗門。）

達列朗　好呀，栢蘭若先生！……

栢蘭若　閣下，你呢？

達列朗　唉！我有兩句話要告訴你。

栢蘭若　為要講兩句話，你到我這裡來嗎？

達列朗　實在講，我覺得反對方面似乎最合邏輯……那麼，
　　　　以我這樣的貴族，無論什麼事情總不會被人家拒絕
　　　　吧……所以我想你總會給我一把椅子坐吧……

（栢蘭若用手指著一把靠手的椅子。達列朗坐下
去。）

達列朗　謝謝你！……已經很久我們沒有會面了，栢蘭若先
　　　　生。

栢蘭若　唉！那已經十五年了，閣下！

達列朗　十五年來，我的額上起了很多的皺紋……你的呢，
　　　　非常豐滿……關於你的光榮的事情，一點我都沒有
　　　　猜錯……牠流傳得極快……

栢蘭若　嘿啦，像其餘的一樣！……

達列朗　自從我們第一次，我們唯一的那次……在那兒，在一間小酒樓會面以來，已經有許多變故了……。帝制推翻……路易十八即位……

栢蘭若　一年後，他就逃了……

達列朗　接著百日（Cents Jours）的災難就發生了……

栢蘭若　國王慘敗回來……

達列朗　他死去……隨後查爾十世即位……

栢蘭若　將來你要做什麼呢？

達列朗　將來嗎？……我們談吧！……

栢蘭若　我聽你說！

達列朗　但是……我看見那些包裹……一個行李……我打擾了你……你怕要出去了嗎？

栢蘭若　你進來的時候，我本就要到監獄去，閣下。

達列朗　呀！……恰好今天嗎？

栢蘭若　你記得嗎？

達列朗　已記不清楚了……

栢蘭若　今晚七點鐘以前，我應該到監獄去……

達列朗　唉！好，我來得正合時候！

栢蘭若　我可以給你二十分鐘的談話。

達列朗　還有夠做一首歌的時間。

栢蘭若　還有夠做一句的時間！

達列朗　你被判罰……？

栢蘭若　九個月的坐牢，閣下……又一萬佛郎的罰款！

達列朗　一萬佛郎！

栢蘭若　坐九個月的監獄……多麼貴的房租！……那麼，

我忍不住自問自答，這一萬佛郎人家要怎樣使
用！……假使人家讓給我來分配……我就分二千佛
郎給偵探……二千佛郎給宮廷的侍從……三千佛郎
給僕從，其餘的就給僧侶！……[7]我歎惜那些處罰
我的人們的無用！……怎樣說呢，當我被裁判的那
天，被檢閱官所告發的那些歌，晚上的報上就刊布
出來了！……警察用心地把我所印的一萬五百部的
可憐的歌集都沒收了……但是四天後，受了各報紙
的好意，我的歌便印成為幾百萬部了！……政府要
減少了我在民眾的腦裡的勢力……自從那天早上，
不止一千五百人在等著出發，乃要把我送到監獄裡
去……。多麼無謂的事體，閣下，這時代是多麼箝
制詩人的悲傷的時代！

達列朗　你不願意到監獄去嗎？栢蘭若先生。

栢蘭若　呀，呀！……要多少？

達列朗　一首歌就夠！

栢蘭若　啊……那太貴！……

達列朗　怎麼，九個月的監獄？

栢蘭若　啊！九個月不坐牢，那裡抵得過一首歌的價值！

達列朗　冬來的天氣很冷……

栢蘭若　我在家裡燒火不夠溫暖，閣下……。況且從前我在
　　　　聖伯拉慈（Sainte-Pelagie）坐了三個月的牢，所以
　　　　養成了奢華的習慣……真的，再坐一次牢，我毫無
　　　　怨悔！

7　譯者注：栢蘭若曾做了一首關於這個題目的歌。

達列朗　那麼，自由呢！……我以為你愛自由！

栢蘭若　我受自由……因為這點，所以犧牲我的自由。

達列朗　從前我對你說過，有一天我會來問你要一首歌……
　　　　我實行我的約束。

栢蘭若　我曾回答你？我不會寫給你……我也守我的約束！

達列朗　真的，十五年來，你毫不改變！

栢蘭若　我，不變……

達列朗　我，改變嗎？

栢蘭若　是的！

達列朗　我改變了……臉龐嗎？

栢蘭若　不，國王已經換了！……我不客氣告訴你吧，你阻
　　　　不住變更。

達列朗　我都把他們試驗！

栢蘭若　其次是什麼時候？

達列朗　或者，不久！……我要找一個像笛奧仁（Diogène）
　　　　那樣的人！

栢蘭若　你在那些家族裡面是找不到……其次的你要從那條
　　　　路去找呢？

達列朗　哼！

栢蘭若　你跑那條路呢？

達列朗　奧爾亮（Orléans）的路。

栢蘭若　你的希望在那方面嗎？

達列朗　或許！……找奧爾亮公爵裡面的……雖不是大人
　　　　物……但是總可以找得到！……

栢蘭若　那麼，他以後呢？

達列朗　啊！以後，就是我……

栢蘭若　你……以後……還有許許多多……

達列朗　你的意思對於國王怎樣？

栢蘭若　那個國王？人家跟你攀談茫然不知所之，閣
　　　　下！……

達列朗　我講查爾十世的事……

栢蘭若　你講查爾十世的事嗎？……這才是第一次你的失
　　　　言，閣下！

達列朗　然而……

栢蘭若　那是一個頑固的人……很懦弱而且毫無價值！

達列朗　那末，你更不相信奧爾亮（Orléans）公爵嗎？

栢蘭若　我一點都不曉得他……

達列朗　他那些約束都很好！

栢蘭若　你能夠履行他的約束嗎？

達列朗　他做人很好，很和平……他說愛護國民……

栢蘭若　希望他拿出證據來……

達列朗　幫助他吧！……先生，請你寫一首短歌，不
　　　　嗎？……我沒有要求什麼了不起的東西！

栢蘭若　不……但是……你所要求的都是我的好東西！

達列朗　這是第二次你拒絕我，栢蘭若先生！

栢蘭若　這是第二次你侮辱我，閣下！甚麼！對於我這樣的
　　　　人，你不敬重！……十五年前，我差不多是個青
　　　　年……你居高臨下和我談話……今天呢，我們對面
　　　　而笑！二十年的工作，貧窮和困苦還不夠得到尊
　　　　敬……無論如何，在某點上懂得的，像我這樣的人
　　　　總之不很多！……

達列朗　你不要發氣吧！……

栢蘭若　你要求那不可能的事情！……

達列朗　我想九個月的坐牢，給你將來反省。

栢蘭若　我已十分反省了，但不是像你所想的那樣！

達列朗　實在，你反省得不對……。你寧願過那幻想的生活……。一定的，跟詩人是幹不出什麼事情來！……眼光注視著過去，而忽略將來……你談自由……但你反做了詩韻的奴隸……。你永遠看不來……你談自由……但你反做了韻的奴隸……。你永遠看不見你願意看的東西……。在你所讚美七月十四的那首歌裡面，你說：「一輪閃耀的陽光輝映著吉日……。」然而那天卻是大雨淋漓！……

栢蘭若　可是，我曾覺得各個人的臉龐上都充滿了陽光……

達列朗　詩人……。當帝制時代，你唱「伊凡東之王」的歌……但是當王制復古的時代，你反歌頌帝王！……

栢蘭若　我的習慣確實是袒護那些衰敗的人！……每次你因利害關係暫時下野，你那些最熱心的侍從都來託我做歌攻擊你……

達列朗　我懂得你的回答了：「當他做了總長呢！」……唉！好，可是現在我正處在總長的地位！……那麼，那首歌……你仍是要拒絕我嗎？

栢蘭若　是的，就是那首歌我都不肯寫！

達列朗　到底是怎樣？

栢蘭若　實際上是因為我不能夠作！……我只知道歌頌對於祖國的愛情和德操……我知道嘲罵那些國王，那些蠢貨和那些牧師……不過，一個像你這樣的人是不

能感受到人家認為滑稽的我那些巧妙的詞句！……呀！我告訴你，達列朗先生，我不願意跟你開玩笑！

達列朗　唉！……唉！……十五年前你就不大滿意我……但是我覺得經過這麼久的時間還沒有緩和你對我情感！……幾星期以來，我自己問自己，怎麼起了再想曾你的心情！在我感覺得滿足聽你談話的這點……我就知道我的願望！……我的腦裡還保留著我們第一次會面時的很好的紀念！我千分喜歡你的純真的性格！……你知道把牠保存起來……那是很好的事情！……你並且是個很好的人！……你充滿著可愛和動人的形容。我讚賞你的伎倆！像你很知道愛惜你的榮譽！……你甘願過窮苦的生活，你斷然拒絕拉飛特銀行家贈給你的金錢！你的一舉一動都是熱情和詩的表現……你又不隨隨便便接受日內瓦的市民供獻給你，要救你出獄的好意！……你將徹頭徹尾坐滿九個月的牢獄……非到期滿的那天，不能把你放出獄來……你寧願多坐二十四個鐘頭的牢，不願意早二十四個鐘頭出來……你被罰的款是巴黎那些工女捐出來的！

栢蘭若　現在輪流到我了嗎，閣下？

達列朗　輪流到你了，先生！……你一定要去打倒國王嗎？……

栢蘭若　不……我要披肝瀝膽地說……把所有的……達列朗，你是個討厭的人，你嚇殺我！你進來的時候，假使你要和我握手，我不知道我會不會接受！……

你已七十四歲了⋯⋯你是個老人⋯⋯這樣⋯⋯我亦不會尊敬你！⋯⋯五十年來，你所做的事情只有背叛吧了！⋯⋯你背叛教會、皇帝、你的夫人和你的那些王⋯⋯。在你的生涯中已經宣誓過十四次了！⋯⋯況且這麼多年的執政⋯⋯你的行為沒有一種使人滿意⋯⋯空談⋯⋯空談⋯⋯祇有口頭的空談！你的聰明的腦筋僅僅用在空談的上面！⋯⋯慢一下有些人會傾向你⋯⋯他們會要找出你的力量的道理來⋯⋯他們會找不到！⋯⋯你或者是法蘭西的最大的政治家⋯⋯然而你會僅僅留下五十左右句的響亮和殘酷的空話罷了！⋯⋯

達列朗　栢蘭若，你是個正直的人！你的熱情是優美的，把牠保存起來⋯⋯！你完全是個法蘭西人⋯⋯你是純粹的法蘭西人種⋯⋯完完全全！⋯⋯是的，你有信仰心⋯⋯你愛你的祖國⋯⋯你以為這就是政見⋯⋯！這並不是意見⋯⋯而是愛國心⋯⋯愛國心，這並不是意見⋯⋯而是情感！⋯⋯你對於法蘭西有一種深刻的⋯⋯永恆的⋯⋯狂熱的情感⋯⋯！在這些情形之下，你永遠不要過問政治，栢蘭若⋯⋯這不是你做的事情。歌頌他人的自由⋯⋯同時極力保持你自己個人的自由！⋯⋯我誤會了你的意思⋯⋯你是個文學家，純然是個文學家！⋯⋯撇開政治，並且不要找光榮！⋯⋯萬一你出來執政，你的歌就不得不拋掉了一半⋯⋯假使你進法蘭西學會（Académie），你就會把另一半的歌熄滅⋯⋯。你永遠不要捲入政治漩渦，也不要談得太多！⋯⋯

　　　　不要用激烈和單純的態度來批判我⋯⋯。列慈
　　　　（Relz）大師曾說過，對於自己的黨派要忠實，就
　　　　不得不常常改變意見！⋯⋯我所想的恰恰相反⋯⋯
　　　　並且我永遠沒有改變我的意見。

栢蘭若　什麼！

達列朗　先生，始終！我僅僅有一種意見⋯⋯就是說戰爭是
　　　　不祥的事情⋯⋯。自四十年來，我完全為這意見而
　　　　犧牲⋯⋯。假使我沒有反叛拿破侖我就背叛法蘭
　　　　西⋯⋯。許許多多背叛法蘭西的人，乃為沒有勇氣
　　　　去宣佈他們的執政者的錯誤！⋯⋯當法蘭西民眾一
　　　　半是共謀的人，我就背叛了法蘭西！

栢蘭若　你口口聲聲都講法蘭西，但是你卻不愛法蘭西。

達列朗　你與你同樣地愛法蘭西。

栢蘭若　不，達列朗，因為你不愛民眾！⋯⋯民眾是不得不
　　　　愛的⋯⋯民眾是不得不理解的⋯⋯。

達列朗　民眾是應當愛惜的⋯⋯不是嗎，阿媚的人？

栢蘭若　阿媚的人？

達列朗　你是阿媚的人⋯⋯。你捧場民眾⋯⋯你以為這是替
　　　　他們謀利益⋯⋯！你以為民眾有政治意見⋯⋯你以
　　　　為他們有寧願擁護某種制度和主張嗎？⋯⋯不⋯⋯
　　　　民眾只知道肚子餓就要吃⋯⋯這就是他們所擁護的
　　　　制度⋯⋯他們願意在家裡過舒舒服服的生活⋯⋯

栢蘭若　民眾願意能夠工作⋯⋯

達列朗　還早！⋯⋯嘿！⋯⋯不，還早！⋯⋯等到他們理解
　　　　解放就在工作的上面的那天⋯⋯到了那天我們纔來
　　　　談共和罷。

栢蘭若　你已談共和……你覺得危險！

達列朗　誰的危險？

栢蘭若　你的……

達列朗　我嗎？……先生我認識共和……我會為共和效
　　　　力……我已為過共和效力了。

栢蘭若　你不會反叛共和？

達列朗　我已經背叛了牠了。

栢蘭若　你自己誇張。

達列朗　你歎惜帝制嗎？

栢蘭若　我歎惜帝制的沒落……

達列朗　我們的意見完全相同！……拿破侖是我們不能避
　　　　免的洪水猛獸！……災難已經過去了……現在是
　　　　太平！……已經沒有戰爭了，先生，請聽我的話
　　　　吧，英法之間已結了同盟……而世界的和平已穩固
　　　　了！……英國跟我們同樣是顯然地希望和平的唯
　　　　一的強國。怎樣都要使歐洲免除新戰爭和新的革
　　　　命！……有些政府還在神權的旗幟之下進行，他
　　　　們是用大砲來擁護神權英國和我們要用主義來擁
　　　　護輿論主義到處傳播，而大砲卻不能超出某種範
　　　　圍！……共和的鐘有一天會響……但是我再要求你
　　　　忍耐一下！……再會罷，栢蘭若先生！……

栢蘭若　再會，閣下！

達列朗　不要到監獄去罷。

栢蘭若　你要代替我嗎？

達列朗　我很願意去……。九個月的休息……給我是好的
　　　　喲……

栢蘭若　為什麼你不去呢？

達列朗　因為我認識那些人……我知道人家很容易關心
　　　　我……我亦不相信人家會把我監禁九個月，才把我
　　　　放出來。

栢蘭若　你多麼卑劣！

達列朗　請作四句詩……明天民眾會在街上唱的……

栢蘭若　不。

達列朗　不必到監獄去了……一萬佛郎已繳完……六個月後
　　　　給你一位地位……

栢蘭若　不……不……不……

達列朗　到底什麼都不可嗎？

栢蘭若　不……什麼都不要……

達列朗　呀！那很高尚！

栢蘭若　豈敢！

達列朗　真的……我知道！很高尚！……你會幸福……

栢蘭若　很幸福！

達列朗　在這點是隨意的……唉……很高尚！五十年來，
　　　　我到處找遍……你知道，我很少看見像你這樣的
　　　　人……。就是詩人中……你對待人的態度很好……
　　　　你十分夠資格驕傲！……我很幸福得再會見你……
　　　　這就是令我好快活……真的……你使我與人類調
　　　　和！……我要離開這裡，起了不快之感！……你
　　　　真是親切……我不是開玩笑……很……我很感
　　　　動！……那麼，請和我握手，栢蘭若給我喜歡
　　　　罷……

（栢蘭若跟達列朗握手。）

達列朗　多謝！……我羨慕你！……。九個月，不是嗎？

栢蘭若　是閣下！

達列朗　那麼，我們已沒有再會面的機會了！……我旅行的
　　　　期限已滿了……

栢蘭若　不懊悔嗎……？

達列朗　懊悔……

栢蘭若　不害怕嗎？

達列朗　害怕……

栢蘭若　假使有神呢？

達列朗　哼……

栢蘭若　你怕站在神的面前嗎？

達列朗　哼……

栢蘭若　不……你不會害怕吧？

達列朗　害怕……我害怕發笑！

　　　　（達列朗出去。栢蘭若送他到門口，進來的時候，
　　　　看見瑪德琳在捲著睡房的窗簾）。

瑪德琳　先生。

栢蘭若　呀！你在這兒嗎，你？

瑪德琳　先生，我在這兒。

栢蘭若　你從那兒來的？……在回答我以前，我不許你吻
　　　　我……你從那兒來呢？……三天來你想什麼，為什
　　　　麼沒有來看我呢？

瑪德琳　呀！就是想那東西……

栢蘭若　回答我吧……。自星期二來你幹得什麼？

瑪德琳　賺錢。

栢蘭若　究竟是什麼？

瑪德琳　還不懂嗎？

栢蘭若　但是……這件外套是怎樣來的呢？

瑪德琳　這件外套是我的。

栢蘭若　從那兒來的呢？

瑪德琳　在大衣舖買來的。那是海獺皮做的……

栢蘭若　那是件漂亮的外套……

瑪德琳　是的……很漂亮的海獺皮！費了很多的錢……。

栢蘭若　也不過僅僅費了這麼多！

瑪德琳　不漂亮嗎？

栢蘭若　很好！……你是為得帶這件東西來給我看纔來嗎？

瑪德琳　不是……因為今晚要請我親愛的詩人去吃飯才穿
　　　　的……是不？

栢蘭若　今晚嗎？

瑪德琳　是的。

栢蘭若　沒腦袋的小妮子……你忘記今天我有事情嗎？

瑪德琳　今天幾號？

栢蘭若　你，我不知道……我，我記得是星期五。

瑪德琳　怎麼？

栢蘭若　在入獄這天，你才請我吃飯。

瑪德琳　是今晚嗎？

栢蘭若　是的。

瑪德琳　我親愛的詩人今晚要坐牢獄去！……啊！多麼蠢！
　　　　我親愛的詩人，去和你的可愛的梨如蒂辭行去吧。

栢蘭若　嘿啦！

瑪德琳　我高興極了，今晚穿上漂亮的外套伴著我國的偉
　　　　大的歌者……。啊！……但是我想這不致成為坐

牢……。因為作那些歌，而坐牢……我請問你一
聲……他們真是兇惡啊！……奪去我的詩人……。
他們把你禁多少時候呢？

栢蘭若　足夠你懷一個小孩子的時間。

瑪德琳　九個月嗎？

栢蘭若　你真會算！

瑪德琳　啊……那麼……錢也付了……

栢蘭若　他們要求太過分！

瑪德琳　但是我很能夠幹……

栢蘭若　不，你不必管！

瑪德琳　這個不幸的人，他……當我這麼幸福的時候……

栢蘭若　可是，半點我都沒有不幸。

瑪德琳　真的，他仍是笑逐顏開……我這件外套漂亮，不？

栢蘭若　無好，無壞！……誰給你呢？

瑪德琳　嘿……

栢蘭若　啊……

瑪德琳　一個名字很怪的人給我的……他並且給我一張名
　　　　片……就是這張，瞧……

　　　　（從她的手裡所提的袋子裡捻出一張名片交給栢蘭
　　　　若。）

栢蘭若　是那個義斯達維（Gustave）呢？……是父親呢？
　　　　抑是兒子呢？

瑪德琳　啊……那應當是父親……

栢蘭若　啊！為什麼？……老的是不行，我的梨如蒂！

瑪德琳　我很知道……但是，他的兒子給我一付腕套……

栢蘭若　那麼，老的呢……

瑪德琳　不應該想到那樁事情。

栢蘭若　六個月前，當我認識你的時候，你仍沒有這樣
　　　　說……你曾說過：不愛老年人……並且在那時期你
　　　　僅僅想愛情。

瑪德琳　但是，我常常想著愛情！……你不該欺負我……應
　　　　當讓我舒服一下。

栢蘭若　你真幸福嗎？

瑪德琳　啊！……我雖做了英國的皇后都沒有這樣快樂。

栢蘭若　那，我很相信！……為甚麼緣故你選英國皇后呢？

瑪德琳　我想到就講……

栢蘭若　那明明是快樂的表現！……

瑪德琳　那麼……對不起……我可以興高采烈穿這件外套！

栢蘭若　怎麼樣呢？……

瑪德琳　我和他毫無關係……

栢蘭若　呀！沒有嗎？

瑪德琳　啊！沒有……

栢蘭若　那麼，沒有講甚麼話嗎？

瑪德琳　呀！講過話……。不過，我不願意有一點點的樣
　　　　子……前天我認識他的時候，我立刻示意使他知道
　　　　我不是幹那勾當的女人……就是這樣……我告訴過
　　　　他，當大家很熟識的時候，就會知道。

栢蘭若　你想這樣亦能夠繼續下去嗎？……

瑪德琳　一直到明天！我約束到明天……

栢蘭若　呀……

瑪德琳　……

栢蘭若　他是不是一個矮小的人？……

瑪德琳　夠小。

栢蘭若　有鬍子麼？

瑪德琳　沒有……有……一定有的！……我又不知道為什麼
　　　　緣故我們都說他老……他並不老……

栢蘭若　他比我更老嗎？

瑪德琳　嘿……他把他的年齡告訴過我……嘿……比你長了
　　　　一歲……他五十歲了！……

栢蘭若　應該說他不十分老。

瑪德琳　不！不那麼年少！

栢蘭若　不……但是不十分老！

瑪德琳　呀！說到他……他知道……我們倆……

栢蘭若　他怎麼知道呢？

瑪德琳　我告訴他。

栢蘭若　為什麼緣故？

瑪德琳　因為這樣才好，嘿！

栢蘭若　這樁事情他怎樣說呢，他？

瑪德琳　他僅僅這樣說：「因為他既是你的老朋友……並且
　　　　因為他是我所佩服的人！……」現在我們兩人在談
　　　　話之間！……我想有說的必要……像這樣……從第
　　　　一天起……大家就有嚴肅的態度……而且那是給你
　　　　的自由！……我立刻就知道這並不是壞的事情，
　　　　我……

栢蘭若　我很相信！

瑪德琳　在我們兩人的中間都不是很狡猾的……

栢蘭若　不，真的嗎？……

瑪德琳　不十分！……除起我們之外，那些人會成為狡猾

的⋯⋯但是跟我們在一塊的⋯⋯就不⋯⋯這不是他
們的過錯⋯⋯當我們看見他們的時候，他們就與平
時不同了⋯⋯

栢蘭若　的確⋯⋯

瑪德琳　我的詩人，他⋯⋯那又另是一事！他不像其餘的那
　　　　些人，我的詩人！他在想一大堆的事情，他⋯⋯。

栢蘭若　他想什麼東西，天呀？

瑪德琳　難得真實知道！⋯⋯我想他一定是在想他那些
　　　　歌曲！⋯⋯總之他是想他願意的事體，他有道
　　　　理！⋯⋯那麼，他既不少年，又不老⋯⋯當他在戀
　　　　愛的時候，他是少年⋯⋯當他談論愛情的時候，他
　　　　是老人⋯⋯因為這是逗他愜意⋯⋯不，因為這是兜
　　　　老人的高興呢？

栢蘭若　或者是！

瑪德琳　他把我裹得很好，不？

栢蘭若　誰？

瑪德琳　不是我的外套嗎？

栢蘭若　呀！⋯⋯

瑪德琳　女人的一生，外套是很重要的⋯⋯誰都沒有十分想
　　　　到這事體！⋯⋯從今早起我有了這件外套⋯⋯唉！
　　　　好，自今早起，我已變成了另一個人了！

栢蘭若　真的！

瑪德琳　不真嗎？

栢蘭若　是，是，很真的。

瑪德琳　我自己不認識自己了⋯⋯

栢蘭若　我更不認識你。

瑪德琳　不是這件外套改變我嗎？

栢蘭若　呀！……

瑪德琳　不該悶悶地說……

栢蘭若　那麼，就不說好！

瑪德琳　為什麼緣故？

栢蘭若　因為……你設想我鍾愛你……是在你有這件外套以前呢？

瑪德琳　啊！……

栢蘭若　你很可猜得中嗎？

瑪德琳　啊！不……我怪可憐的樣子……

栢蘭若　呀！不……我不願意……不，我不願意你說以前的你是不好……

瑪德琳　那個？

栢蘭若　以前的你……

瑪德琳　以前我是可愛的……我是個可愛的小姑娘梨如蒂……

栢蘭若　不，不……你以前是個梨如蒂！……你從前是很好的……我懊悔……我或者沒有充分對你說過，你在某點是好的！……瑪德琳，你以前是個優秀的梨如蒂……你那雙大眼睛瞧著旁人的外套……現在呢，你帶著注視旁人有沒有看你的外套的樣子。

瑪德琳　沒有半點……我高興……甚麼……這不是潑辣……。我已變成一個漂亮的梨如蒂了……

栢蘭若　呀！不……

瑪德琳　甚麼，不？

栢蘭若　已經沒有漂亮的梨如蒂（Lisette）了！……不，

不，梨如蒂不是穿像這樣的衣服……不，你已不是
梨如蒂了！

瑪德琳　啊！

栢蘭若　不，完了！

瑪德琳　啊！不……（她把脫下來的外套丟在一個壁角。）
是像這樣嗎？

栢蘭若　呀！像這樣，你是梨如蒂了！……我喜歡你像這
樣！……當你穿這樣的時候……我不很願意坐牢
去……

瑪德琳　那麼，被罰的款是不得不繳。

栢蘭若　啊！但是……我沒有說我不去……我說我不喜歡
去。

瑪德琳　那麼，就不該去……既然人家會繳納錢……

栢蘭若　不……我這樣講是跟你開玩笑的……人家不會繳
款……

瑪德琳　沒有甚麼事情做嗎？

栢蘭若　有……

瑪德琳　呀……？

栢蘭若　什麼時候都可以出去……

瑪德琳　呀……可以出去嗎？

栢蘭若　可以離開自己的故鄉……但是，永遠不回來……

瑪德琳　唉！怎麼？

栢蘭若　若是法國人……就不十分容易……

瑪德琳　因為是法國人所以更難嗎？

栢蘭若　不……他們是為著他們自己，所以很難！況且……
我覺得人家會想到這椿事情……有時候想像兩人

去旅行……僅僅一個人，好像可以遮人耳目的樣
子……若是兩個人，會遮蓋對方……這是不相
同……。愛情不諧和的當兒，是不是另一事……那
永遠是另一事……不？……哼？……說？……

瑪德琳　真的……。那麼就不得不找一個可以離開巴黎的
人……。

栢蘭若　不過……你知道，找不到……並且，幸喜……因為
假如找到……就要做一樁不應當做的事情……

瑪德琳　的確……

（他們停一下沒有談話。）

栢蘭若　再會，梨如蒂……

瑪德琳　為什麼緣故「再會」呢……僅僅講這幾句話！……
永遠不應該說「再會！」……對著梨如蒂講：「再
會」……啊！

栢蘭若　啊！但我不是對著梨如蒂講再會……是對你！

瑪德琳　那是什麼意思呢？為什麼緣故對我講這話……真是
冷淡……

栢蘭若　你幾歲了？

瑪德琳　快二十歲了……

栢蘭若　唉！好，你要知道……

瑪德琳　我要知道什麼？

栢蘭若　梨如蒂不該超過二十歲！……

瑪德琳　為什麼緣故？

栢蘭若　因為……就是這樣！

瑪德琳　我還未滿二十歲！

栢蘭若　沒有，但是我進牢獄去的時候，你就會到二十歲

了……所以今天我不得不向你告別……

瑪德琳　為什麼緣故？……我既然要到那兒去……

栢蘭若　到牢獄……看我嗎？

瑪德琳　當然的……

栢蘭若　不……那是不可能的事情！

瑪德琳　為什麼緣故？

栢蘭若　因為不許探牢……

瑪德琳　啊！……

栢蘭若　唉！

瑪德琳　但是我仍然不甘心讓我的詩人自己一個人到那兒
　　　　去……我可以陪他一同去……

栢蘭若　唉……

瑪德琳　多謝！……現在我的詩人願不願意告訴我為什麼緣
　　　　故喜歡叫我做梨如蒂呢？

栢蘭若　不！

瑪德琳　啊！……你雖是和我約束……

栢蘭若　不過這約束……我是永遠不履行！

瑪德琳　為什麼緣故？

栢蘭若　因為那是開玩笑！

瑪德琳　啊！我十分覺得在我以前有個梨如蒂……

栢蘭若　有好多個……

瑪德琳　呀！真的嗎……？有幾個？

栢蘭若　好幾個！……第二個是一間酒家的年青的侍女……

瑪德琳　第一個呢？

栢蘭若　那又不相同！

瑪德琳　她像我嗎？

栢蘭若　你像個個人！……因為你是梨如蒂（Lisette）所以你像其餘的梨如蒂！

瑪德琳　我的性格亦是跟她的一樣嗎？

栢蘭若　你是梨如蒂！

瑪德琳　那麼，性格呢？梨如蒂……她怎樣？

栢蘭若　蓮葉一般！

瑪德琳　那是什麼意思明白說？

栢蘭若　輕浮……可愛……很快樂……不十分端莊……不十分忠實……

瑪德琳　啊！……

栢蘭若　什麼？……梨如蒂應該愛皮帶……小小的帽子等等的東西……不過，那些皮袍……她知道那是給旁人的！……梨如蒂應該跟一個青年來欺騙我！……
（他們重新停幾秒鐘沒有講話。）

瑪德琳　我的詩人不願意我去買些花嗎……

栢蘭若　唉……好……

瑪德琳　是不是要放在你的小房子裡？……

栢蘭若　很好……。但是，我先告訴你，恰恰再半個鐘頭我就要離開這兒……

瑪德琳　我趕快去……（她再穿上外套）那麼，我去，立刻就回來……很快……立刻見。

栢蘭若　我等你！

瑪德琳　（從門出去，沒有給栢蘭若聽見。）我不曉得說再會……
（她用手送給栢蘭若一個吻。） 再會！……
（隨後她再把門關上。栢蘭若自己一個人在那兒收

拾著書包。一下外邊有人敲門……）

栢蘭若　進來。（一個穿著木匠的服裝的人進來。這個人就是保羅。）呀！是你，我的朋友……講進來！……麻煩你……對不住。

保羅　沒有半點……

栢蘭若　你知道我是誰嗎？

保羅　啊！栢蘭若先生……

栢蘭若　好！請坐。

保羅　但是……我……

栢蘭若　請坐下吧……請聽我告訴你……。我要問你一椿奇異事體！……你的父母親還在世嗎？

保羅　不……

栢蘭若　呀！……那麼……你認識你的父母親不？

保羅　很記得！……父親死的時候，我正二十歲……媽媽已死了兩年了……

栢蘭若　唉！好……就是僅這樣……這就是我所要問你的事體……

保羅　但是，為什麼道理你問我這些事情，栢蘭若先生？

栢蘭若　啊！這……說來話長……這完全是段故事……！你不會不滿意我嗎？

保羅　不會……

栢蘭若　多謝……對你不起！……（他握著保羅的手。）你幾歲了？

保羅　快四十一歲了……

栢蘭若　請聽我說吧……做一椿很好的德行，會不會討你厭煩？

保羅　不……不會！

栢蘭若　這是一椿很好的行為……不過時間已過去……六點半鐘以前我就要出去……（隨後，一面拿行李，一面低聲地說。）我生怕她不再來了！（向著保羅）你可不可以陪我到牢獄去？

保羅　這是椿給我光榮的事情，栢蘭若先生……

栢蘭若　唉！好，來……在途中我才把這椿事情告訴你……（他穿上大衣）你的媽媽，你不會時時懷念她嗎？

保羅　呀！懷念……

栢蘭若　好！……你把這個住址放在袋子裡面……（他把若梨家的老婆婆的住址給保羅。）一生受人家的熱狂般的愛，不好嗎？

保羅　呀！是的！

栢蘭若　那麼，來吧……（他戴上帽子）你能夠撒一個好的謊嗎？

保羅　因為要救一個人，罷罷……好！

栢蘭若　對！……因要救一個人……來！……

（他們去了。）

（幕下）

第三幕

這幕的佈景與第一幕相同，但是在三十五年後。即一千八百四十八年。栢蘭若在這時代已經六十八歲了。這幕是在正月間演的。樹木和屋頂都蓋滿了雪。幕開的時候，沒有一個人在舞臺上。幾分鐘後，栢蘭若出來在舞臺裡。

栢蘭若　啊！多麼感慨！……多麼嬌媚，多麼沉悶呀！……

我回想到年青和快樂的時期坐在這個位子……。我
再會到「卡維」的會員……再看到那個老怪物在迴
欄上……以及那少女站在這隻桌子上面唱歌……。
聽見遼遠的地方，一陣音樂奏著「伊凡東之王」
（Roi d' Yvetot）的歌曲……就是在那兒我和解了一
對戀人！……我實在是從這兒出去……就是從這
間酒家出去……。最後我願意再看一次！……我
托著杯……和挾著一隻很柔嫩和玫瑰色的手臂出
去！……路旁的樹木已經不認識我了！

（飯館的老板娘站在門檻上。）

老板娘　先生，你找什麼東西呢？

栢蘭若　沒有……我在找過去的紀念！……太太，你是飯館
的主人嗎？

老板娘　先生……

栢蘭若　我看見這間酒家改做飯店……是不是自你這兒以
後，太太？

老板娘　啊！先生……已經二十年了！

栢蘭若　那還不能夠。

老板娘　為什麼？……

栢蘭若　為的能夠給我們共同回想過去。

老板娘　那麼，你很早就認識這間屋嗎？

栢蘭若　啊！是……我已經認識三十五年了！……但是，
以後我就沒有來過！……你認識從前這裡的老板
嗎？……是個胖子……夠討厭的。

老板娘　是呀，房子是我從他的手買來的……從他或者是從
他的太太的手買來的……因為他在七十歲的時候結

了婚……並且他討了一個比他少五十歲的少女！

栢蘭若　年紀相差人遠啊！……你認識一千八百十三年在這
　　　　兒的女僕嗎？

老板娘　呀！不，不認識……或者……認得！……她叫什麼
　　　　名？

栢蘭若　瑪麗！

老板娘　嘿！好，就是她……

栢蘭若　怎麼，是她嗎？

老板娘　老板討的就是她！

栢蘭若　啊！……

老板娘　是的！……嘿！那麼……你應當早一星期來……

栢蘭若　為什麼緣故？

老板娘　因為你可以看到她……

栢蘭若　她到過此地來嗎？……

老板娘　是的……她來也跟你一樣……就是像這樣……她告
　　　　訴我：「為得紀念過去的事體」來的！

栢蘭若　她來過……此地！……

老板娘　並且她告訴我……一大堆事情……。自她賣了房子
　　　　以後我就沒有再看見過她。她對我說她很早就守
　　　　寡……隨後她又結了婚！……她又告訴我：她從前
　　　　是這裡的女傭人……這事體在第一次我會到她的時
　　　　候，實在她並沒有告訴過我……她又對我說當她做
　　　　女傭的時候……是個歌者栢蘭若的好朋友……

栢蘭若　呀！……她還記得栢蘭若嗎？

老板娘　我想一定記得！

栢蘭若　那麼……她怎樣呢？

老板娘　她？

栢蘭若　有人告訴我：她一雙很漂亮的眼睛……

老板娘　啊！她那雙眼睛，你知道，現在戴著眼鏡……已不好看了。

栢蘭若　真的呀！……

老板娘　哪她快要六十歲了……

栢蘭若　真的……真的！……但是，結果她仍記得栢蘭若……

老板娘　啊！她並且對我這樣說，如果在她死以前能夠再會到他，她一定快樂……

栢蘭若　在她……以前

老板娘　是……

栢蘭若　在她死以前……抑是在他死以前呢？

老板娘　在他死以前，吧！……只是，吧了，已太遲了……

栢蘭若　真的！……我覺得你也是以為他死了嗎？

老板娘　你知道，這是不會錯的……已經三四年沒有聽見人家提起他了……當沒有人再提起他的時候，就是他已經死了。

栢蘭若　的確的……你認識他嗎？

老板娘　栢蘭若嗎？……不！……我確實看過他，像一般人一樣……甚至有一天我在林下楓騰哪（Fontenay-sous-Bois）的街上碰見他……並且我看見他好像我看見你一樣……。唉！奇怪，你跟我談論栢蘭若，你怕有他的消息，先生。

栢蘭若　呀……你覺得嗎？

老板娘　你實在有點像他……。從沒有人告訴過你嗎？

栢蘭若　有……所以我讓你說，因為有人時時這樣告訴過
　　　　我。

老板娘　是，不過……想起來……不是這樣……。你比他小
　　　　一點……

栢蘭若　呀？

老板娘　啊！

栢蘭若　那或者因為我站得不好……

老板娘　啊！不是……他比你大……對不起，他並且比
　　　　你……更快樂的樣子！……

栢蘭若　但是……你要知道，因為我想他，所以這時候我現
　　　　出煩悶的樣子……

老板娘　那麼，你定認識他吧，先生？

栢蘭若　不認識……不過，我很常聽見人家談論他……。他
　　　　好像是個誠實的人……那麼，這是樁使我難過的事
　　　　情……我站在他的地位，你知道嗎？

老板娘　那是什麼意思？

栢蘭若　不是嗎？我想像我是死了……那麼，這就是樁使我
　　　　難過的事情！

老板娘　真的，但是不該有這念頭！……

栢蘭若　你想那是大損失嗎？

老板娘　栢蘭若嗎？……啊！天呀，不，實實在在！……這
　　　　個人有他的時代……他的時代過去了……他去得
　　　　好！……或者我錯了！你要明白……我不過是民眾
　　　　中的一個婦人，我……我這樣說……

栢蘭若　講吧！講吧！……因為你是民眾中的一個婦人，所
　　　　以我問你！你估量他死得好嗎？……究竟他去得好

嗎？

老板娘　時時聽說：「一個這樣的人死得太早……他本可以
　　　　再活十年……！」唉！我想正相反！我已經看了許
　　　　多人死去……並且我常常留心那些死去的人……還
　　　　是死得有點太遲！……我所講的並不是有名的人，
　　　　真的……就是我所認識的人，即是我的那些朋友或
　　　　是我那些親戚……我又常常覺得，……他們在臨終
　　　　的時候，像這樣……已經失了知覺了，什麼！他們
　　　　都變成蠢了……或者變成兇惡……。我不知道：那
　　　　些名人是不是像這樣？

栢蘭若　啊！沒有多大的差別……。然而，他……栢蘭
　　　　若……他卻沒有變成蠢……

老板娘　呀！不？

栢蘭若　啊！不……沒有半點……據人家告訴我：沒有半
　　　　點！……我不敢：「顛倒是非，」但是他既不變成
　　　　蠢，並且又不變成兇……

老板娘　唉！好，聽吧……多麼好！

栢蘭若　是的！

　　　　（聽見一陣清朗的唱歌聲。）

　　　　他是個矮小的人兒，

　　　　居住在巴黎，

　　　　全身穿著灰色的衣服，

　　　　臉頰蘋果般的豐滿，

　　　　他滿足自己的生活，

　　　　　身上雖沒一個蘇[8]

　　　　　口頭這樣說：我……

　　　　　口頭這樣說：我……

　　　　　真的，我歡笑沒有一個蘇！

　　　　　呀！他多麼快樂！

　　　　　呀！他多麼快樂！

　　　　　這個渾身灰色的矮小人兒。

栢蘭若　那是甚麼聲音？

老板娘　那是個小女孩的……是個幫我做事情的可憐女孩的
　　　　聲音，她有時候來問我要飯……

栢蘭若　他唱什麼呢？

老板娘　那是一齣舊的歌兒！或者是栢蘭若做的，啦！……

栢蘭若　或者是……。她的聲音動人！

　　　　（女孩子出來了，她就是瑪格娌特。她穿過那邊，
　　　　把買回來的麵包交給老板娘。隨後她又唱起歌來，
　　　　在要出去的時候。栢蘭若把她攔住……。）

栢蘭若　女孩兒？……你唱的是什麼歌兒？

瑪格娌特　我不知道……

栢蘭若　你不知道嗎？……但是從那兒學來的？

瑪格娌特　我不知道……

栢蘭若　你不知道嗎？……是誰做的呢？

瑪格娌特　不知道！

栢蘭若　你不知道！……你幾歲了？

瑪格娌特　十九歲了！

_____

8　譯者注：一個蘇（Un Sou）即生五丁。

（三個青年從舞臺裡面出來。老板娘迎接他們。）

第一青年　你可以替我們預備一點東西嗎？太太。

老板娘　　好，先生……請進裡面坐怎樣？

第　青年　不……這裡就好！

老板娘　　怕會冷吧？

第一青年　不，不！……如果冷，我們纔進裡面去！嚇？

其餘的青年　……

第一青年　要火酒嗎？

其餘的青年　要……

第一青年　請拿三個盃和火酒來！

老板娘　　知道了，諸位先生……

　　　　　（她進客棧去了。這時候栢蘭若叫瑪格婭特在一張
　　　　　桌子的旁邊坐下，然後他自己坐靠近她的身邊。栢
　　　　　蘭若距離那些青年有幾米突的遠。）

第一青年　我們在這裡很好……

第二青年　很好…

第一青年　大家坐下罷！

第三青年　我不認識這間客棧……

第一青年　這是一間有名的客棧！

第三青年　呀！這樣嗎？

第一青年　栢蘭若和勒偌治葉的有名的會合就是在這裡……

第二青年　唉！什麼？

第一青年　他們的會合就是在這兒。

其餘的青年　呀！

第一青年　並且，人家常常在這裡談論政治，我告訴你們……
　　　　　我找這塊地方就包含幾分意思在……因為這兒曾給

了「卡維」人們快樂！……現在我要使你們明瞭我的計劃！我想對於這次正在發作的大革命運動不該袖手傍觀……。我請你們兩位到這兒來，乃因為你們都是跟我一樣青年……。要幹什麼事情，千萬不要和有年紀的人商量！……可是我估量有不得不幹的事情！……當六月的變動，我們沒有幹半點事體，我們錯了……我請問你們，今日是否忠實地預備實行……你們的義務……因為革命快要成功了，這次我確實相信……。

第二青年　請你相信我吧……

第一青年　那麼，你呢？

第三青年　我願正確地知道你們要幹的事情。

第一青年　我們已不願再作局外人了！我們已不願再為禮教所束縛了……。我們要參加民眾運動……要盡必要的職責……。因此我們從明天起便要去聽從革命黨領袖的命令！……請聽我的話，時間已迫促了！……如果我們不全體，並且要用一種正式的方法去反抗國立勞働廠的腐敗……那麼，一年以內就會再恢復帝制！並且三個月後就會重新打起仗來！……你們對於這事情要怎樣辦呢？

其餘的青年　呀！沒有異議……

第一青年　那麼，我們的意見一致……。這就是我的計劃……喂！

（老板娘拿酒和杯出來給他們。）

老板娘　你們選著怪日子，才到鄉下來。

第一青年　我們並沒有選日子……我們隨便要來就來。

老板娘　有道理！……應該常常要照這樣的日子……

第一青年　啊！不，不是常常這樣！……

老板娘　呀？

第二青年　啊！不過……

第一青年　不該讓他太隨便，太太。

老板娘　一定有什麼事情使你們擔心嗎？

第一青年　太太，許多事情……太多……。有些事情是我們願意幹的……但是有些是我們不願意幹的事情……。如果你覺得好，你們就一任政府去播弄……這就是你們的任務！

栢蘭若　你不冷嗎？

瑪格娌特　啊！不，我慣在外面……

栢蘭若　（向著靠近他的老板娘。）　請給我們很熱的五味酒（Punch），太太……

老板娘　好，先生……馬上就來！

栢蘭若　在那裡的幾個青年是什麼人？

老板娘　那是幾個激烈的小孩子！……他們參加陰謀呢……

栢蘭若　多麼倒霉！

老板娘　目前很多像這樣的……

栢蘭若　嘿啦！

老板娘　你是帝制派嗎？先生。

栢蘭若　我？啊！我，太太，我從未曾干與政治！……請給我們喝的東西……

老板娘　馬上就來……

　　　　（她過去，然後進客棧裡面。）

栢蘭若　你坐那兒不悶嗎？靠近我一點。

瑪格娳特　不……

　栢蘭若　你不怕我嗎？

瑪格娳特　啊！絲毫不怕……

　栢蘭若　你沒潑辣的樣子，不是嗎？

瑪格娳特　啊！沒有……

　栢蘭若　我沒有蠢樣子，沒有半點嗎？

瑪格娳特　啊！不，絲毫沒有！不過，你要告訴我：為什麼緣
　　　　　故你問我所唱的是什麼歌？

　栢蘭若　你先告訴我，為什麼緣故你不願意回答我。

瑪格娳特　但是，我已把實情回答你了……我不知道……

　栢蘭若　你怎樣學來的？

瑪格娳特　那麼，我就告訴你，我不知道！……我記得我小的
　　　　　時候，祖母時常唱！……她時常唱了一大堆舊的歌
　　　　　兒……我就是像這樣記起來的……

　栢蘭若　你的祖母唱這支歌兒嗎……

　　　　　喂，巴栢特（Babet），請你少許殷勤……

瑪格娳特　（繼續唱下去。）

　　　　　給我雞蛋奶和我夜睡的頭巾……

　栢蘭若　她也唱這支歌兒嗎……

　　　　　我何等的歎惜……

瑪格娳特　（繼續唱下去。）

　　　　　我的肥胖的手臂

　　　　　我的整齊的足脛

　　　　　和失掉了的良時！

　　　　　啊！常常唱！

　栢蘭若　那麼……你認識栢蘭若的名嗎？

瑪格娳特　嘿……不認識！

栢蘭若　　呀！……（自己說）我的歌比我先著名，但我卻比我的歌先被忘掉……（向著瑪格娳特。）你的眼睛很漂亮，你人也是一樣，你知道。

瑪格娳特　好像這樣。

第一青年　像這樣見做沒有法子談話……。我要去問有沒有一間房子，可以使我們避開那些輕率的人的……

栢蘭若　　（聽見這些話。）　我擾亂著你們嗎，諸位？

第一青年　不，沒有半點，先生……

栢蘭若　　真的，我很覺得我在這兒妨礙你們談話……

第一青年　但是……先生，你是那位？你這麼像……。你不是……？

栢蘭若　　是！

第一青年　哦！……（向著其餘的青年。）這個人是栢蘭若！

其餘的青年　哦！……

　　　　　（三個人一齊起來，向著栢蘭若的位子跑去。）

第一青年　啊！老師，你許可我們嗎？……

　　　　　（他們握栢蘭若的手。）

栢蘭若　　請不必客氣……我的孩兒們，好呀……。你們也認識我嗎？

第一青年　啊！老師……我們是「卡維」（Caveau）的會員！

栢蘭若　　你們是「卡維」的會員嗎？

第二青年　是的，三個人都是……

第一青年　真的，那是因為你，因為紀念你和勒偌治葉在這兒會合……所以我選了這兒，為得……

栢蘭若　　為得？

第一青年　為得在這兒談論……一點事情！

　栢蘭若　有趣味的事情嗎？

第一青年　非常趣味，老師，是一樁很重要的事情！

　栢蘭若　呀？

　　一齊　是。

　栢蘭若　三個人合作嗎？

第一青年　合作什麼？

　栢蘭若　一定是合作一首詩吧？

第一青年　啊！不，不是！

　栢蘭若　你們不是詩人嗎？

　　一齊　是。

　栢蘭若　那麼……你們一定是談論詩罷？

第一青年　嘿……

　栢蘭若　不是？……那麼是談論愛情嗎？

第一青年　嘿……

　栢蘭若　呀！這樣，但是……除起愛情和詩以外，詩人能夠
　　　　　談論什麼呢？

第一青年　老師，我們討論了一樁比詩更嚴重的……更重要的
　　　　　事情。

　栢蘭若　喂！……無論如何，那是一件不給你們十分快活的
　　　　　事情！

第一青年　那仍是引起我們的興趣。

　栢蘭若　更好，孩兒們……玩罷！……回你們的坐位去……
　　　　　祝你們幸福！……

　　一齊　老師！

　　　　　（他們向栢蘭若行禮，然後離開。）

栢蘭若　可憐的孩兒們！

第一青年　我們進裡面去吧。

第三青年　啊！不……還是在此地吧……我想看他一下……

第　青年　好。

第二青年　為什麼不把這樁事體告訴他呢？

第一青年　大計劃嗎？……呀！不……聽我說吧，永遠不該跟
　　　　　有年紀的人商量。

第三青年　但是……他！

第一青年　他跟旁人是一樣的！

栢蘭若　唉！你看……那三個青年都比你年輕……並且不是
　　　　一點點的相差……

瑪格娌特　他們幹什麼？

栢蘭若　他們幹陰謀的勾當！

瑪格娌特　呀！

栢蘭若　他們一定沒有比他們所幹的更好的事情可做。

　　　　（老板娘端著兩杯五味酒放在栢蘭若的桌子上面。）

老板娘　五味酒……熱騰騰！

栢蘭若　多謝！……

　　　　（老板娘去了。）

栢蘭若　喝吧！……祝你的健康！

瑪格娌特　我也祝你的健康。

栢蘭若　謝謝你！……你的眼睛很漂亮！並且你是愛嬌的
　　　　人！……你有一種這麼天然的優雅……這麼溫
　　　　柔……你這麼……我不知道要怎麼說……這麼香
　　　　膩……。（向著那三個青年）像你們這樣的年齡，
　　　　最好是講愛情聽我說吧！……（自己說）他們一定

發瘋吧！……（向著瑪格娌特）你讓我看一下，行
不行呢？

瑪格娌特　行！……

栢蘭若　談一下吧。

瑪格娌特　我沒有話說……

栢蘭若　你想什麼？

瑪格娌特　亂想！

栢蘭若　今晚，你願意和我一塊……在巴黎吃晚飯嗎？……

瑪格娌特　我不能離開此地。

栢蘭若　呀！……‧你……不能……！你的眼睛總是很漂
亮，你知道……你並且很愛嬌，你多麼……溫
柔……（一面看著那三個青年，一面自己說話。）
啊！蠢東西！（向著瑪格娌特。）你瞧那三個人
嗎？……哼……他們一定是傻瓜……。你有聽見他
們說的話嗎？

瑪格娌特　沒有聽見！

栢蘭若　你肯不肯替我聽一聽……我的耳朵有點鈍……你把
他們所說的事情告訴我……

（她聽）

第一青年　革命……一定會給我們平等……絕對的……你們懂
得嗎？

栢蘭若　他說甚麼？

瑪格娌特　他說革命會給他們絕對的平等……

栢蘭若　多麼傻！……他們距離我們三米突……但是不談論
你！……

第二青年　真正的共和……無論什麼……以至國內一切的財源

都應當公平的分配。

栢蘭若　他說了什麼？

瑪格娌特　他說真正的共和應該分配……我不知道什麼……什麼國家的財源……

栢蘭若　呀！我懂得這句話！

瑪格娌特　我不十分懂得……因為他說得不那麼容易……

栢蘭若　他也不懂得……

瑪格娌特　他在找話說……

栢蘭若　他也是一樣！……但是他們繼續下去……他們並不聽……我們的談話……而繼續談論著政治！……（向著那些青年，）起首就是假的……完全是假的！……他在向你們說的一切的事情完全是假的！……（向著剛說話的青年）請你離開那兒……我是你們的名譽會長，我叫你停止談話，就是這樣吧了……去吧……把你的位子讓給我……（他站起來）請你離開那邊……到我這兒來……（這個青年驚訝，照著栢蘭若所說的那樣做。）第一，有意見不該鬼鬼祟祟地說……應當歌唱……或者狂呼！是什麼陰謀家呢？三個人合起來，還不夠我的年紀！

第一青年　年紀是毫無關係。

栢蘭若　如果你到了我的年紀，你就會知道。

第一青年　我們的意見……

栢蘭若　你們的意見！多數人是什麼東西呢！那麼，愛你們的祖國就是了！

第一青年　我敬愛我的祖國！

栢蘭若　就是這樣說啦……。你看你不說而叫起來了……。

無論什麼時候，不該低聲地說：「我敬愛我的祖國！」因為這樣，你就好像背叛祖國的樣子！……鬼鬼祟祟說的就是叛國的人……。唉！好，諸君，你們除起：「我敬愛我的祖國」的意見以外，就別無旁的了！……。這意見無論在任何屋頂以及什麼政體之下，都可以高聲大喊……。除此以外，你們應該謳歌美的……笑那平庸的……和嘲弄那醜陋的東西！……除起嘲笑不美的東西以外，有什麼可以滿足這生命……。你們是詩人，做詩吧……並且要努力做好的詩！

第一青年　我們雖是詩人，但也是人！

栢蘭若　唉！好，那麼愛情也要講！……如果你能夠把這兩事都同時認真幹去，你就沒有時間使你感到枯寂無聊！先生，你談革命……把法文寫好一點……你就會知道什麼是革命！論到政治，你們把牠看做鼠疫症一般的可怕！孩子們，我是從政治裡面跑出來的……但是我不會再去參加！……側近去看，那是不美，聽我說吧！……萬一要保留「德謨克拉西」的幻影，就不該和權力太接近！再者，你們很快就會發覺……譬如一個民主主義的議員剛剛開始騷亂，隨時就要離開他的座位，人家因要使他靜靜坐一下，給他一把靠手的大椅——他便坐下去！……假使諸君想絕對的在這地球上盡使命——那麼，我就不能十分勸誘你們！——也罷！那麼，你們就宣傳人類不是那樣下賤的……以及生命畢竟還是完全活活潑潑的東西！敬愛你們的朋友吧，不要厭惡任

何人⋯⋯相信我的話，這就是幸福的關鍵！⋯⋯我
說得也像他一樣好嗎？

兩個青年 （他們是跟栢蘭若同坐一張桌子。） 啊！

栢蘭若 （指著低聲向瑪格娌特說話的第一青年。） 在那兒
的人應該講得跟我一樣好⋯⋯。經了五十年的思
考，我才忽然覺得我既是一個人⋯⋯一個不是十分
奇特的人，但是，結果既是一個人⋯⋯我應當把我
所有的大部分的愛情獻給我的同胞們！我想得很
久：對於祖國的愛情是我唯一的信仰⋯⋯今日我已
知道那是不正確⋯⋯並且我的心的深處，我是信仰
人類！是的，數年來，我就一步一步的跑離這個世
界⋯⋯那是因為要堅固我的信仰！照我這樣幹去
吧⋯⋯裝作相信旁人的好處⋯⋯他們結果或者會改
變！⋯⋯再者，假使合你們的性格⋯⋯假使你們做
得到⋯⋯那麼，就從你們的周圍行善起來⋯⋯這就
是好的！⋯⋯罷了！孩兒們，我把你們和你們的政
客隔開⋯⋯瞧，他現在在什麼地方呢⋯⋯
（他指著現在靠近著瑪格娌特的青年。）

第一青年 你這雙可愛的手讓我替你暖一暖吧⋯⋯

栢蘭若 他們談什麼？

第二青年 我沒有聽見⋯⋯

栢蘭若 聽一聽看！⋯⋯我呢，我的耳朵有點鈍⋯⋯替我聽
一聽看⋯⋯

第一青年 這就是我們要做的事情⋯⋯今晚你可以和我到巴黎
去吃飯嗎？

瑪格娌特 很好⋯⋯

第一青年　這裡沒有什麼事情嗎？

瑪格娌特　沒有什麼事情……正正相反！……

　栢蘭若　他說什麼？

第二青年　他請她吃晚飯……

　栢蘭若　她怎樣回答呢？

第二青年　她回答：「高興去。」

　栢蘭若　她不是說不能離開此地嗎？

第二青年　不……

　栢蘭若　可愛！她不愛老人……可愛！……

瑪格娌特　我僅僅這件衣……

第一青年　你的衣有什麼要緊……。我們要到蒙馬特爾（Montmartre）的一間小飯館去……

瑪格娌特　不……告訴你吧……你知道我所希望的嗎？……

第一青年　不知道，什麼？

瑪格娌特　我希望……我想，還是，我很願意……

第一青年　到我家裡吃飯嗎？

瑪格娌特　啊！我們買些夠吃晚餐的東西，然後一同到你的家裡去……。已經有一年了，我夢想和一個人同在一個盤子吃飯……

第一青年　這是很好的想頭！

　栢蘭若　但是，剛才她告訴我，說她沒有話說！

第一青年　那麼，晚飯後，你願意到有音樂的咖啡店去嗎？……

瑪格娌特　啊！我從未曾去過！……我們到上面的小席上去坐，不？

第一青年　一定的……

瑪格娌特　好像是很好……因為客廳也可以看得見……

第一青年　到了音樂的咖啡店以後呢……？

瑪格娌特　我們就互相手攜手回來……

第三青年　我想他們的意見完全一致。

栢蘭若　他是個忠實……親切的青年嗎？

第三青年　很親切……

第二青年　近來他的頭腦有點興奮……

栢蘭若　此回可以把他鎮靜吧！

瑪格娌持　不，不要叫我跟你：「你你我我」的親昵的稱
　　　　　呼……還早……不是今天……

第一青年　明天嗎？

瑪格娌特　是……

第一青年　我願趕快就半夜！

栢蘭若　「真正的共和應把國家所有一切的財源公平的分
　　　　　配……」
　　　　　（瑪格娌特示意她的情人說栢蘭若跟談話。）

第一青年　對不起，老師！……

栢蘭若　不，不，沒有什麼……我說……「真正的共和應把
　　　　　國家一切的財源均分……。」假使像你這樣解釋，
　　　　　要分配國家所有的財源……那麼，剩不了什麼東西
　　　　　給旁人……

第一青年　請你格外原諒，老師……

栢蘭若　我很原諒你，孩子！在我這方面，我試把你代替我
　　　　　所能夠做的……我十分高興……。況且我的工作不
　　　　　壞……。我知道「梨如蒂」（Lisette）已不是我的
　　　　　了，一般人還記得的那些歌，已不是昔日陷我於縲

　　　　　　綖之中的歌了⋯⋯

第一青年　然而那是最好的⋯⋯

　栢蘭若　很久我已相信⋯⋯但是我錯了！⋯⋯諸君看吧，
　　　　　「光榮」⋯⋯

第三青年　老師，什麼是光榮？

　栢蘭若　嚇⋯⋯就是女人！⋯⋯

　　　　　（當那些最後的答辯的時候，第一青年，第二青年
　　　　　和瑪格娌特大家互相商量，為得要使栢蘭若稍稍驚
　　　　　駭，瑪格娌特一面唱歌，一面挨近栢蘭若。）

瑪格娌特　孩子們，我是梨如蒂，

　　　　　是你們朝朝暮暮在那古栗樹下

　　　　　唱詠的歌兒

　　　　　的作者的梨如蒂！

　　　　　我的孩子們，

　　　　　祖國所尊崇的歌者

　　　　　愛我以柔情，

　　　　　他的紀念今仍給我與炫耀，

　　　　　使我歡樂至終生！

　栢蘭若　孩子，你問我什麼是光榮嗎？⋯⋯唉！啦那就
　　　　　是⋯⋯你看⋯⋯這支歌兒不是我的了⋯⋯

　　一齊　啊！⋯⋯

　栢蘭若　不⋯⋯不過，那是沒有關係，那仍然是好聽的
　　　　　歌！⋯⋯孩子，唱完栢拉（Pérat）的這支歌兒
　　　　　吧⋯⋯

瑪格娌特　從前我已說，

　　　　　如果諸位知道，孩子們，

我是多麼可愛……

當我的年紀正青春！

嬌艷的顏色，明媚的秋波

輕啟朱唇笑呵呵……

啊！我的孩子們，

我是多麼可愛呀，

當「格麗若蒂」⁹十五的青春！

（栢蘭若伸開兩手抱她。）

幕下（完）

9　譯者注：格麗若蒂（Grisette）即輕佻工女。

關著的門

1936年2月正中書局印行，1947年11月滬1版。

譯者的話

　　一八八五年浪漫派巨子雨果（V. Hugo）死後不久，法國文壇發生一種新的運動。這種運動即高蹈派（École parnassienne）中的幾位作家馬拉梅（Stéphane Mallarmé）、魏爾侖（P. Verlaine）等脫離了該派，而獨樹一幟，創立象徵派的運動。那時候正是亨利·列尼葉（Henri de Régnier）剛滿二十歲，開始發表他的文學作品的時期。列尼葉氏以一八六四年十二月生於法國西北部雍佛列（Honfleur）地方，小時便來巴黎，起初在斯達尼斯拉中學肄業，後來專攻法律。但他很早就薰陶於文學的環境裡，因時常與馬拉梅輩相往還，所以受象徵派的影響甚深：如馬拉梅、里爾（Charles Leconte de Lisle）、迪也爾（Léon Dierx）、魏爾侖、瑋里耶（Villiers de L'Isle Adam）均為他生平最服膺的人，後來他卒成為象徵派的巨擘。他不僅是法蘭西現代的大詩人，而且是個很著名的小說家。他被選為法蘭西文學院（Académie Française）會員是一九一一年的事。他的詩、小說、戲劇和文藝論文集有三十種以上；他已達七十高齡，然仍寫作不倦，現在還時常有作品發表。我國文藝界對於這位偉大的作家迄今似乎還沒有人介紹過。

　　耶洛（Ernest Hello, 1828～1885）是個哲學家兼小說家，他的作品充滿著懷疑、冷酷、諷刺和神祕的色彩；所以法國人稱他做神祕的著作家。他的文藝作品不多，但用筆卻非常深刻。拉賽爾（H. Lasserre）曾這樣批評他的作品：「試一讀莫里哀或普洛特（Plaute）所描寫的《守財奴》，便覺得他們兩人好像小孩一般，因為他們所描寫的守財奴，只是粉壁上的一個影像，至於耶洛所描寫的守財奴則確

確實實是個活生生的守財奴，繪聲繪色，無論舉止動作無一不逼真畢肖……」。這幾句話並非過分的稱讚，凡讀過耶洛的作品的人大概都會有這樣的同感吧。按法國文壇自波多萊介紹美國 Edgared Poë 的作品之後，曾有一個時期（1856～1865）流行著一種世人稱為「架空小說」（Conte fantastique）；耶洛就是屬於這一派的。

　　瑋里耶和普勒夫斯特（M. Prévost），國內已有人介紹過，這裡恕不多贅。

　　這幾篇小說，大半是幾年前旅居巴黎時的譯作，現特編集問世，如蒙方家指正，竭誠歡迎。

中華民國廿四年六月中旬譯者識於首都旅次

關著的門

列尼葉（Henri de Régnier）作

作者

　　列尼葉（Henri de Régnier,1864～1936）今譯作
亨利・德雷尼爾（或譯為「雷尼耶」、「雷尼埃」），
廿世紀初法國重要的象徵主義詩人、小說家。雷尼
耶出身古老的諾曼第家庭，在巴黎學習法律期間，
受到波特萊爾（Charles Pierre Baudelaire）、馬拉
梅（Stéphane Mallarmé 今譯為馬拉美）、里爾（Charles Leconte de
Lisle）、迪也爾（Lon Dierx），魏爾侖（Paul Verlaine, 1844～1896），
瑋里耶（Villiers de L'Isle Adam）等象徵派詩人的影響，於一八八
五年發表第一部詩集《明日》（Lendemains）。爾後陸續發表了《田
園和神聖的遊戲》（Les Jeux rustiques et divins, 1897）、《泥土勳章》
（Les Médailles d'argile, 1900）、《生翅膀的涼鞋》（La Sandale ailes,
1906）等。戲劇《女看守員》。芥川龍之介在〈遺書〉提到亨利・德
雷尼爾的小說中描寫了一個自殺的人，這個短篇的主人翁自己也不知
道為何要自殺。芥川說「這裡面包含著複雜的動機，正如我們的行為
所表明的那樣。」其作品內涵意象皆極豐富。一八九六年與詩人埃雷
迪亞（Jose Maria de Heredia）的女兒瑪麗（Marie）結婚，婚後雷尼
耶放棄早期自由不羈的風格，傾向於古典形式，寫出了大量回憶過往
生活的小說，尤其緬懷十四世紀和十八世紀的義大利和法國，如：
《雙重的情婦》（La Double Maitresse, 1900）、《愛的恐懼》（La Peur

de l'amour, 1907）、《女罪人》（*La Pecheresse*, 1912）、《愛之旅行》
（*Le Voyage d'amour*, 1930）等作品。列尼葉高尚的品德，與貴族特有
的氣質和趣味，在兩世紀交替之時，成為法國知識界的重要人物。
（編者）

譯文

　　我一到那地方，他倆就引起了我的注意：他呢，由於他那快老的
人還保存著的威風凜凜的神情；她呢，由於她那優雅，嬌弱而憔悴的
風韻。他倆成了這旅館裡面「耐人尋味」的一對。在秋天，這所位置
在奧國邊境加爾達湖的里華小驛站的旅館，遊客是很少的，但我卻正
因為這裡的寂靜而想留住幾時。

　　在我的生涯的這個時期裡，我為了一個被環境所阻撓的不幸的愛
情，弄得極其鬱悶。因著一些我現在不願多講的理由，我不得不拋棄
我所愛的女人。這種被嚴重的義務所逼迫成的犧牲，使我非常痛苦，
於是，我去意大利旅行，想藉此減輕我的苦楚。我便是在這種精神狀
態裡，游完了加爾達湖的。壯麗的風光使我自己稍稍排解了一點，而
位置在峻峭的岩壁下面，湖的最狹窄處的里華，這間差不多荒涼無人
的大旅館和它那伸出在湖面的平臺上的花園等等，使我決定在那兒作
幾星期的勾留。

　　我的苦惱雖是達到頂點，但是，像我剛才所講的那樣，我一到那
地方，便和普通人一樣注意到這對發生問題的夫婦。他們竟還激起了
我的好奇心，使我跑到旅館的賬房裡去打聽這兩個遊客的姓名。打聽
的結果，除開知道他們是法蘭西人叫做都爾蘭質先生和都爾蘭質太太
之外，也就沒有得到別的什麼了不得的消息。都爾蘭質先生是個五十
歲上下的人，體強肩闊。他有堅實的頭腦，剛毅的臉孔，和灰白的鬍
鬚。他的女人，姿勢優雅，風度高貴，有著一副嬌豔的臉龐，一雙脈

脈含愁的美麗眼睛，她的一切舉止，都有著一種難於言說的脆弱，厭倦和恐懼的氣分。把這柔弱而膽怯的人和年紀雖老而還現得異常頑健的都爾蘭質先生對照起來，那情形是很動人的。並且都爾蘭質先生使我起了疑惑。他的面部的輪廓，我似乎是曾經見過的。我究竟在什麼地方看過這張臉孔呢？

每次遇著都爾蘭質先生地，我便這樣尋思著，而碰見都爾蘭質先生的機會是很多的，或在旅館的走廊裡，或在庭園裡。都爾蘭質夫婦每天大部分的時間是在庭園裡度過的，他們坐在俯臨湖面的平臺上的一張凳子上面。都爾蘭質夫人在做著什麼工作，都爾蘭質先生則靜默地吸著烟。有時候我看見他突然站起來，很快的走入庭園的樹蔭深處。好幾次我碰見都爾蘭質先生在孤零零的散步著。他低著頭，把兩手反放在背後走著，好像一個人正沉浸在一種激烈的煩憂裡面一樣。有一天我甚至在一條小路的轉彎處，出其不意的遇見他用著一種稀有的熱忱，在高聲自語著。

在四點鐘喝茶的時候，每天我都在旅館的大廳裡看見都爾蘭質夫婦，老是坐在離門不遠的那兩個老位子上，這扇門好像使都爾蘭質先生很感興味似的。到將近六點鐘的辰光，門開了；門房拿著郵件進來，把一束報紙放在都爾蘭質先生面前，而他便連忙攫在手裡。他是怎樣疾忙地撕掉封條並展開那篇幅闊大的印刷物啊！……當他很快的看著報的時候，他的女人便留心地凝視著他。有時候都爾蘭質先生遞過一張報紙給她，並用指頭指出幾行新聞給她看。這對夫婦使我驚異，當我每次看見這情形的時候。這位對於時事關心到這樣程度的都爾蘭質先生到底是誰呢？難道世界上真有一些人除去對於失掉了的幸福的想念之外，一切都不是與他無關的嗎！

然而，在里華的勾留漸漸使我厭煩了，我決定再繼續我的旅行。在出發的前一天，我租了一隻小船，在湖中過了一部分時間。我覺得

櫂聲似乎緩和了我的苦痛和懊惱。我直到喝茶的時候才回旅館,當我踏進大客廳的當兒,那門丁正把一束報紙交給都爾蘭質先生。他才展開一張,祇看了幾個字,我便看見他的顏色突然變成蒼白。他的兩手顫動著。 一種激烈的情緒把他完全擾亂了。驟然間,他站起身出去了,都爾蘭質夫人跟在他後面。報紙留在桌子上面。我走近去。這是一份「政治新聞」。第一頁上面用大號字的標題,記載著議會裡一場紛擾的開會的情形。外交總長演說了一場,結果是使得內閣倒了。一些對外的難題醞成了這閣潮,也就是一個影響到全國的政潮。

都爾蘭質夫婦都沒有出來吃晚飯。我把飯吃完了,便去湖濱吸一支紙烟。夜間的天氣是溫暖而柔和的,我在那兒聽了好久蕩漾的波聲,並瞧著一輪黃色的滿月徐徐從地平線上昇起。我的紙烟吸完了,便向旅館走回。大客廳裡有兩個當天早晨才到的英國人,在喝著「威士忌」酒。我沒有驚醒那正在打盹的門丁,扒上了寬闊的樓梯,沿著那條從都爾蘭質夫婦的住室前面經過,直通到我的臥房的過道走去。當我走近他們的住室時,便隱約聽見一些激越的不常聽見的語聲。我停了腳,側耳細聽。這是都爾蘭質先生的聲音,但他的聲音變了,變得粗大了。靜寂的空間充滿了這聲音的回響。這是一種演說家的、雄辯家的,雄壯、老練,為著激動群眾而發的聲調。我可以向你斷言:在這荒涼而無人的客棧裡,這樣,從這關著的門外聽見這種聲音,確是奇怪的事情。

下面就是這聲音所講的:

「啊!那些可憐蟲,他們竟不知道他們幹的是什麼事。這班人裡面,竟沒有一個人顧慮到祖國的命運!他們為著他們目前的微之又微的利益,犧牲了一切。難道他們竟不知道未來是要用那無情的天秤來秤量他們的行為嗎?難道他們裡面竟沒有一個人肯把他們的行為向他們自己告發,並使他們顧到廉恥嗎?啊!假使我在那兒,我會把他們

所奔赴的恥辱的深淵指給他們看，他們會採納我的話，因為從前大家是聽我的話的呀。但是，現在，完了。我用自己的手勒死了自己。我的生命之門是永遠關閉了。並且現在誰還會想起我，想起朗維耶，想起摩理斯·朗維耶呢！啊！可慘唷！可慘唷！……」

粗暴的一拳，撞在一件家具上，這家具馬上「嘩喇喇」地倒下了，同時我還聽到一個婦人的嗚咽欲絕的噎聲。

摩理斯·朗維耶！突然我明白了。摩理斯·朗維耶！這相隔二十年的穢聞，又浮上了我的腦中。我記起了我小時聽著人家談論的和這一宗著名的醜事有關的名字。朗維耶，便是那燦爛的前途忽然沉沒在一個無可救藥的失敗中的政治家，朗維耶，他原是一個巧練而有權威的演說家，他是國會裡面一個重要的派別的領袖，他是曾經有過他的光榮時代的，那曇花一現的光榮時代。並且我還想起了那時情勢的嚴重，外國人的猛烈的威脅，國家的混亂，和受著朗維耶的熱烈的言詞所激勵，在一種燦爛的愛國運動中，重新集議的，一次值得紀念的國會的開會。後來，在那勝利的第二天，當眾人的希望都歸向那似乎被目為「時代的主人」的當兒，朗維耶突告匿跡，我想起了他那奇怪的失蹤，祕密的逃遁。朗維耶拋棄了一切：家庭，責任，祖國，而挾了一個他所愛的，但不能結婚的少女走了，為了她，他憑著愛情犧牲了名譽和光榮。

我在門後所聽到的就是這位變名為都爾蘭質先生的摩理斯·朗維耶，他在懷想起他過去的生涯，他那演說家的權威，同時並在懊悔著以前在一個熱情的瞬間做下的那無意思的犧牲。於是我不禁淒然想著現刻在兩重靜默中默無一言的這婦人，剛才發出來的那一個嗚咽的噎聲。她付了多少的痛苦和怎樣的內疚，來換那一時被愛的陶醉呢？啊！可憐的人們唷！當他們把那著名的醜事隱在一個假名之下，過著這樣飄泊和被放逐的生活的時候，他們的愛情還給他們留下了什麼

呢！這是怎樣的命運啊，每天報紙送到的時候，團坐在一家普通旅館裡的一張茶桌旁，在里華這塊偏僻地方，他們組成了一對「耐人尋味的夫婦」，人家從這兒經過時，都帶著他們那憂鬱的影像走了。

假如大客廳裡那兩個英國人回房去的時候，沒有喚醒我現在已是回房睡覺的時候了，我還會很久的站在他們關著的門前冥想著呢。因為我第二天清早就得動身，是應當早點去睡的。

大理石女子

列尼葉（Henri de Régnier）作

作者

見前。

譯文

我賭誓說，在碰到姬麗達·特爾·洛科（Giulietta del Rocco）的時候，我很少想看她裸著身體。

這是在一個夠美麗的夏季午後，雖然天空的澄徹沒有完全像某幾天晴到幾乎變成莊嚴的樣子。空中沒有片雲，但是一縷枯燥的蒸氣濛混了日光。沒有暴風雨朕兆的暑氣是沉悶的。因此，在郊外散步了好久以後，我便感覺倦怠了。

然而我仍繼續跑著。地勢是凸起的嶇坡。雖是疲倦，我依然決定穿過那條通到洛科（Rocco）的高原的農村的曲徑，由這兒可以眺望一片曠野和漠特朗（Motterone）那些紆曲的池沼。那邊有座松林。空氣比較低原新鮮得多。我想躺在樹陰之下一直休憩到黃昏，以便由涼爽和已幽闇的道路進城。在農村我找得到一碗牛奶，幾顆橄欖和一簇葡萄，以供晚餐。

為得要走捷徑，我應當從柏爾那都（Bernarde）老人的葡萄園經過。我一計算，已經五年以上沒有看見這位誠實的人了：在這五年，工作的熱心把我關閉在我的家裡。我的娛樂興趣，偷懶的習慣，乃至食慾一切都被這意外的魔力所制服了。往時我是那麼嗜好肴饌和果

子，現在呢，一次都沒有坐到桌上去過。站著吃一片麵包，匆忙中喝一杯葡萄酒，這就是我一切的營養糧食。這兒要來敘述以前為得要看柏爾那都老人牽著他的驢子從草場（Plaie aux Herbes）的角落跑出來，而我曾伺候過他的故事。

柏爾那都揮起他那粗大的棘棍打在驢子的灰色臀部上，堅硬的驢蹄步著坦平的石板。我聽見嬌小的姬麗達在笑著，柏爾那都為得帶她一同上菜市場去，把她安放在籃子圍繞的中間，這位小姑娘手中拿著由漠特朗河邊採來的菖蒲根，轉身看著她的祖父咕嚕咕嚕在咀咒著和驢子屁股「嗶嗶」地在發響。柏爾那都照例為我帶些果子和青菜來，並且替我留下的，比較他要拿去菜市場上出賣的東西還要好。

這位高傲而嚴肅的老人故意表現出使我注目的傲氣，可是，自從那天我不留心驢步的聲音，又不來籃中選擇我所喜歡的東西以來，他那「園藝家」的氣概便受了傷創，以後他自己便漸漸地放棄他的職務了。從此我就沒有看見他，而且我永遠不會再看到他了，因為他老了，他的年紀一年一年變成衰耄，而且狡詐。

像我在前面所說的那樣，蟄居在我的家裡的那幾年，叨天庇佑，使我得到了意外的效果。在這個時期，柏爾那都老人的田地獲得了非常豐盛的收成，而我的收成，雖是另一種穀子，然卻與他的同樣的高貴，諸君應當知道在這五年間，我已由畫徒而成為藝術大家了。

我確實對這迅速的進步和成功，覺得非常快樂和非常驚異。現在我應當使我的技能與這樣榮譽相稱，平時我應當用自己眼光來加以批判，為什麼呢？因為人的最真摯的義務不是被他人強迫的，而是由自己的內心出發的。

從這時候起，我的思想不安定的動搖，使我感覺得我的住所狹隘了。我悵惘而狂熱在市街上跑；我到野外去，我徜徉於孤寂的處所，時而漠特朗河畔，時而山上。假如我不去躺在堤岸上傾聽黃濁的河

流，或蘆葦的枯葉在那潤溼的莖邊「淅淅」地顫響，我便攀登山坡，坐在巉巖之上。沈靜的石子，和流水潺潺的音調，輪流地與我的孤寂的冥想攀談。

一直到我告訴諸君的這天，我沒有到過洛科農家，又沒有去過他的松林，這算是一樁偶然的事。往時我常常到這兒來。松林中充滿著山鳩，我喜歡拿弓弩來射擊它們。我頗長於射擊。我的矢對於瞄準的鵠標差不多是無虛擊的；可是好久以來，我便拋掉這無謂的遊戲了。我今日來悶坐在這紅簌簌的樹幹旁邊，並不是要射擊。我想塞著耳朵，閉上眼睛，躺在這兒，化一個鐘頭的時間來鎮靜我的心靈的煩亂。

我到了柏爾那都的葡萄園。這園是一層一層作成階段形的。成熟的葡萄懸掛在葡萄棚上面。我嘗了一顆。我不喜歡那熱溼而濃甜的味道，我吐出了那太甜的皮殼。有人在我的背後笑著；我轉過身來。

一位女郎站在那盛滿著葡萄的大籃前面。她的手臂高舉起要摘的葡萄穗，我覺得她豔麗而強壯。她的肉體的美麗在那粗布的長袍和小襯衣下面顯露出來。

從小時我便留心生物和靜物的形態，就連雲的彩紋，石紋和樹瘤的形狀，我都作過長時期的審視。我能夠在這些形狀裡面分別出人們瞧了許久還不明晰和不可思議的種種事物。我喜歡翫賞風景；各種動物，都引起我的興趣。在射獵的時候，我一面在盡力追逐鳥獸，一面仍在讚賞它們的疾跑或飛颺。

我的生活與我看見的人生是一樣的。我經過了戰爭和戀愛。劍與劍相擊和脣與脣相吻都會同樣地鼓盪我的熱情。有一天我的愛人用了一種非常動人的姿態擁抱著我，除了腦中的記憶之外，我想另外把它雕成一個紀念品。人的記憶是很不確定的，猶如給記憶以最快樂的感動的意像是霎時而容易消逝的東西一樣。藝術是從這纖弱的經驗產生

出來的，希望使生命持續，若無藉藝術的幫助，那僅是過眼的煙雲。我願意摹倣他人所能夠創造得很精純的藝術。啊！我不懂得妙奪天工的技巧。我的紙上祇繪著畸形的符號，祇保留著無意義的形狀。我因憤激和無能力而悲哭。

無論什麼我都應當學習。我學習了。好多次我都想要放棄。我仍是熱心。五年過去了，五年後我已經知道調勻色彩和鐫刻大理石，而類似一切世上存在的事物。我祇甄選了我所希望的永存不滅的東西。我決定雕刻一個女子的形體，來紀念那位以接吻啟示我的女子……。

當這位採葡萄的女郎採完了她所探尋的葡萄的時候，她把葡萄順序地放在籃子裡面。她已不笑而瞧著我。

——先生，你要止渴，葡萄太熱。她用著一種溫柔而端莊的聲音對我說，葡萄要等到冰涼的時候才好。但是如果你口渴，請你跟我到村莊去。我們家裡的井水是清涼的，我的祖父也很喜歡再會會你，假如你沒有忘記柏爾那都老人。

她又笑起來了。我好像認識她。我對她說道：

——哦，你是那位騎在驢子背上，拿橄欖，西瓜和菖蒲給我的那姬麗達小姐嗎？人家把你安置在籃子中間。現在你長得這麼大，這麼漂亮！

——是的，她羞答答地回答，我是姬麗達，是柏爾那都老人的孫女，我長大了。

她抬起籃子。這隻柳枝編成的籃子被葡萄壓得「喳喳」地響著，但是她用那有力的手把籃耳攫住，並把這重擔放在她的肩上。她挺直著身體去支持這重量。我看見她的腰間束著布裙。她已在我面前移動她的腳步了。

我跟著她。她那掛在頸窩上的頭髮編成為硬髻。她跑路的步調是安穩而整齊的。她那強韌的腰部成為彎弓形。她那件小縐紋的布袍好

像浮石一般，她好像是用高尚和有力的線條鐫刻在浮石上面的。她那赤裸裸的兩臂和頸項的肌肉好像微溫的大理石一樣，她的身子形成了一個雕像。她的身上發熱，一片汗流溼透了她兩肩上的襯衣。

農家是一座四方形的屋子，建築在那石塊砌成的庭中。我們跑近，一隻狗迎面而吠；一隻牡牛在牛欄裡「嗎嗎」地叫。一些羊兒在小屋裡悲切地叫著。柏爾那都老人出來站在門檻上。

五年以來，他除了長而且白的鬍子長得更長更白之外，模樣兒卻很少改變。我讚美他那雙手；那雙手長大而帶著泥土色。這位老頭子完全像一株直立的樹。他的頭髮捲在額上，宛如曬乾的蒼苔一般，他的鬍子好像纖細的草。他那雙赤著的腳，立在地上好像樹根。醜陋的臉皮上露出嘴的裂痕和鼻頭的瘤。閃耀的眼睛似兩滴露珠，一對耳朵人家以為是生在老幹底下的脆弱的菌子。他現出山林中隱者的一種「碧梧翠竹」的風采。

他殷勤地招待我，可是帶些嚴肅的樣子。或者他因看見我與姬麗達同來而不高興，或者他怕我有那種貴族們所不禁止的而跟那些漂亮的村姑娘往來的豔事。姬麗達沒有講一句話，把一個用籐包裹著的瓶子和一個冷水壺放在桌上的漆黑的橄欖盤旁邊，隨後驟然不見了。衹剩著我們兩人。柏爾那都一面輕輕地嚼著他的長鬍，一面靜靜地凝視著我。靜默繼續了好久。

——我們的姬麗達，你看她漂亮吧！他在倒水給我喝的時候，突然對我這樣說。

什麼我都沒有回答。他再說道：

——她漂亮，不是麼？

他又停了一下，當我把盃放在我的面前的時候，他一面把兩肘靠在桌上，一面補充的說：

——為什麼你不把她的肖像雕刻在木塊或石頭上呢？

他的話匣開了，正像往日他絮絮地向我誇耀他靠在驢子禿背上的那隻胖手裡拿著的果子鮮美時的神情。

——你那兩位朋友，國爾科侖（Gorcorone）貴人好些時候沒有看見你，常常跟我談著你。你知道這兩位國爾科侖堂兄弟嗎！他們是誠實的貴族子弟。從前我曾跟他們的祖先去打過仗，所以他們兩人都敬重我，並跟我親密地往來。他們是誠實的貴族子弟。長的像弓一樣的敏捷，小的像矢一般的活潑。他們告訴我，你已成為精通繪畫和雕刻肖像的專家了，如果你願意做的話，你能夠再畫一幀聖達敘亞拉（Santa Chiare）火災時燒燬的祭壇的圖畫，並能夠重新修塑當戰爭時在聖密塞爾（Santa Michel）御門被打壞了鼻孔和手臂的聖徒。姬麗達又漂亮，又聰明，我想把她雕成聖母的形像。她的容貌說不定會永遠存留在祈禱，蠟燭和香花裡面。這樣就會給她幸福並灌輸她以智慧和信仰。

——啊！我答道，柏爾那都你錯了。我從來沒有雕刻過聖像，也沒有畫過聖像，把這樁事業讓給較有才藝和較虔誠的人去幹吧。至於我呢，祇能規規矩矩繪畫事物的形狀，尤其是繪畫人的身體和容貌。

他用手捻著鬍子。

——國爾科侖兩位堂兄弟對你說錯了，柏爾那都。

——我看見從土中挖出來的古代的雕像，這位老人聲音很低，好像是對著自己說話一般。那些雕像埋在地下已有數百年了；既沒有衣袍，又沒有帽子；那是完全赤裸裸的。然而不但沒有人笑，並且大家尊重地圍繞著它們。我想是因為人家看見那些雕像美麗的緣故。

他的聲音放得更低而繼續地說：

——我看見人家開掘墓穴和毀壞銅棺。那裡面藏著用金黃色的綾羅包裹著的骸骨。人人都掩著鼻孔，有些人用腳踢那骸骨。那是戰爭時代，當我們佔領格敘亞（Guescia）以及人們掠奪那些公爵的墳墓

時的事情………。

柏爾那都對我談到他少年時代隸屬大國爾科侖旗下時的許多戰績。我喝了冷水並吃過橄欖。老人送我到門口說道：

——對不起，恕我不遠送了，我的兩條腿很笨重。

這時候僅有我自己一個人。我朝著松林跑去。當我跑進那裡面時，那些煩悶的山鳩便不「嘴嘴」地啼了。有的「嗶嗶嘍嘍」地鼓著兩翼飛去了。一顆爛熟的蘋果落在我的足邊。

真的，這樁事情我已經說過了，現在我重複地再說一遍，不，當我在葡萄園碰著姬麗達的時候，我毫沒有想看她裸著身體的念頭，我補充一句，我看著她那種赤裸裸的肉體的時候，我的心中沒有起半點慾望。

每天早晨，姬麗達按照她第一次來時的鐘點到我的家裡來。這是我去訪問柏爾那都老人的第三天，我看見姬麗達跑進我在工作的房子裡面來。我以為她是替我拿什麼忘掉了的東西來的。我等待她說話，我一面微微地笑，一面凝視著她。

她沒有說半句話，便著手脫掉她的衣服。她舉動像踐行什麼命令似的。當她衣服脫光的時候，她對著我的面，靜靜的站著。

我有許多日子面對著她的肉體美。我禁止一般人進門。賣大理石和著色泥土的商人到我的家裡來：這就是我的最習以為常的賓客。國爾科侖兩位貴人也來會我，可是空跑了一趟，他們十分驚異而歸。

平時他們兩人都隨意進我的家裡。當我最嚴格蟄居的時期，他們也穿進了我的寂寥的地方來。我愛他們兩人。我們的祖先互相認識，並且始終同屬在一個黨派之下。在少年時候，我們也一樣為著同樣的目的而拔劍，我們的血曾流在同一個戰場上。

這兩個堂兄弟有點相似，因為他們是柏爾那都的上司老國爾科侖

的兩個兒子所生的，但是密切的友誼把他們連鎖得比親兄弟更密切，這或者是從態度以至容貌的外表關係所看不出的。一個身材魁梧，一個身材矮小。兩個人都生得非常漂亮。他們住著兩座毗連的府第，但是一切東西都是共同的，甚至婦人他們都時常用著兄弟的情誼來分配。一個寧以愛情來得女人的歡心，一個則寧以肉體的快樂誘惑她們。亞爾白都（Alberto de Gorcorone）是矮小的，顯出激烈和肉感，孔拉洛（Gonrado de Gorcorone）是魁梧的，表現著溫雅和玄想的樣子。亞爾白都用著熱情待他的情婦們；孔拉洛卻用溫柔；因此，孔拉洛的情婦們容易忘掉孔拉洛是鍾愛她們的，然而亞爾白都的卻永遠懷念著他們的愛情。

他們兩人是我的朋友，我喜歡跟他們交遊。在他們的面前，我隨意工作。他們關心我的努力。他們兩人站在我的面前，孔拉洛把手放在亞爾白都的肩上，亞爾白都把手臂抱在孔拉洛的腰間，因為他們兩人的身材是高低不同，性質也隨之而異。他們穿著既簡便又華麗的服裝，同時腰間各佩著一把短劍。亞爾白都的劍柄頭嵌著一顆大的紅寶石，而孔拉洛的則鑲著一顆長形的珍珠。

然而我卻不得空閒去拜訪這兩位姓國爾科侖的朋友，因為姬麗達把我的全身——自手以至思想都纏住了。因此，我祇好寫信給他們，說明我有孤寂的必要，並說我的工作完成的時候，便會把結果通知他們。

姬麗達每日靜默地站在我的面前，我熱心研究她那值得讚賞的肉體。我按次序地把她的肉體描寫，繪畫和雕塑，以明瞭配合，構造和線條。現在我所剩下的工作祇有把她的身體刻在大理石上面。

我叫人拿了一塊純潔華麗的大理石來；這塊大理石微現淡紅色，好像受了傷創而不流血的堅韌的肉體一樣。可是每次把鑿子打到石上，姬麗達就顫動，好像打中了她的肉體一樣，又像內部的交感，把

她那活的肉身融合在物質裡似的，她的形體使這物質漸漸地活起來了。

當我熱心而快樂地工作著時，雕像在粗削的石上已稍具雛形了。臉龐慢慢地誕生出來。我促成它的靈祕的降身。我把它粗陋的外表成了。後來，大理石像竟活起來了。

沉悶的姬麗達目不轉睛地盯視著我。她靜寂地看著她自身的降生。再過了一星期，就是次星期五黃昏的時候，我便把鐵鎚放下。我的工作完畢了，雕像完全雪白的站在柔光裡。

輕輕的音響教我轉過頭來。

姬麗達緩步挨近石像，她髣髴撫摩似的，溫柔地抱住大理石，然後把她那生命短促的嘴兒吻在那永劫不滅的唇上。她們倆的微笑互相接觸著，姬麗達向它告別之後，再穿上了衣服。當她朝著門走去的當兒，門開了，兩位國爾科侖堂兄弟到門檻上來了。前晚我通知他們這天來會我。他們分開，讓姬麗達過去。她從他們兩人的中間經過。

我告訴他們道：

——她是柏爾那都老人的孫女，我所雕的石像，就是用她的身體當作「模特兒」的。

我用手指捻著一撮大理石粉。閃爍的灰粉如從臨時作成的濾砂器中漏下來一般，使我幾乎相信它的消逝是指示一個莊嚴的時間的經過。

我又感覺得非常疲倦了。工作把我弄得精疲力盡，我儘量的睡吃來調養；我飽食足眠。我覺得祇有這時候的肉最有滋養，這時候的果子最有甜味。我想起了往日柏爾那都用驢子載來給我的東西。那是不是抵得上姬麗達的可愛的美麗的肉果呢？

我既沒有再看見姬麗達，也沒有會著兩位國爾科侖堂兄弟。我的孤寂的生存使我與一切朋友離開。因此我就過著與外邊斷絕消息的生

活。我不知道我的庭園的牆後所發生的事故。有時候一隻山鳩從天空飛過。我看見它那搖曳的影兒映在池塘的水面，我就想起松林，洛科的農家，柏爾那都和姬麗達。

許久以來，我就想帶點禮物送給這位少女，藉以答謝她的幫助和勞苦。那麼我就到玉器鋪去了。我揀了一個戒指和一對珊瑚耳環。這些東西與匠人正在嵌鑲的寶石比較起來，算是很微小的了。玉器商拿出一串紅寶石的和一串珍珠的項圈給我看。這兩項東西都是國爾科侖的一位貴人所定製的。

幾天後，我到柏爾那都的農家去了。我離開了漠特朗的平坦河岸，攀登崎嶇的路，截過葡萄園。到了農家，我看見所有的門都關上，僅僅家畜欄是開的，但是裡面空無所有。家屋似乎沒有人照管了。

我呼喚；沒有人答應。柏爾那都和姬麗達往哪兒去了呢？枝頭一隻鳥兒都沒有；樹梢尖沒有一絲風吹著。凝結的松脂由那淡紅色的樹幹流下來。松葉毛氈似的鋪在地面；一跑進那裡面去，腳步便沒有音響了。

我坐下去。一個小孩在那兒。他拾著松子裝進佩在他的肩上的一只大網袋。這個小孩足有十歲光景。我叫他。他停住了。

——你知道柏爾那都老人在那兒嗎？

小孩用手打了一個十字架的模樣。我知道柏爾那都死了。他確實在前星期就死了。我從樹間望見鄉村的教堂的小鐘曾為舉行他的葬禮而敲響。這樣，柏爾那都便長眠在荒塚的松柏之下了。這有什麼奇怪呢？他的年紀老了，凡人都有死的。

小孩又再開始拾他的松子。

——姬麗達呢？我問他。

他笑起來，露出雪白的牙齒，「刮刮」地鼓著舌，好像要傚傚那

被激怒的馬的聲音，然後，用著指尖作鳥飛的模樣。

林中靜默無聲，已沒有一隻山鳩啼叫了。

姬麗達已做了亞爾白都的愛人，她穿著豔服並佩著華麗的寶石，亞爾白都帶著她在城內散步。鉅大紅寶石的項圈纏在她雪白的頸項上。也許除了我一人外，大家都知道這椿事。不久以後，我經過漠特朗河的橋上時，偶然看見他們。又有一天，我去找一個小孩，並跟他的家庭商量，要他到我家裡來給我作為我所計劃的凹浮雕的「模特兒」。我想在這凹浮雕上面，雕刻一圈供獻松子，昆布、海苔和貝殼等而居在海濱和山林中的小孩子。就是這天，我回來恰恰碰著亞爾白都和姬麗達。這是冬季天氣晴朗的時候。秋雨已止，時常被泥垢滾得黃濁的河水，已澄清了。綠澄澄的水在弧形的橋下流著。我憑著欄杆眺望那無情的河水一直流去。飄浮在水面的纖長的草好像披散的頭髮。據說那些看不見的河中的女神（Les Nymphes）在晶瑩的水裡奔馳時，僅僅露著在河中產生的頭髮。流動的，生絲一般的潺潺水聲擾亂了我的不安定的幻想。當馬蹄的音響報告我說，騎馬的人已上了橋了，我正立在那兒。我又看見亞爾白都和姬麗達。他們倆到了我的背後就停住，讓馬去休息。亞爾白都騎著一匹黑馬，而姬麗達則騎著一匹栗子色的牝馬。兩匹馬的腹部互相挨著。亞爾白都一手擁抱著姬麗達的腰身。我十分遲疑不敢轉身去跟他們談話；本能的沈默使我伏在欄杆上，繼續瞧那流著的水。我站起來的時候，一對戀人並不認識我，便跑了，為什麼呢，因為愛情只認得它本身。

我跑回家時，想到許多事物和那些我所要聯成一圈的熱戀的，居住海濱和山林中的小孩，這圈小孩子是要雕在姬麗達的石像臺上的。我的腦筋裡面想像著大理石的形狀。到了家裡的時候，我跟孔拉洛劈面相遇。他的模樣兒雖異常改變了，差不多使人認不出來，然而我卻

仍舊覺得是他。他的魁梧的身材變得這麼羸弱。寒熱病一般的蒼白色罩滿了他的面龐。他僅僅回答我所問的話。似乎有一種沈痛侵襲著他。他現出不安的神氣踱來踱去。我不敢問他為什麼緣故，雖然只有我們兩人在，但他卻費了一種痛苦的氣力才低聲問我，姬麗達的雕像在哪兒。

我領他到大理石雕像的面前。赤裸裸的大理石好像活著而在呼吸似的。當他看見雕像的時候，我以為他會跌一跤。我瞥見他在垂淚。

下面就是孔拉洛告訴我的一段可怕而簡單的故事。

從我的家裡出去，就是他們看見姬麗達的那天，這兩位堂兄弟忽然分開，照常他們都結伴同回他們所居住的那兩座在舊廣場（Vieille Place）的府第。「在那瞬間，孔拉洛告訴我道，我意識到我們的命運已分開手了。姬麗達已成為我們兩人愛的對象了。我們兩人共同戀著一個女子，而這次我們覺得是情敵了」。他們實在暗中已起了敵視，他們兩人已不再談話了。兩人都追求姬麗達。柏爾那都老人病了，他們托詞探視他，每天都到洛科農家去。他們相繼挨近這位老人的枕畔和姬麗達的身邊。一個上來，一個下去的時候，他們往往在途中相遇。孔拉洛這樣告訴我道：「我們相覷的眼睛都帶著殺氣。我不知道為什麼我們彼此沒有撲到身上去。我又不知道為什麼道理，當我看見亞爾白都偕看他的愛人經過我的窗前，這卻使我不能跟到面前去破壞他那唯一的幸福」。

他靜默了一下以後再說道：

——雖然姬麗達不討厭我，但我卻不相信她不愛亞爾白都。啊！因此我即刻起了真實的嫉妒。

在柏爾那都老人去世的第二天，孔拉洛便和I姬麗達在松林裡面。亞爾白都來了。他們兩個人就叫她選擇一個。

——啊！孔拉洛叫起來，我愛她……她對著亞爾白都微笑了，但

她的微笑卻是揶揄我。亞爾白都被她愛上了。親吻她那櫻桃般的嘴的，吸她的氣息的，擁抱她的肉體的都是他，可是我呢，我呢……

他站在門口，預備要出去。他的眼睛呆呆地凝視著姬麗達的肖像。一絲淚痕淌在他的面頰上。我的心裡起了悲切的同情。夜中我夢見他。他那蒼白色臉上的淚痕還沒有乾。

翌日我叫人把姬麗達的肖像運到他的家裡去。我寫信告訴他道：「把它收起來吧。這是你的；希望它慰藉你的孤寂。不必感謝我。但願這永劫不滅的肖像能夠以她那活一般的東西治療你的疾病！」

每年春來的時候，城市裡舉行化裝飾。這些化裝節聚集了許多偕著內眷的有數的貴族：人人都想在這會上擺出豪華；但是我卻偏愛這些堂皇的行樂中那最親密的化裝跳舞會，在這會裡，有些青年帶著他們的愛人，並且有許多遊女代替主婦來參加。就是在這次的會裡我驚駭地再看到亞爾白都。他看見我的時候，就避開而另去坐在一邊的桌端。姬麗達坐在他的身邊向著我點頭，表示殷勤的招呼。我看見她異常漂亮，可是顏色格外蒼白。

大家到花園去呼吸空氣的時候，我登上階段形的假山。漠特朗的河水奏出雜沓和潺緩的音調而在城壁下流著。反射的燈光在那兒閃曳。濁水的氣味由那兒蒸散出來，暗裡攙雜著夜花的薰香。要回家的時候，在一條小路的拐彎處，亞爾白都攔住著我：

——「我有話跟你說！」他用著短促而輕微的聲音告訴我，在這句話裡面我意識到一種沈怒。

我們坐在一條凳子上面。我聽著亞爾白都的劍鞘在陰暗中摩擦石頭。他那只看不清楚的手在轉動著劍柄。

——「你確實把肖像給孔拉洛了嗎？」靜默一下以後，他又突然這樣說。

我低下頭，可是模糊的態度使他以為我不回答他，他再用著暴躁的音調反覆地說：

——你把肖像給孔拉洛了嗎？

——是的。

一絲絲的風吹動著樹葉。一盞懸著的燈光不時照映著我們。亞爾白都怒目視我。在匕首的柄端，紅寶石血點似的映出紅光。

——「你嫉妒嗎？」我問他。

我用著激烈嚴重的聲調跟他談了好久。他沉悶不言。他突然大笑起來了。

——你有道理，我錯了。我埋怨你。其實石像在那兒或這兒有什麼關係呢？一具無用的死石像算什麼呢？從前我很想跑進孔拉洛的家裡去把它奪來，不過我一看見孔拉洛，我要把他殺掉的。不，為一個真實的活女子不決鬥，反為一具大理石女子像而廝殺！呀！呀！……

他有了這念頭，似乎十分快樂的樣子，他的手放在我的肩上。他附著我的耳朵低聲告訴我：

——多麼痛苦唷！孔拉洛愛大理石像，她是不會動的，冰冷的，沈默的，無感覺的東西。他講話，她不會回答。他繞著她的周圍踱來踱去，她那雙空洞洞的眼睛卻看不見他。她像活人的模樣，但永遠不會活。是，真的，我錯了。可憐的孔拉洛！他愛過姬麗達；我呢，我愛姬麗達，但是我得了她的愛。瞧，她多麼漂亮呀。

姬麗達朝著我們走來。像黃脂油般的月亮從東方昇起。人家聽見遠遠的地方在奏著音樂。姬麗達坐在亞爾白都的身邊。亞爾白都一手握住他的愛人的手，一手貼著她那裸白的乳部。他用著展開的手掌撫摩她奶子的周圍，托住她的奶頭；然後，他把那輕輕壓著細膩的奶尖從他的指縫突出來，好像戒指嵌上寶石一般。亞爾白都俯視著我。窺探我。我想假如我有點表示愛姬麗達的樣子，他怕會殺掉我。

　　他不斷地把姬麗達那動人的奶子左摸右摸。我泰然自若沒有垂下眼簾。

　　我們離開了樹陰，三人一齊回家。風吹動燈光。天氣沈鬱，乍寒乍熱，簡直的說，有發生傳染病之虞。並且城裡常常不安寧，尤其是在春秋二季。漠特朗河沿岸的傳染病產生危險的瘴氣。在這兩季，寒熱病不斷地籠罩著，這使此地的一些婦女時常衰弱，憔悴和生病。因此之故，當時我在柏爾那都老人的葡萄園看見姬麗達的肩上載著盛滿葡萄的重籃，她那健全的肉體美使我驚歎。她那細膩而美麗的肌膚是從山嵐之氣，家畜欄的芳味和松脂的香氣得來的。可是現在她兩頰的豔色已消失了。今晚深灰色籠罩了那雙眼睛的周圍；她的容顏蒼白，假使我要用我的技術來把她描刻在適當的材料上面，我不會借用大理石的皎潔色地，但是要借用青銅的薄暗色。

　　壞空氣在入秋前就發生了影響。夏天初熱的時期，意外和可怕的流行病便在城裡猖獗了。病癘傳播得又凶猛又迅速。每天教堂的鐘為安葬那些意外的死者而敲響。姬麗達就是那些不幸的最後的犧牲者之一。我早就在她的臉上看出她的壽命快完結了。她死了。

　　蓋在棺材裡的並不是個蒼白色的死者，而是個銀灰色的屍骸。她的死並沒有帶去她那臨終時的美麗的儀容，她離開了塵世，而她的儀容還時時在我們的眼簾反映出她是睡著的活人的幻覺。亞爾白都不得不放下兩手所擁抱的惹人嘔吐的死體，他的唇亦不能再吻這腐爛的唇了，他絕望地戀著他所鍾愛的人兒。當漂亮的姬麗達的遺骸收埋在墓裡面以後，人家偕著她那踉蹌悲慟而半發生的情郎回家。我幫助人家扶持這個不幸的人。一列哀慘的參葬者慢慢地經過了幾條街道。後來便到了「舊廣場」了。我無意中舉起眼睛瞥見亞爾白都的鄰居的府第，這是孔拉洛住的。平時關閉的窗門今日卻是開著的。亞爾白都的

住宅的窗戶因悲痛而關起來。他潛藏在房子的深處。逃避日間的光線。他整日靜靜的坐著，眼睛凝視著他所看不到的姿容。

當他在悲痛的時期，我常常來訪他。要往他家裡去的第一次，我在「舊廣場」遇著了孔拉洛。他的樣子使我極度的驚異。奧妙的喜氣照耀著他的面孔。當他在遠處向我作出謎一般樣子時，我跑近他，他一面放一隻手指在唇上，一面逃跑。他的舉動不僅使我驚訝，凡是看見他的人，個個都注目。我知道他常常沿著街散步；他沒有跟任何人說話，但是有時一面跑路，一面唱歌。人家看見他一到葡萄棚下面就坐著。他擺兩隻杯在桌上。他斟滿了兩杯酒，但是始終僅喝乾一盃。這些風聞刺激了我的好奇心。我就去看他。人家不讓我進去。幾天後有人送一封信來給我。孔拉洛告訴我道：「朋友，姬麗達回來了。她使之活動的無用的肉體，現在在地下朽爛了。從今以後，她皈依在永劫不滅的形態裡，這個形態是你替她雕刻在那不會朽爛的大理石上面的。謝謝你，我快樂。」

亞爾白都站起來，努力跑了幾步，便跌倒在椅子上。他對我說道：

——完了，她已死了。墓蟲完成了它們的地窖中的工作。我費盡氣力撲殺，我已沒有辦法了。墓蟲吃完了在墓穴中的姬麗達的肉體，它們在我的記憶裡毀滅了它。她變成了塵埃；她被忘卻了。我時時刻刻看著這兩重的消滅。我覺得她的肌膚粉碎下去，而紀念亦消散了。假如我挖開她的棺材，我祇能找到一堆模糊的塵埃，這塵埃等於她遺留在我的腦筋中的殘灰。閉上眼睛的時候，我再看不到她了；我覺得她變成模糊莫辨的東西了。

第二天，他補充的說：

——假使有一瞬間，我再看見往日你雕刻在大理石上面那不能動

作而無生氣的她，我都會覺得她是再活起來的。我的眼睛會為她擬造形狀，而我的靈魂會替她造生命。啊！為什麼道理你把姬麗達的肖像送給孔拉洛呢！

幾天後，他又告訴我道：

——啊！你幹了一樁多麼不幸的事情。

隨後他哼了些聽不清楚的話。他的牙齒「嗑嗑」地響著。他匆促地踱來踱去；在精疲力盡的時候，他再坐下去，我又聽見他低低地哼道：

——我要去了，我要去了，我要去了……

他去了。國爾科侖兩位堂兄弟之間不知道發生了什麼事故？亞爾白都怎樣進去孔拉洛的家裡？誰都不知道。有一天早晨，人家僅僅發現他們兩人都死在姬麗達的石像面前。一個的心臟上插了一把劍端嵌著珍珠的劍尖；另一個則有一把鑲著紅寶石的劍插在喉嚨上；他們兩人的血在石板上漬成一片紅水溜。

我從塚地回來，到了孔拉洛的府第時，已乾的血痕還看得見。我進去沒有碰著一個人。我藏著一把堅硬的鐵鎚在我的上衣裡面。我到了安放石像的廳堂。最後我再看了這具肖像一次，於是舉起手來，沈重地打下去。

每次鐵鎚打下去，大理石便破裂四迸，而顯露出雪白的傷痕。隨著鐵具點下或擦著，這塊高貴的物質便像受了侮辱似的哀叫或呻吟。她用活一般的堅強來抵抗我的氣力。這不能說打壞它，可說是和它戰鬥。犀利的屑片迸中了我的頭額；我流著血。一種使人變成狂暴的憤怒襲住了我。有時候我自己覺得慚愧，好像在毆打婦人一樣。有時候我又覺得是在抵抗敵人的自衛。我感覺一種異常的憤怒，感覺一種莫名其妙的東西。我用鐵鎚憤憤地打那缺少了奶頭的乳部。臂膊折了；我打她的兩膝；一腿斷了，再打別腿，肖像搖動而倒在它面前的石板

上。現在已是模糊莫辨的石塊了。脫掉的頭顱摔下來，一直滾到我的腳邊。我拾起這顆頭來，頭是完整而沈重的。我用大衣裹著它跑出城外去。

我跑了好久。漠特朗河在黃土色的平原中映射出銀灰色來。我朝著山跑去。到了小松林，我就跪下，挖地。當我吻了它那不幸和臨終般的美麗的嘴脣以後，便把大理石的頭埋下了。它只今仍安息在那兒，在那松脂滴下好像灑著透明的香淚的絳色樹幹中間。

決絕

列尼葉（Henri de Régnier）作

作者

見前。

譯文

我滿了二十一歲才第一次享受完全的自由。直到那時候止，我所做的事情都受著我的父親指揮。因為須服從他，我用在工作上的時間不得不多於娛樂。所以我忍耐地等待我的成年，以便繼承我的母親留給我的遺產。兩種獨立的合法時機一到，我便告訴我的父親道，我打算將來要過的生活方式，毫不是他所逼迫我過的那種方式。什麼職業我都不想幹，並且我毫無意思去利用他強制我去考的那幾張文憑。我酷嗜藝術，而我的家庭的和財產的新環境允許我安閒，什麼我都不必做。

我的父親對於我所宣佈的那些原則極不滿意，因而我們兩人便起了暫時的不和睦。為要緩和父親不樂的心情，我就決定旅行去了。意大利是我心神嚮往的地方，於是我計劃去那兒遊玩。初住的幾星期，心裡極感愉快。我在維尼斯（Veniso）和佛羅棱斯（Florence）度過殘春，但是夏天在羅馬卻意外受著暑氣所苦。那年的氣候格外炎熱。羅馬好像火爐一般，所以我想覓一塊少許涼爽的地方。我所認識的一位青年畫家，在我面前稱讚蘇蘭特（Sorrento）地方相當清涼，並且慫恿我去試一試。我聽從了他的勸告，去寄寓在他所指示給我的旅

社。我很滿意我此行的決心。柏拉特斯達（Bellatesta）旅社很清幽，而蘇蘭特氣候又好。海風吹來時，那兒的熱氣為之消滌。橘樹和檸檬樹薰香了人們在那兒所呼吸的鹹分空氣。這是一塊幽雅美麗的地方。

我所要享受的幸福中，僅僅缺少著一種東西。在我那樣的年齡，人家所想像的幸福斷不能沒有愛情，況且我有點為感情上孤寂所苦。一雙一雙的情侶愈屬集在我的周圍，我的心情愈加苦悶。旅社寄宿著英國人、德國人，意大利人也有。那些別墅裡住著一些我在城市裡或道路上時常碰見的人。可是這種相遇卻不能慰藉我。其實在拿波爾（Naples）或者就是在蘇蘭特我都能夠找到有趣味的消遣，但我卻是「浪漫」的，娛樂很難誘惑我。我所夢想的就是愛情。似乎祇有它才值得我希望。

自從初住蘇蘭特的那幾天起，我就注意一位我在散步時，常常碰著的少婦。她立刻給我一種深刻的印象。每次看見她，我就興高采烈的想，將來或許會得到一位像這樣的婦人的愛。她那全部的細膩和優雅的美正合著我的內心所蘊藏著的理想。多麼溫柔而動人的玉曆啊！瞧了她好久以後，我把她的倩影攝取在我的眼瞼前。而且常常轉身去看她所乘的車子一直到看不見為止！這位嬌滴滴的婦人常常只有她自己一個人在那兒，她似乎在找尋孤寂，為什麼呢？因為祇有她自己一人單獨寄住在蘇蘭特的一座別墅裡。我去打聽了她的寓所和她的姓名。這位年輕的太太是法蘭西人。叫做Ｃ……夫人。

於是Ｃ……夫人就在我的腦筋裡佔下一個位子了。她那嫻雅的風情，她那在異國的城市裡所過的幽隱生活，我覺得都造成了她的魔力和奇特；因此，有一天我看見她常是孤零零獨坐在舊式的四輪車廂裡，有一個年紀還輕的男子坐在她的身邊，她帶著一種夠起勁的神氣跟他談話，我便不得不吃了一驚。那次遇見使我發生了極不好的心情。到底是什麼！如果這個意外的伴侶真的不是她的兄弟或她的丈

夫，那麼一定是她在蘇蘭特偶然邂逅的無關係的人了！但是即刻我就知道上面的推測錯了，因為有一晚我回旅社的時候，瞥見我所猜測的C……夫人的丈夫或兄弟正在跟門丁談話。我去賬房裡打聽消息。這個新來的旅客叫做查爾（Charles B.V……）。他住在我的側鄰第四十三號房間。我恰恰是C……夫人的情郎的鄰居。

再沒有什麼這種無端撩亂我的心靈的荒謬武斷的念頭更可笑的了。

真的，我即刻就對於這問題不再加以疑測。查爾先生跟C……夫人不僅有一種簡單的關係。由他們倆所印證出來的關係異常密切，純非世俗泛泛的情誼可比。查爾先生整日在C……夫人的別墅玩。好幾次我看見他按著門鈴。他定是在C……夫人的家裡吃晚餐，並且坐得很遲，因為我屢次聽見他在更深以後才進來的聲音。那麼，我可以這樣說吧。在他就寢以前，我是睡不著的。查爾先生使我心情十分煩亂。我確實是在嫉妒他。奇怪！我的嫉妒性不祇是豔羨他有一位非常令人消魂的情婦，而且恨他或者沒有愛著他所應該愛的人。幸福的情人每每是冷淡和自私的。查爾先生怕他是這樣的人吧。無論如何，他總很懂得他的幸福吧？啊！如果我能夠得到一種這樣的幸福時，我要怎樣焚香禱祝來表示我的謝悃喲！由查爾先生的面上的表情，由他的種種舉動，由他的全身看來，我對於他那毫不表示幸福的樣子感覺不快。

我往橘園裡去細想這些神經錯亂的事情。因給了園主人一點酒錢，他允許我在園中散步，並儘量地吃他的果子。我喜歡坐在芬香撲鼻的蒼翠的樹下，並呼吸那些橘樹蒸散在炎熱的樹陰中的甘苦攙雜的香氣。那兒的幽靜使我心曠神怡，那兒沒有什麼東西來擾亂我的冥想。而且這片園林與C……夫人的庭園僅隔著一座牆，我由那些樹縫中可以瞥見她的別墅，所以越使我快樂。因此，有一早晨，我正在那

兒冥想的時候、聽見那面牆邊有足步和談話的音響。我很明顯地覺得是C⋯⋯夫人和查爾先生。我驟然站起來了，我深知道跑開是最妥當的事，不然就用一種什麼方法使他們知道我在那兒，可是好奇心阻住了我。那麼我就聽吧。正在開始的談話停止了，然而腳步卻不斷地前進。腳步忽然停了，同時起了一種喘促和憤恨的聲音：

──查爾，你當知知道這是無用的。喂，我親愛的，你不要強迫我再講昨晚我已講過的話啊。我已沒有話再講了。我的決心是不會變更的。

聲調變成急激和暴躁。她又說：

──我們老老實實分開吧。或許有一天我們會成為朋友，但是非經過相當的時間不行⋯⋯。等待我忘記了你的愛情，或許最少也要忘記你自稱所謂愛情的時候。

聲音到了最後那幾句辣澀的譏笑話上便止了。靜默了一下。我等著有什麼異議。再激烈更尖銳的聲調又再起了⋯⋯。

──你想愛我，那是意中事，但我卻不願意這樣的被愛。是的，你到了這兒來看我。親愛的，我感謝你這種心意，這是禮儀。我已答謝你了，可是現在已完了。各人跑各人路吧。你跑這邊，我跑那邊⋯⋯

我的心臟不禁跳動。他們在隔壁的牆邊一定是面對面站著，女的始終堅執，而男的則在哀求。他在懇求她的原諒。我即刻就聽著他的哀懇，聽著他的憤激，他那想到永遠失掉她憤激，聽著這個戀人的祈禱，因為他不能默無一言而接受她所下的逐客令，他去牽住她的裙子而跪在她的膝下。但是她有沒有讓步，誰知道呢！

這種心情使我耐不下去，我一瞬間都不願意再留在那兒了。我連忙向橘園的門口跑去。我因要趕快出來的緣故，我不大願意回答那位站在過路處想要攔住我的園主人彼耶特魯（Pietro）老頭兒。他用我

時常給他的那些酒錢買了一個鎳製的大時錶，他想叫我讚賞它，那麼我只好看著那個錶；兩根時針在那塗漆不均勻的時計板上正指著十二點鐘！

從橘園到伯拉特斯達旅社那條路恰沿著Ｃ⋯⋯夫人的別墅。我剛剛跑近她的別墅時，看見門開，查爾先生自己出來了。在瞥見他的時候，我感到一種真實的苦惱，我把眼睛放低下來。我去不去觀察他臉上所露出的決裂——我無意中碰見的——的失望呢？去不去窺探表現在他臉上的混亂情緒呢？⋯⋯偷看人家臉上的熱情所苦惱的狀態，不是一種卑瑣的失態嗎？但是我的好奇心極強烈，那麼我便大膽地用羞澀的眼睛瞧他一下。

啊！我這麼拘泥完全錯了！查爾先生現出十分鎮靜的神情。當他背後那扇門重關起來時，他從衣袋裡抽出一個皮夾子，很泰然地掏出一條雪茄煙，他燃著，把洋火吹熄丟在地下。在他的身上完全看不出是個受過命運上的痛苦的人。我甚至這樣想。當我從他的面前經過的時候，他也許會向我點頭咧。查爾先生在精神十分平靜的狀態中。

到底他跟Ｃ⋯⋯夫人調和了沒有？我覺得這似乎不容易辦到的。他是受慣了強烈的熱情——無法避免的——的暴風急雨所摧殘的人嗎？然而照Ｃ⋯⋯夫人的口氣看來很堅決的⋯⋯他對於失戀毫不在乎嗎？這事不會使他痛苦和懊悔嗎？迄今還是疑問。

跑了一個圓圈以後，當進旅館時，我又看見查爾先生正在用午餐，這才使我確定了這種觀念。他喫得津津有味。我愈觀察他，愈感到為厭惡他的真實情感所苦。什麼，這個男子曾被這個女人愛過的呀！她曾向他表示過愛情：他曾吻過她那張充滿著肉慾的嘴，他曾佔領了她那多麼潤滑而漂亮的肉體；上述的種種他永遠再得不到了，但他仍然繼續地活著。他切著豬肉片；扯斷麵包，在他的生命上好像毫

無變更的樣子。啊！愚蠢的命運，你把你那稀有的幸福濫給那班不知道享受的人，你把你那稀有的幸福濫給那班有幸福時不覺得令人陶醉，沒有幸福時也不感到哀苦的人們！

我整日在細味著同樣的思想。好幾趟我遇著了查爾先生。我看見他擲一封信在郵筒裡面。我看見他在旅社的簷前喫冰淇淋。我看見他在用晚餐，老是帶著一副同樣鎮靜的容貌，一副既無苦惱又無憂悶，既不美又不醜的容貌，那副容貌的樣子使我憤慨……

當我回到了房裡時，聽見他也回到他的房裡去，我還在想他。這個鄰人刺激我不得不再戴上帽子而跑下來。我正預備出去時，發了一響銃聲，隨後又續發了二響。我循著發音跑去看。查爾先生自殺了。一片通紅的血染著他那件襯衣的胸襟。他坐在安樂椅子上面，他那仰墜的頭顱擱在安樂椅的靠背上，這位死者的臉上現出極絕望的神色，在他面前，我的本能好像在譴責自己對他的錯誤的批判似的，我脫去帽子向他致敬……

噴水泉

列尼葉（Henri de Régnier）作

作者

見前。

譯文

「喂，放我吧！不必這樣抓住我……。啊！你把我抓得痛了……。你看得清清楚楚我不是個扒手。我沒有帶武器，請看我的手啦。你可以搜查我，你可以翻轉我的衣袋。你找不到什麼東西，連一把小刀都沒有。並且請你放心，我不想逃跑。請你盤問我吧，我會回答你，但是你也許並沒有什麼事情可以盤問我。喂，讓我們坐在這張櫈子上吧。我要原原本本告訴你。我是非常鎮靜，非常講理的，我所幹的事情是因為我太過於痛苦才幹的。

「我首先向你發誓，我並沒有越過這鐵柵和鑽進你的庭園的意思。我是昨天到的，我住在客棧。你可以去打聽，客棧的主人會把我的姓名告訴你的。我確實不應該來這兒的。世上有些衝動是應當抑制的。有些紀念是不應該回想的。有些地方是不應該再看的。對啦，我錯了，但是一種抑不住的衝動誘惑著我，我便來到了這兒。就是這種力量今晚把我推出房門，引我到這鐵欄前面，叫我用肩來捐它，並且使我進了你的房裡。我再告訴你吧，這並不是我故意做的。我是個很有教養的人，從沒曾犯過夜間失體統的事情，而且是夜間半身浸在噴水池裡面！我雖很不願意，然而事情卻已做過了……

「我覺得你已相信我了，並且現在你已不再把我看做竊盜了。你有道理。那麼，再說今晚我來這兒的本意，就是想從這鐵柵眺望你的庭園中的那些幽徑，那些樹木和面前有銀絲般的噴水泉聳立著的你那座家宅的正門。我想來聽噴水泉的波聲，聽它那永遠不息的音調，那沖激而清朗的音調，那日夜不斷的音調。我想來重看這些樂土的月光的魔力，並打聽那些魔力是不是還保留著那消逝的幻影，失掉的幸福和往日的繁華。

「因為現在你所住的房子是我以前享受著幸福和愛情的地方，是我以前相信誓約悠久，兩心混鎔在同一跳動裡相愛相依的地方。我一生的好夢就是在這些樹下，在這些幽徑中做的；我在這噴水池周圍漂遊過我的願望，嘗試過我的快樂。是啦，這座住宅是我得到幸福的住宅，並且是我付了許多代價和重大犧牲而得到幸福的住宅。我排除了許多障礙，才得到我當時所經過的快活日子！千不該萬不該，我不該得到愛，不該完成了這奇蹟，不該從極低微的身分一直提高到我以為值得尊敬的最高身份，多麼慚愧啊，我不能供獻她玉笏和王冠，而祇獻給她一些極無價值的禮物！可是這禮物，她看做最稀奇的禮物，看做御賜的禮物一樣接受了。她同意拋棄一切而隨我。她願意在我領著她去的地方過活。這樣我們才來到了這兒，來到了這偏僻的雞谷，險峻的深山，人跡罕到的鄉村，隱藏在那被噴水泉的白漪襯得美麗起來的樹木中間的家宅………

「有一部分愛情是適合社會生活的，並且可以混入社會生活裡面，但另一部分卻不願意與它接觸，避免與它接近，憤慨社會的束縛。當人們達到這絕對的，獨一的愛情時候，千萬不要想把它應用在社會的需求上面。應該服從於它所強制的法則。它使你們與一般人隔離，同時賦與你們一種異常的奇特，而這種奇特使你們能夠安居於孤寂的地方。這些事情，我們倆，妃梨霞（Félieia）和我，都懂得。野

外的秀媚風景，氣候的溫和，大都會的隔離，這幾種條件都是使我們逗留在這極自由的地方的。我們買了現時你所在的這座住宅。我們是在六月的某晚進來的。花園裡的玫瑰散出香氣，噴水泉與月光相輝映；群星在天空閃動，宛如今晚一樣。我們超過了這鐵柵。我把妃梨霞的手挾在我的手裡。這屋子的銀色的正面向著我們輝耀。我們沈浸在異常的靜默中，那裡面祇有噴水泉迸射的音調，它那沖激，不竭的音調，它那飛躍和希望的音調………

「呀！先生，我們不知道有幾多次聽過這噴水泉滔滔地飛躍！它那銀光閃耀的直立著，好像我們的守門人一般。而它受著那使它沖射到月光裡面的地壓力的壓擊，用著怎樣的力量迸出諧和的激烈音調啊！整天整晚，在涼快的早晨，在令人頭暈的熱烘烘的下午，在漫長的黃昏，在靜默的夜間，我們倆多麼愛過這噴水泉唷！我們倆，妃梨霞和我，不知有過多少次曾坐在這張凳子上看這噴水泉，時間過去了，近黃昏的時候樹葉淅淅地微響著；花兒薰香了柔和的空氣，從地中出來的水聲的神祕歌唱，仍繼續它那不可思議的魔術。

「噯喲！愛情像一切的魔術，有沈迷和悔悟！有一天我從村裡回來，便不見妃梨霞在那我讓她一個人留在那兒的房裡了。有人告訴我說她騎了一匹馬從那條雞谷中的路跑去了。到日暮的時候，我沒有看見她回來，於是我就起了煩悶了。隨著時間的消逝，我越加苦惱。我忽然明白地領會那是災禍了。我渾身流著那冷汗。我意識到妃梨霞出去了，將不再回來，而且永遠不為我所有了。先生，我應當死，我不應當活在人世，甚至想設法來忘卻；我曾以為可以忘卻的。

「因為要消除這懷疑，所以我要再看看這間屋子，這座花園。這是一樁註定的災難，但我卻想來試試看。這就是我來到這雞谷中的緣故。這就是今晚我一直跑到這鐵柵來的緣故。我自己覺得很鎮靜，那些往事，我已日漸模糊記不清了。一切事情我都覺得遼遠而渺茫。先

生，我已從一切的悔恨中解脫出來了。再沒有什麼幻影能引起我的紀念。先生，當我忽然聽見一個笑聲的時候，我就要走出去了，啊！那不是從嘴脣發出來的笑，不是人間的笑，而是一種怪誕、無窮、縹緲的笑，是使我毛骨悚然，臉孔冰冷的笑，是一種譏諷輕蔑的笑。喂，先生，就是我剛才告訴你的那種抑不住的衝動把我推到這鐵柵來，就是它使我奔向這刺激我的敵人，我的指縫裡拿住的就是它那氣喘吁吁的喉嚨，我要從它那噴射泉水和泡沫的喉嚨來抑住它那討厭的聲音。總之，我要塞住這噴水泉，使它靜靜不流！我終身受這噴水泉的聲音嘲笑，你不願意我聽它嗎？放鬆我吧，不必這樣抓住我，放鬆我的手，放鬆吧！……」

山中之夜

列尼葉（Henri de Régnier）作

作者

見前。

譯文

有一天晚上在山中，我的朋友哲安・柏列蒲（Jean de Prebauig）把他那段過去已經好久的生涯告訴了我。我們坐在巖坡上面，呼吸著清芳的空氣，祇有瀑布隆隆的音響擾亂空氣的沈靜。我們的頭上有一片燦爛的星空在閃光著；巖下深谷中有一座小小的Ｇ⋯⋯城，城中麕集許多華麗的住宅、別墅、寬敞的旅社和溫泉浴池。我是來這兒休息和調養身體的；我的朋友柏列蒲卻是來追憶往日的那些紀念的⋯⋯。我們彼此都高興能在這裡相逢，差不多每晚在吃完飯後，我們便沿著那些從雞谷中直通山上的荒徑散步，並去享受山中的幽寂和沈靜，卻不像大部分的浴客往娛樂場中去，或留在旅社的庭廊中暢談。那幾趟散步很快地使柏列蒲與我發生了親密的友誼，就是在一次散步的時候，他把十五年前他來Ｃ⋯⋯城的溫泉的情形講給我聽。

——那個時期，他對我說，正是你在中國的時期，我做著那位可愛的梨西嫣・鮑維（Lucjenne de Bove）的情人；所以，你想我怎麼會接受陸軍部派往南美洲駐戍的命令呢。要離開梨西嫣的心情使我多麼厭惡，我寧願拋棄職務卻不願和她分開，因此，我毫不遲疑地便辭掉職務了。這種行為，雖然嚴重，在我看來卻十分簡單，可是，最奇

怪的就是當時我並沒有一種盲目的激烈的愛情給她。真的，我那時愛著鮑維夫人，而她也使我無限地愉快。自從我倆初次會面時起，她就逗我喜歡。在她面前，我感覺她使我起了熱烈的欲望。這欲望的實現替我造成了一種可驕傲的幸福，因為鮑維夫人很快地就變成我的愛人，使我相信她獻身給我的時候，便服從雙方的感情了。實際上卻是梨西媽發見我的愛情有一種可以接受的優點。她覺得我不是個擾亂婦人的生涯，逼迫婦人改變習慣，打散婦人的友情，把婦人當做情感的奴隸看待的人。反之，她卻認定我會細膩而舒服地跟她過著同樣的生活。我沒有露出猛烈的熱情的危險痕跡。畢竟，我是她那「流」的人物，這是她認為重要的事情………為什麼呢，因為梨西媽的腦筋裡面「流」這個字佔著一個大大的位置。她愛應酬、禮節、交際；她喜歡這些時髦的娛樂。所以我們愛的關係不得不適合這浮華的氛圍。況且，我也一樣愛交際場中的娛樂，越在娛樂的環境中，我越覺得梨西媽更愛這交際場中的娛樂。她那動人的美體在那時候便露出它的天然的結構。

「總之，我的生涯是一種戀人的奇特生涯。真的，我脈脈地看著梨西媽；可是白晝我們祇能在茶樓，展覽會或訪客的時候相遇！……夜間我們只希望能在舞蹈場中，音樂會和戲院裡極匆促的交談幾句話！雖是不自由，我卻快樂，並不懊悔為梨西媽而犧牲了南美洲的職務，我丟掉這職務是因為不願遠離她的緣故……

柏列蒲靜靜地不講話。晚間的天氣是炎熱的，夜色半明正如在亞美利加的某晚。天空群星在閃耀；深谷中瀑布的聲音，又在隆隆地響著。田中散出濃厚的夜香。柏列蒲儘量地呼吸著，一下又繼續地說：

——我們真是幸福，有一天梨西媽報告我說，醫生叫她來C……城的溫泉靜養……我並沒有異議，因為沒有什麼可以阻礙我和她同來。因為氣候的關係，有許多朋友的家眷都到這兒來住，所以我來

這兒也是極其自然的事。我果然很快就在Ｃ……城重會著梨西嬌了，而我們的浮華和愛的生活在這兒繼續下去，仍像在巴黎當時一樣。Ｃ……城的位置在一塊美麗的地方，在那靠近極明媚的山景，在偉大和荒漠的幽美的自然中，我們一班人似乎沒有看到這種風光的。我們糊裡糊塗地生活著。沒有什麼好奇心驅逐我們走出那個小圈子，我倆在彷徨著的，那梨西嬌把我迷戀著的那個小圈子。

「雖然，每每在黃昏的時候，當我向梨西嬌和我的朋友們告別之後，我並不回旅館，而選擇一條直上山坡的狹小的路徑，隨隨便便跑去。我越向前，越踏進孤寂而靜默的地方。在這崎嶇的山間散步，從未遇著半個人。我有時在森林中，有時在蒼翠的牧場上，有時在那有急激的流泉的地方散步。我漸漸地被那高山的不可思議的魔力和夜的幻景所迷，我為得要執著手杖在蔓草和山巖中自由地徘徊，所以立刻便由山上下來忍耐地等待那在我背後的那座溫泉的小城市寂靜的時間到來……

柏列蒲又靜靜不講話了。暖風送來了一陣山野間的香氣。一顆流星放射出燦爛的灰粉在天空畫成一縷光線。柏列蒲的眼睛隨著那顆流星。他的聲音興奮得發抖，繼續說道：

──啊！好朋友！在山中的那幾夜是多麼優美，同時喚起了多少更深刻的愛情！這些夜色使我們歸於更深刻的本能。在夜的幽寂，夜的靜默中，人們似乎自己認識得很清楚；不久我便得到了一個印象……。我突然覺得模糊的思想已成為確定的了。是的，就是在那時期的一夜，我才知道我給予梨西嬌的愛情，並不是我所想的那樣的愛情。有一晚，坐在差不多跟我們今天所坐的同一個位子，我才知道我愛她，並不是像我所想要愛她的那樣愛她。我怎樣會被這種愛情的氣力所迷住呢？我怎麼不懂得愛的力量，愛的激烈，愛的火燄，以及我全身受它的支配呢？不知不覺間，它在我的身上活著；它長大了，現

在已不再受我的制裁了。我心中充滿著愛的狂熱。我能因認不清它的本質，而忍受人家給與它的束縛和壓迫嗎？我能屈服在這有意的托詞和平常的習俗面前嗎？……所以要求於梨西媽的，不僅是跟她短時期的往來，簡直時時刻刻都需要她的美，要求她永遠讓我自由地鍾愛……

「並且我越感到這需要，越為激昂的熱情所苦。啊！我也許很能夠從那抑住著她的一切環境中救出這婦人來，也許能夠撕裂那條把她繫在可憐的浮華生涯中的羈絆！那兒既有雄壯，天然，而芬香的山，有幽邃的，充滿神祕的山，山中有陰影，湍流和瀑布的潝潝音響，山中有靜默，在這靜默中祇能見愛情的偉大而又永久不朽的聲浪震動。她不往那山中去，而守在死氣沉沉的城市中，守在旅館的小房裡幹什麼呢？守在那些包圍著她的人叢中幹什麼呢？……

柏列蒲站起來。跑了幾步，然後又轉來向我說道：

──我試驗過了……從那天起，梨西媽便把我看做一個危險人物了……我們愛的關係痛苦地拖延下去，而結果更是痛苦地完場……我們各自分開了手。她已忘掉了在山中的那晚，但我卻仍記著。她仍很像我今天一心一意所追憶的她……請原諒我對你說這祕密吧，但是有時候卻可以說是可笑的事，斯丹達爾（Stendhal）說得好，倘若不是故意做出來的，死在街上並不是樁可笑的事情。

威爾幾妮與保羅

維利耶（Villiers de L'Isle-Adam）作

作者

　　維利耶（Auguste Villiers de l'Isle-Adam, 1838～1889），或譯作「瑋里耶」[1]，全名譯作「奧古斯特・維利耶・德・利拉唐」，法國詩人、劇作家、短篇小說家，出生布列塔尼的沒落貴族家庭，性格孤傲，在貧窮中度過一生。一八六〇年，酗酒、放蕩不羈的維利耶遇

見他心儀的偶像波特萊爾（Charles Pierre Baudelaire），並鼓勵他閱讀愛倫坡（Edgar Allan Poe），日後他的作品風格充滿神秘、肉慾的黑暗浪漫主義色彩，受兩者的啟迪甚大。比如戲劇《阿克塞爾》（Axël, 1885～1886）和短篇故事集《冷酷的故事》（Contes Cruels, 1883）充滿恐怖與性虐待的描寫，反映他內心的黑暗面。此外雖然他和馬拉美（Stéphane Mallarmé）是密友、與華格納（Wilhelm Richard Wagner）

---

[1]　編者按：鄧慧恩《日治時期外來思潮的譯介研究：以賴和、楊逵、張我軍為中心》（臺南市：臺南市立圖書館，2009），認為本文作者為李萬居誤植，訂正為聖皮耶（Bernardin de Saint-Pierre, 1737～1814）。然聖皮耶此文的篇名為〈保羅和維吉妮〉（paul et virginie），並非〈威爾幾妮與保羅〉（virginie et paul），故事內容部分相近，但二文的文字脈絡不同。Villiers de l'Isle-Adam 的原作 virginie et paul，其法文版內容可見 http://fr.wikisource.org/wiki/Virginie_et_Paul_（Villiers_de_L%E2%80%99Isle-Adam），即李萬居中譯文所本。至於聖皮耶的 paul et virginie 其篇幅較長，此篇中譯本可參考李恆基譯《法國中篇小說選》（人民文學出版社，1994 年）。

也有深交，但因為作品風格離經叛道，不僅主流書店不願出版，劇院也很少敢冒險演出他的作品，直到去世前五年他才為人所知。一八八六年問世的科幻小說《未來夏娃》（*L'Ève future*）是他最經典的作品，開創了機器人故事，影響後世甚大，尤其是當代動漫創作者，如日本漫畫家士郎正宗所創作的科幻漫畫《攻殼機動隊》。

譯文

　　這是寄宿舍古庭苑的鐵柵。遠處的鐘聲響了十下，四月的一夜，天空澄藍而深邃。那些星兒好像銀子一般。輕颺的蕩漾掠過新開放的薔薇，密葉淅淅地響，這條荳球花樹（Acacia）大路的盡頭，噴水雪一般飛落。在極沉默的中間，一隻鶯兒——夜的精靈，便幻術般的音雨閃爍。

　　當十六年華你沉迷在夢幻的天國的時候，你愛過妙齡的女郎麼？你記得曾失落在涼棚下的椅兒上的手套麼？那個不曾料到的人兒突然來了，你感到不安麼？放假時候，你的父親微笑你們倆互相偎貼的羞澀，那時你感到臉上發燒麼？你見識過含情脈脈地凝視你的那雙瑩淨的眼波的無限溫柔麼？你吻過那位酥胸衝撞而偎貼著你那喜得發抖的心兒，戰慄的忽而蒼白的女孩的嘴唇麼？你們晚上結伴歸來時，在河邊採摘的那些青花，你曾把它們藏在寶匣裡面麼？

　　自從分袂數年後，潛藏在你心靈最深處的一種追憶，正同封儲在寶瓶中的東方香油之一滴。這滴香油多麼精良，多麼強烈，假使人家把瓶兒拋入你的墓穴，它那渺茫地永遠綿延的香氣，會比你的骸骨更能持續。

　　啊！在孤寂的黃昏時候，再一度懷想當時分別的消魂心境，這是一椿多麼甜美的事情！

　　現在正是孤寂的時候：近郊的噪音已靜默了，我偶然步抵此地。

這座宏大的建築物往日是一間久歷年歲的修道院。一縷月光照亮著鐵柵後的石階，並且半映著高年聖者們的雕像，這些聖者們是有異常的功蹟的，而他們的微光的額，一定是因祈禱而叩過石板的，當英人還領有我們安若（Angers）州諸市的時候，此地曾響過不列顛騎士的馬蹄之聲。——現在呢，蒼翠嫵媚的剪秋蘿一新了陰暗的窗壁的石塊。修道院改為少女們的宿舍了。日間，她們正似廢墟中的小鳥，在那兒嬌啼婉囀。復活節的初放假那幾天，在那些酣睡的少女們中，不只一個人會引起弱冠少年的心中的崇高神聖的刺激，並且或者早已………。嘸！有人說話。一種極溫柔的聲音（低低地）喚了「保羅！………保羅！」一件白絹的袍，一條碧色帶兒在柵柱旁邊飄動了一下，一位少女時常像要出現的樣子，現在她下來了。她是此地的少女們中之一；我看見寄宿舍的披肩和頸上佩著的銀十字架。我看見她的面龐。夜色跟她那涵著詩味的臉痕溶合在一塊兒了。啊！還攙雜兒時色彩的少女的金髮！啊！碧眼的淺藍髮髯還帶著太初的「以太」（L'ether）！

然而，這位在樹木中間輕輕地跑的極年青的是誰呢？他匆忙地走出來；攔住鐵柵的柱子。

——威爾幾妮！威爾幾妮！是我。

——喂！請再說低些！我在這兒，保羅！

他們倆都是十五歲！

這是第一次的密會！這是不朽的戀歌之一頁！他們彼此都喜得發抖？祝福，神聖的純潔！追懷！復豔之花！

——保羅，我親愛的表哥！

——請從鐵柵伸過你的手來給我，威爾幾妮。啊！多麼細膩的手！拿著，這束花是從爸爸的庭園中摘來的。不是用錢買來的，可是是用我的心。

——謝謝你，保羅。……但是，他這樣氣喘！跑得這樣！

——呀！因為爸爸今天做了一樁事體，一樁很得意的事體！他用了半價買了一個小森林。因為人家急於把它賣出；這樁好機會。於是，爸爸因此整天高興，我想他給我一點零用錢，我便跟他在一塊兒；後來，我匆忙地趕到這兒來赴約會的時間。

——保羅！若是你的考試能好好地通過，我們再三年就可以結婚吧。

——是啦。我要當律師。當了律師須等待好幾個月才有名氣。那麼，隨後就可以賺一點錢。

——錢是時常可以賺得許多。

——是啦。我的表妹，你住在宿舍裡還舒服嗎？

——啊！舒服，保羅，尤其是從巴尼耶太太（Mme. Pannier）把宿舍擴張了以後更舒服。開始沒有這麼好；但是現在這裡有許多貴族人家的小姐。我和她們都要好。啊！她們都有漂亮的東西。自從她們來到這兒以後，我們大家都非常舒暢，因為巴尼耶太太比從前肯多拿出一點錢來使用。

——這些舊牆壁依然一樣………。住在裡面的人不很快活吧。

——快活！大家平時已成習慣不去注意它了。喂，保羅，你去看我們的好舅母嗎？再六天就是她的生日；應該寫一封「祝賀信」給她。她那麼好！

——我，我不大喜歡我們的舅母！前次她給我一些飯後的腐壞的糖果，偏偏不給我一個真正的禮物：其實給我一個精緻的錢袋子也好，或者給我幾文零用錢來放在盒子裡也好。

——保羅，保羅！這樣不好。你應該給她喜歡，而且要好好地待她。她是有年紀的人，況且她會留一點遺產給我們………。

——真的。啊！威爾幾妮，你聽到鶯啼沒有？

——保羅，有旁人跟我們在一塊兒的時候，請你留神些，不要卿卿我我喊得這樣親呢。

——我的表妹，因為我們橫豎是要結婚的。然而我也要留心。多麼的好聽，鶯！聲音多麼澄澈而且銀一般的鏗鏘！

——是的，好聽，但是驚擾人的睡眠。今晚天氣很溫暖，月色如銀，真美。

——我很知道你喜歡詩，我的表妹。

——詩，我很喜歡！………我正在習鋼琴。

——我的表妹，我因為要唸給你聽，在學校裡，我就預先讀了各種優美的詩；彼埃洛（Boileau）的，我差不多都能背誦。如果你願意，結婚後，我們可以常常到鄉村裡去逛，是麼？

——當然的，保羅。媽媽並且有一座小屋子在鄉村裡，那兒有農園，她會賠給我作粧奩：我們可以常常到那兒避暑去。假使能夠，我們儘可把它擴大些兒。農園也有一點收入。

——呀，那再好也沒有了。鄉下過活比在城裡節省許多錢。爸爸媽媽都這樣說過。我喜歡打獵，我會打得許多鳥獸。打獵也可調息出一點錢來呢！

——並且，那是鄉間，保羅！凡是有詩味的東西，我都很喜歡！

——我聽到樓上有聲息，嚇？

——嘸！我不得不上樓了：巴尼耶太太或許醒了也未可知。再會吧，保羅。

——威爾幾妮，再六天你要去看舅母嗎？………會在那兒晚餐嗎？………我仍就心爸爸一知道我溜了，怕不會再給我零用錢。

——你的手，快點。

當我聽著接吻的聖潔的聲音為之神醉的中間，這兩位可愛的小天使，已經逃了；廢墟中徐徐的反響，渺茫地反覆著：「……錢！一點

兒錢！」

　　啊！青春，人生的花期！孩子們，我虔祝你們陶醉！你們的靈魂像花一般純潔，你們的語言喚起了「差不多」和這第一次密會相等的別種回憶，而令一個過路的人淌下了許多溫暖的淚珠！

兩個不相識的人

耶洛（Ernest Hello）作

作者

　　耶洛（Ernest Hello, 1828～1885）是個哲學家兼小說家，他的作品充滿著懷疑、冷酷、諷刺和神祕的色彩；所以法國人稱他做神祕的著作家。他的文藝作品不多，但用筆卻非常深刻。拉賽爾（H. Lasserre）曾這樣批評他的作品：「試一讀莫里哀或普洛特（Plaute）所描寫的守財奴，便覺得他們兩人好像小孩一般，因為他們所描寫的守財奴，只是粉壁上的一個影像，至於耶洛所描寫的守財奴則確確實實是個活生生的守財奴，繪聲繪色，無論舉止動作無一不逼真畢肖……」。這幾句話並非過分的稱讚，凡讀過耶洛的作品的人大概都會有這樣的同感吧。按法國文壇自波多萊介紹美國Edgared Poë的作品之後，曾有一個時期（1856～1865）流行著一種世人稱為「架空小說」（Conte fantastique）；耶洛就是屬於這一派的。（見頁99～100〈譯者的話〉）

譯文

　　——博士的病今早怎樣？

　　　昨晚過得不好。

　　——他醫治旁人醫得那樣好，難道就不能夠醫治他自己嗎？

　　——啊！這事談都不要談起。我們都在失望中。三十五歲就死！一個這樣好這樣博學的人！

——你說死？他會死嗎？

——是的，先生，假使他繼續不喫東西，那是一定的；他會死。

——那麼，你不能叫他喫嗎？

——如果我能夠！如果我們能夠！如果有人能夠！那就好了。昨天早上巴黎第一流的醫生都集合在這兒。他們談了兩個鐘頭的話。但有什麼辦法呢？怎麼能使一個完全不能喫東西的人活起來呢？

這段話是在患著一種怪病要死去的鼎鼎有名的醫學博士威廉（Willam）的門前談著。

這是威廉的朋友之一，在那兒問探威廉的家人，可是祇能得到極普通的消息：

——博士不喫東西。

好久以來，威廉便失掉了口胃。

——在我所喫的東西裡面，我找不出甚麼滋味，他自己有時這樣說。

但起初這病並不十分厲害。威廉喫得很少，並且沒有口胃，但是喫得還足夠維持他的生命。不知不覺之間，病狀越加沈重；威廉陷入異常悲哀的狀態中了。全世界已沒有什麼東西能打動他的心；他的情感已逐漸消失了；他，他的熱情原為世人所知道的，現在已變成冷淡了。冷淡！這話還不對！他愛好醫學的熱情原是他的靈魂和身體的殘廢中唯一生存的熱情。可是從某天起，他這種熱情也低下去了。因此，人人都說：威廉無望了！

一些醫生——他那班學友來請他判斷些困難的事件，跟他商量些緊要的事情，問他一些祇有他能夠解決的問題，威廉卻糊裡糊塗地回答他們。

人家指示他大發見的途徑。僅僅「發見」這兩個字就足夠使他的眼睛放光，威廉卻不回答而躺在長凳上面。

　　他雖停止替病人看病，然而為要完成他的職責，這個不幸的人用著隨隨便便的態度把這看病的事體託付他那班同業的朋友。在他的身上和他的周圍均充滿了無限的悲哀。

　　——你有甚麼事呀？他的好朋友洛伯爾（Robert）問他。

　　——我正在惱著什麼都沒有，威廉回答。請不要問我有什麼；請問我沒有什麼。本來應當有的，我卻沒有。

　　——但你需要什麼呢？

　　——沒有別的；我需要一點東西。

　　——但結局怎麼的？

　　——我需要一點東西，這就是起因和結局。

　　——你沒有口胃麼？

　　——我餓得要命。

　　——那麼你為什麼不喫東西呢？

　　——因為我沒有那個我所要喫的東西，我就缺了這個東西。

　　——那是什麼東西呢？

　　——我不知道。

　　人家每天都給他一種新的肴饌。每天威廉的食物，不管那餐無不加工烹製，但是每日的工夫，都是一樣空費的。用餐的時候，他悶悶地坐下，並且他好像要敷衍人家似的，用脣尖稍為嘗嘗那班大醫學家集議所製出的東西，立刻他差不多像發怒一般地立起，跑去關在房裡，再也看不到了。結果，病一星期一星期地沈重起來，羸弱達於極點；一種慢性的寒熱症跟著發生了，夜夜都不安靜；好的朋友他也不再接見了；威廉不願意會任何人，因此洛伯爾也只好去跟威廉的守門的僕人談話，這些話是我們剛才在這段故事的開端聽過的。

　　閉戶獨居的威廉在房裡幹什麼？他寫東西。現在讓我來抄幾段在下頁。

底下就是他祕藏著的一本簿子的幾頁。

威廉博士的記錄

只有我一個人，確實只有我一個人。門是緊閉而下著閂的。我看過了我的床舖下面和一切家具下面沒有半個人在這兒，確實只有我一個人。我可以把我這樁瘋事告訴我自己。任何人都不會聽著，任何人都不應當聽著，為什麼呢，因為任何人都不會了解。

我會要死的。當死的時間快到時，我便會燒掉這張紙。我自己講著話時可以安慰我自己，因為人是需要講話的。但我守我的秘密，只有我自己一人，一人，世間只有我一人知道這樁事體。

我也許可以像旁人一樣快樂。我也許可以瞧著太陽，花園，聞著花的香味；我甚至有用處也未可知。

這真討厭啊，發生了這事真是討厭啊。這事？到底是什麼事呢？發生了什麼事呢？我不知道我究竟能不能向自己敘述這事。我對自己有夠得上敘述這事的信任嗎？

啊！天喲！我從前是個小孩子。那簡陋的庭園我在那兒玩了十二年！簡陋的庭園啊！那時人家叫做威的是我麼？那見著花開而樂的是我嗎？那在五月底見著連翹花謝了而悲歎的是我嗎？一面悶悶地仰視著天空，一面自問季節是否適宜於我歡樂時所播植在饒沃的田裡的種子，這個人是我嗎？啊，天喲！是我麼？那遊玩的是我嗎？那工作的是我嗎？那高興，自由，活潑，愉快，長著金褐髮，笑嘻嘻的，坦白的小孩子，那抱著他母親的頸項的小孩子，是我嗎？啊，天喲！那是我嗎？六歲的時候，為一隻麻雀的死而哭的是我嗎？我要使它那僵硬的腿支持起它的身子，但每次當這可憐的東西倒下去時，我便號啕大哭。那時我多麼快樂啊！現在要怎樣才會哭泣呢？

救主喲，我犯了什麼罪而弄到沒有哭泣的權利呢？而被處罰不哭呢？啊！我是個偉人呀！多麼冷酷的譏誚啊！有人說我是個偉人！我

聽著人家談論著我的天才！我是個第一流的醫生；我是個學者，並且有許多人羨妒我。啊！如果我是個惡人，如果我有能力跟那班羨慕我的人交換，有能力把我的能力學問和它的結果讓給他們，拿著農民工作後吃黑麵包時的快樂！

麵包嗎？工作嗎？

我也許不該寫那兩個字的，我已沒有權利再說那兩個字了。麵包？工作？啊，我真是個可憐的小孩子喲！世間竟還有人能夠幸福的去幹他們的工作，吃他們的麵包嗎？啊，主喲！救主喲！救主喲！凡是能夠歌唱的人在讚美歌裡面所祈禱的救主喲；大衛之神喲！請使我有一天也愛我的麵包和我的工作吧！

但我卻已允許自己述說我的故事。人家也許會說我恐怕對自己說著這段故事時，會敗露自己，也許會說那瞬間好像一個可怕的瞬間，我故意把它延宕著。

萬一這張紙落在一個人的手裡，那個人也許會來盤問我的。他也許會詰問我的瘋事，好像往日我本身盤問那些瘋人一般。我或者不得不向那個人說，當發生這事體的時候，我是睡著抑是醒著。或者不得不向那個人說………但有什麼相干呢？我沒有心腹朋友。我不必替任何人打算。我將說我所感覺的事情。照我所感覺的那樣說，毫不加以解析。

這就是事實。我看見過他，或最少我相信看見過他。我既不知道他的姓名，又不知道他的年紀。但是我會見了他。這究竟是誰呢？他！他，我不是告訴了你麼？在我的腦筋裡面，他就叫做「他」。

我既不知道在什麼時候，又不知道有多少時候我會見了他。

我當在二十五歲左右。

好久以來，我就希望著。我希望著，但不知道希望什麼。可是結果，我希望著。好久以來，我周圍的東西就使我感著不滿足。在我的

眼中，人與物均失掉著他們的美。我希望著一種超過普通的美。

有一天，我沉迷在這模糊的希望中，我瞧著那流著的河水。假使我沒有弄錯的話，他就是在那兒，在我面前出現的。他向我走來了。

　—　我的孩子，他對我說，你是我的孩子，你。

我聽著這句話已經有十二年了。

這句話迄今仍在我的內心響動：它燒我而又使我冷入骨髓。

——我的孩子！你是我的孩子，你！

這就是他的第一句話。

我懂得了。所以我沒有問他的姓名。我既沒有問他從何處來，又沒有問他往何處去。

我自己暗暗地說：這就是他，這就是我等待的他。

而他呢，像見到了我的靈魂，他高聲回答我的念頭。

——是啦，這是我。

怎樣的聲音啊！

於是我就把我剛才對自己講的話告訴他。

——這確實是你罷，確實是我所等著的你吧？

——我已經回答你了，他對我說；不要使我說無益的話，因為我的話是貴重的。我所講的話是要求代價的。

——你要科學（Science）嗎？他靜默了一下以後說。

——是啦，我回答。

——跟我來罷，他便對我說，而他的聲音也變了。他的聲音變得更嚴厲，並且幾乎使人悚然。

他帶我到了一座我從來沒有進去過的花園。他悄悄地走著，鋪滿地面的枯葉在我的腳步下面「軋軋」地響，但是在他的腳下並不響。穿過了花園，他引我進了一座想必就是他自己住家的房子。在跨過這座奇異的屋子的門檻之間，我感覺進他的家裡的快樂和恐怖。

　　裡面異常陰闇；我不知道他打了一下什麼東西，隨後我便看見他的手下裡拿著輝煌的燈光。

　　然後，他由一條長廊把我傾到一間房間，他要在那裡面跟我談話。在這迴廊裡面，我記得清清楚楚我少許離開的跟著他，避免和他接觸。簡直連他的衣服都不願意擦著。

　　他測著我的意思，微笑的瞧著我。

　　——好，好，他說。假使你不怕我，你便夠不上跟我。

　　他在我前面開了房門；我悚然進去。

　　幸喜我是為自己一人寫的，所以我可把描寫這房子的事省去。現在我所能說的就是他在這房內，這房子包藏著他；除此之外，我不知道旁的事情。

　　——現在，請說吧，我對他說。你知道現在不能使我滿足。你願意把神的偉大的地方指示一些給我麼？

　　靜默了許多以後，他開口了。他講了多少時候呢？我不知道。他所談的話我一句都記不起，但是，當我完全記起來的時候，我仍是什麼都不說，我既不會把他的話重念給他人聽，也不會念給自己聽。一切我所知道的，就是他說出來的那些語言並不像人類的語言一樣；我很知道他談論著關於神的事，但我又知道我聽著他談話時，我只留心他，並不留心神。我又知道我害怕，我茫然地感覺神這種東西是可以安慰痛苦的，雖然當他正在與人宣戰的時候，我因為自己害怕了而害怕。我的恐懼自然而然地增加。我不知道我是跟什麼人在一塊兒。

　　到後來他按了一按電鈴，有人拿了一塊麵包進來，他把它切成了兩塊。他取了這麵包的一半，而把另一半給我。在那瞬間，我同時感著一種不可言喻的快樂和一種異常的不安。

　　我同時感覺一種優然的暈絕和一種悚然的愁慮。我感覺這不安是超人的事物所釀成的，假如這事物不是神靈的東西的時候；這神祕的

不安類似人絕望的一種預兆。

我喫了，而當我在喫的時候，他露出憐憫的神情瞧著我，他似乎在說：

— 可憐的小孩子，從今以後，在你所喫的東西裡面，你再找不出滋味了。

可憐人類的雄辯！可憐人類的自尊心！可憐的文學家！假使你們聽見了我所聽見的話！

經過了這怪火燃燒以後，為什麼緣故我沒有死呢，我既已變成不能讚賞什麼的人了，我的理想既已淩越了他人的理想，並且我既已超出了人類的掌握？

假使在一個慣對著我們臥房的微光之人的面前，一扇窗門忽然開了，由那兒露出怪誕的遠景，燦然的風物及與常時不同的陽光，如果由此發見一片無邊的地平線，一片從沒有人臆測過的地平線；他或許會說：我很微小，並且連自己微小都不知道。可是假使窗門無情地關起來了（要使這窗門關起來，只要一絲風就行），那麼這人的夜間便會比旁人的更黑，又那些沒有從這窗門去看過的人們便不會知道為什麼緣故這人在他的床上翻來覆去。

剎那間的地平線，你為什麼時而展開，時而關閉呢？啊，誘惑者喲！我同時怎樣咀咒你，而又憐惜你。喲！美！美！美！你為什麼追逐著我呢！生的天使或死的天使，天上之愛或宿命之愛，啊，我的命運喲！你為什麼而出現，為什麼而隱滅呢？你為什麼說著：「此後，在你所吃的東西裡面，你已再找不到滋味了。」而隱滅呢？

我不懂得這道理，但我卻意識到這句可怕的話的真實。整個的人生一剎那間從我的眼前經過了。

經過我剛才經過的這時間以後，我覺得父母，朋友，工作，快樂，義務，一切都彷彿與我不相干了。

聽著我剛才聽到的這句話以後，我感覺人類的話言都是可笑的了。

吃了我剛才所吃的這片麵包以後，我感覺人類所吃的，用麥粉和人工做成的麵包都是澀然無味的了。

同時我感覺得在我內心有一種破裂，好像一切東西都拋棄了我，好像一個人孤零零的，既離開了人類，同時又離開了神。我感覺得那用冰冷的手輕輕地探過我的額頭使我孤立的絕望的撫摩。

當神把一個人從其餘的人中分開，引去皈依他的時候，結果便在這人身上產生沉靜和忠誠。

但是我剛才所受的那種分離卻在我身上產生了煩亂和自私自利的感情。

從這時候起，什麼都不使我適意了，無論春日，事物，人類，工作，生命以及死亡。

假定有些人聽著這句誰都不應該聽的話，他們恐怕不會想像到它所表示的一切意義：因為他們只在一瞬間聽見這句話，他們並不像我每天每時細細的領略著我所受的刑罰，這什麼都不復喜歡的刑罰。

這刑罰我已受得久了：現在實在再受不起了，我就會死了。

我死去，好像這十年來我在世一般，勿論為他人或為自己，一滴眼淚都不會流。我的骸骨已枯槁了吧。

一般人所說的話，一般人在書本上所誦讀的文字，人間慣用的慰語都於我無用；因為這一切話都是向活人說的，而我呢，我是死了。

我失掉了生命的意義，並且受著如下的刑罰！活動不感到動作的趣味，吃的時候不覺得麵包的滋味；跟我的朋友握手時，既不給他們也不從他們的手上感到溫暖；講話沒有興致；聽話沒有趣味；無論在什麼地方老是孤零零一人，已不能再跟任何人談話，不論是我的父親或我的兄弟。

我深信祇有神才能填平我所陷入的深淵。但是，我不知道那條通

往神的路，如果有這樣一條路的話。我不知道要怎樣呼叫，才能使神聽見。神是他人之神！我並不覺得他是我的神。要找那偉人而卻不是宿命的「那個人」，那充分偉大足以填平缺陷的「那個人」，那充分慈善足以挽救沉淪的「那個人」，宜從什麼方向去找呢？

據說受刑者一抱吻祭壇便會不可侵犯者。那不知怎樣稱呼的，我所希望愛的「未知的神」啊，請告訴我，你那些祭壇究在什麼地方，好使我得到一個逃避自己的避難所，好使我拯救自己，好使主回答我和我的眼淚，好使我哭泣著投在廣大無邊之神的腳下，投在那重新發見之神的腳下！啊，偉大呀！啊，偉大呀！如果我知道你是誰，救主嘍，如果我知道怎樣能得到你的慈悲，如果我知道在什麼塵埃之上才能吻著你的車輪的遺跡，啊！我會多麼歡笑，多麼悲哭，多麼跳躍，並且會怎樣在勝利的極頂去卑瞰絕望和無聊哩！啊，我懷中所蘊藏的人類的戰慄的心啊，你會怎樣鎮靜起來，你會怎樣跳動起來，又怎樣…………

有人激烈地敲著他的門時，威廉剛寫著這行。他異常震怒。到底是誰，敢違抗他的禁令來纏擾他呢？他沒有回答。房門受著猛擊搖動了，威廉看見進來了一個跣足，穿著襤褸的道袍，鬍子蓬亂的牧師。

——跪下去！他對威廉說。

威廉跪下。

——我的孩子，牧師說，我帶你去看一個祇有你能夠治好的病人。我不管你願不願跟我。我命令你跟我。

威廉戴上了帽子。

——我已預備好了，他說。

——那麼，等一下吧，牧師再說，讓我們談談吧。你此去醫治的人並沒有你那般痛苦。

你覺得你自己什麼都沒有能力做，然而你又覺得什麼都不值得你

做。你覺得什麼都在你的慾望之下，但卻又在你的能力之上。聽我說吧：目前你所想的那個人留下了科學給你，但卻沒有把光明留下給你。可是，我的孩子，沒有光明的科學乃是失望。

——你怎麼知道我在想誰呢？

——不要響，他連忙接著說。不要疑訝。我是到這兒來醫治你的，不是來跟你開玩笑的。你願意沉入光芒萬丈的深不可測的光明之淵嗎？你想要一塊光明的麵包來餬口嗎？一件光明的大衣來遮身嗎？你要這東西嗎？

——是啦，威廉答說。他心想這真奇怪，這人有點像前回那個人；只是我不害怕。

——這麵包和這大衣，我的孩子，就是服從，他接著說。在要讀你快要讀的這句話之前，請先吻地三次。

威廉吻了三次地。

於是牧師從他的衣袋裡抽出一本書，把這一行指給威廉看：

Per Viscera Misericordix Domini, in gnibus

Visitavit nos Orieno ex Alto.

（端賴神心的慈悲，我們得參拜昇在天空的太陽。）

當你極需要服從的時候，你就會覺得麵包是好的，他靜默了許久以後說。

他於是一面拿著威廉那雙灼熱的手，緊緊地握在他的兩手裡，同時用著熱烈，靜穆和崇高的眼睛看著病人，說道：

——對於一個像你那樣的受傷，變態，羸弱，熱狂，悲慘和殘毀的人，我不會說：「忍受吧」，我會說：「享樂吧」。我不會說：你瞧著某種事物的姣美或某種孤獨行為的興趣去忍受吧；我不會試用任何

緩和劑，我不會想慰藉你，使你有所準備。不。我要一直走向你的心靈，而叫它快樂，並且我要向那「受命之神」為你祈求服從的光榮和快樂，我當然知道沒有能夠使人滿足的東西。我祝福不滿足者！我們在此絕不是有著少許而便滿足的。「太極」不願世人喜歡離開了它。無論是天，無論是地，無論是花，無論是人都不能滿你那大張著的慾壑。這慾壑要求著：我的孩子，吻我吧！藉著「聖父」「聖子」和「聖靈」的名義，藉著尉安人類的「聖靈」的名義，請聽這祕密吧。從今以後你所講的話，就會聞達於上天，從今以後你可以昂首而行，神會附在你的身上，而聖語印在你的心裡。從今以後你的一切行為，一切（我什麼都不除外）都有著神的血在澆灌著。一切，一切，我這兩片跟你談話的嘴脣，你那雙聽我講話的眼睛，你那會思想的頭腦，你那快要鼓動的心臟，你那雙將要動的手，你所快要吃的麵包，你向著那能聽見一切的「那個人」所發出的叫聲，以及你的歎息和你的眼淚（因為我知道你哭），我所舉出的一切東西，我所沒有舉出的一切東西，我所知道的一切東西，我所不知道的一切東西，你所有的一切東西，你還沒有的一切東西；神將會看到的一切東西，你的語言，你的瞳子，能夠說明和不能說明的東西，萬物都會合乎永遠的耶路撒冷之建設和基督的神祕的聖體之形成。我既在你的身上發見了那座在柏拉圖說過的國土裡，聖保羅（Saint Paul）曾瞥見的為「無名之神」所建築的祭壇，那麼，我就要在你的心靈上樹立一面可以審判世界的樹幟！你曾希望登上極頂，極頂就在這兒！上來！上來！上高來念「天啟的鷹」曾當「天使」的口裡聽到的話，來念：啊們（Amen）！啊們！這是一句祕密的話。由這句話，你的面前會開一扇「長生」之門，由此你可以勝利的進去。

　　──現在你喫吧，牧師對威廉說。

　　這青年向這老人投了哀求和恐怖的一瞥。他那澄碧的眼睛充滿著

淚珠。威廉戰慄著而又覺得放了心。

——長老，他低低地說，我好了嗎？我遇救了嗎？

——是啦，我的孩子，他回答，你好了，不然最少你也快要好了。假使「神」今天沒有完全和永遠地出現，他便正在準備，你等待著吧。你的前途是遠大的，遠大而且崇高。你須誠心啊。

這牧師從他的衣袋裡抽出一片麵包，劃過十字，將麵包祝福了，然後放一半在威廉的顫動的手掌裡，這顫動的手，冷冰冰的指頭已沒有抓緊並支持的力量。

——勇敢點喲，我的孩子，老人說：那使你昏迷的人曾對你說：假使你不怕我，你便夠不上跟我。那命我來救你的人卻對你說：假使你不信用我，你便夠不上跟我。

我看出你不敢吃，但試試看吧。

威廉把麵包放在嘴裡。馬上歡躍著抱住老人的頸。

——現在，牧師說，想想旁人吧。以後有什麼不好的時候，你可想想那服良劑就是想及他人。我是來找你的。有人等著你。我的朋友，只要做得到，切不可使人等待。

威廉叫人套了車。這老人以一種從來沒有坐過車子的笨相上了車。

他告訴了車夫一個地址。兩匹馬出發了，兩個旅客都寂靜無聲。牧師取出了他隨身的聖經，威廉覺得這人有著了不得的能力，他不越習慣，帶著小孩子的單純和規則的態度，用功和休息都有一定的時候，而且一秒鐘都不虛過。車子停了。

牧師和威廉下來了。

一條陰闇，狹小，潤濕，寒冷的路把他們引到了一具螺旋形的木梯前面，摸著登上五層樓之後，他們最後到了一扇蛀蝕了的柴扉前面，牧師用指頭把門推開了。房子低小，污穢，零亂而又黑暗。一盞

快要熄滅的過夜燈以那淒涼的光亮微弱地照著這白晝中的暗室。

病人躺在一張小鐵床上，頭上沒有蓋東西；漆黑的頭髮平垂在他那尪弱的兩頰邊。

他的臉色異常蒼白。他那大而白的差不多完全露出被外的額上流著一片怕人的汗水。他那雙消瘦的手幾成透明而垂在床的兩邊。人家或許以為他是死了；可是有一個輕微的顫動，像要洩露生命似的，在他的身上通過，並使他的薄脣和閉著的眼睛發生痙縮。

一個六十歲的肥胖的看護婦，笨重地半睡半醒的坐在床前的一只椅上，因為在這房裡她沒有找到一把安樂椅。當來客進去的時候，她便站起來，把她所坐的椅子移到壁爐前，那兒有一個煎著藥方的咖啡壺潺潺地滾著，她以為病人那時已夠人看守了，便完全睡去了。

在那門被牧師的手指推開的響聲裡，病人睜開了眼睛，並且輕輕地抬起身。所有這人剩下的生命盡藏在他這一瞥裡。在他那蒼白的臉上展開著一雙漆黑發亮的眼睛，這雙眼睛的瞳子老是旋轉著。一點白點似的凝定的東西在那旋轉不停的眼中發光。

威廉在這陰闇中一下便慣了，他瞥見病人的粗糙的睡床。他們兩人的視線正正相對，在牧師還沒有懂得是什麼一回事情之前，威廉就退到牆壁那兒，沒精打彩地找著了一張椅上，便暈倒在那上面。

病人起來了。

——噴點冷水在他的頭上，病人對牧師說。

牧師一面照病人所說的那樣做，一面覺得威廉已回甦了；然而這確是他嗎？他瞧著病人說。

他接著又說：

——然則這真的是你嗎？下去吧，威廉，讓我們兩人在這兒一下；必要時會呼喚你。

威廉出去了。

　　在威廉剛才半掩的門口，現出一個淡紅色的臉龐，一個金髮蓬亂的小孩子的頭，這小孩子以一種狡猾的樣子，溜到睡覺的老婦人的地方，並且帶著半驚半懼的神氣蹲在她的裙子下。

　　──婆婆，婆婆！他用著哀懇的音調低低地說：但是他喚不醒了她。他停住了，一面駭然地瞧著那病人和在微笑的牧師。

　　威廉在下樓的時候說道：

　　──然而這確實是一個人！我沒有作過夢。現在更不會作夢了。他們兩人現時在那能夠看見一切的「那個人」面前而面對面了。我還活著的嗎？啊，神噢！請饒恕我們這班人噢！

　　牧師和病人果然面對面的站著。

　　──先生，我現在聽你指使，牧師說。

　　──用什麼權利呢？病人回答。祇有我自己所選的那些人才是聽我指使的。瞧啦，這個就是我所選擇的小孩。他也像其餘的人一樣丟掉了我，因為大家都得丟掉我。我曾喚過你嗎？那班讓我自己一個人生存著的人難道不許我自己一個人死嗎？誰說你是屬於我指使的呢？

　　──耶穌基督告訴我的，牧師回答。

　　──耶穌基督？這臨終的人說，我極願意告訴你這話，因為你既已在這兒。我已向神宣戰了。我知道要直達神所居住的地方，耶穌基督是「旁人」的路。這條路我是不願意跑的。你不要對我說耶穌基督是「神」，這事我已知道了。你不必告訴我如果耶穌基督是一條路，他也是一個目標，這事我也知道了。什麼都不必告訴我，因為你要告訴我的事情我都先知道了。我要「聖父」，但不要耶穌基督所供給旁人的方法。請更不要說我已被征服了。這事我知道。什麼都不必告訴我。我自己很了解我自己的。請你像剛出去的威廉一樣吧。瞧啦，這就是我所選擇的小孩子，經過一會兒沉默後，他補充地說。

　　──瞧啦，這就是你叫他死的小孩子，這就是神要藉著他的手來

給你以生命的小孩子。

——生命？這臨終的人帶著怕人的微笑說。

——生命，牧師回答。

他拿起了他的耶穌受刑像，他把它放在火爐臺上面，然後深深地俯伏下去。

他們兩人都像死屍一般固定不動，一個在禱神，一個卻在咒神。豆粒般的油燈像在要熄滅的那瞬間似的，投出少許強烈的光明。看護婦睡著了，小孩子好像暫時停止了生命一般，呆立不動，分享著那偉大的靜默。看這情形，人便會說這小孩雖不懂得，但他卻感到了生與死的戰鬥。

後來，牧師用著溫和，嚴肅和宏亮的聲音朗誦著七篇悔罪的聖詩。當他念著 Rugiebam a gemitu Cordis mei 這幾句話的時候，病人便發出一種非常悽慘的呻吟，宛似臨終時的殘喘，同時又似絕望的哀叫；可是這呻吟還比不上病人離群獨處，要從容嘗玩其臨終似的，潛伏在那後面的冰冷的沉默那樣陰慘。

聖詩誦完了；四壁都應當聽到了這「從阿鼻地獄的深處」（De profundis）和這「救出我吧」（Miserere）等語句，可是這臨終的人反像沒有聽見的樣子。這些句子沒有在他身上發生一點效力，連一句話連一個生命的表示都沒有。如果沒有他那又可怕又鎮靜的眼睛的動作時，他便完完全全像死了。

牧師俯身向著這臨終的人，盡力的想得著他一句話，或一個顧盼，或不論內外的一個動作，正像一個這樣的人在一種這樣的死的前面所能做的盡力的做了。

後來牧師立起了身，這次他也變得可怕了。

——這事絕不會這樣的，他說，救主喲！這事絕不會這樣的！威廉在什麼地方？去找他來，他對著那跑上跑下的小孩子說。

　　威廉和小孩子再上來了。

　　威廉診視了病人，他把牧師拉開，告訴他道：

　　——他已完全不中用了。

　　——我知道，牧師回答。

　　隨後，他用手拉著威廉說道：

　　——我也曾時常見著怨恨；但是從沒有看見像你心中的那般怨恨。你會說這怨恨與你是「一體」的，你會說你甚至沒有想到那「未來的饒恕的可能」；你會說在消除你的怨恨之前我會先消除你的靈魂；你會說你和它同時來的；靜著吧！請誦聖經。

　　在念出「請饒恕我們，像我們饒恕人家一樣」的這句話以前，請先把你的靈魂深深地檢查一下，並且如果你不能對著天地坦然無懼，請不必念這句話。

　　你知道在這看不見的世界裡什麼是饒恕的反響嗎？威廉請饒恕一次吧，好讓神去照他所願意做的那樣做，並好像你自己要去世一樣，請你為那不相識的臨死的人祈禱吧。請你深深地反省你自己，以便發現饒恕的地位；同時你也就可以發見祈禱的地位。

　　人生有些極崇高的剎那，在那時候人家便不認識自身了。慣在人生的表面上滑跑的人，一旦投入人生的深處的時候，便不認識自己了。我們覺得世界上最怪誕的莫過於那平時看不見的而突然映在眼前的本體之實現！威廉就處在這些剎那間之一的裡面。那時候一些事物突然放出的光明把他的眼簾弄亂了。

　　靜默越發增加了。天、地、和地獄三者正在交鬥的小房子中，髣髴無人的樣了。因為那兒除掉滾水沸騰的有規則的音響外，聽不見一點聲音，而且在那裡面人幾乎不能看見自己。呼吸的聲音都聽不著，宛如一種努力使之強烈而弄到疾速捉不住的動作一樣，生命似乎已經消失。這舞臺上的主要角色完完全全像死屍一般，然而外面雖沒有半

點痕跡，但是誰都覺得這個臨死者的身上有一種不能說明的活動力。

　　牧師用那雙強烈而又鎮靜的目光，從威廉看到病人的身上，又從病人看到威廉的身上；因為雖是在他鎮靜的時候，那包藏在鎮靜裡面的力量使得感動越加擴大，他向著大眾證明他憑著什麼權力的「名義」在活動。

　　在威廉的身邊，牧師覺得不得不講話；在這個不相識的男子旁邊，他又覺得不得不緘默。他的精神並沒有全部用在救這兩人的熱情以及對於他們的人間和天上的前程所有的愛上面。他覺得他身上的事不單止關係兩個人，他卻覺得這兩個大人，這兩個墮落的人類的代表可以變成人類贖罪的代表。他在這兩人身上，觀察他好久以來就認識的那戰慄的人心的弱點，痛苦和憧憬，但他曾沒有看見過像這般充滿著希望和苦悶。

　　世人當自身所掌握的事物開始動作的瞬間，並不能知道他身上會發生什麼事情。牧師在浸入他自己心靈深處的那刹那，驟然用穩定的手把他久已準備好的力量捉住，他一面把這些力量全部呈給那看見一切的「那人」，一面靜默無聲，彷彿自己已經空虛的神氣，到後來他說道：

　　──救主啊，我既不看見，又不知道，又不能夠。請你憐憫你把我放在他們中間的這兩人啊，因為你是他們的神，而他們是你的創造物。這世界在他們看來太狹小了：請不要把他們從你身邊趕開，請不要使他們遠離那永遠的祝典，因為他們實在需要快樂，而快樂是你的贈品之一。他們耗盡了這現世的事物；他們已經窒息了；他們需要超出我們的環境。啊，救苦之神啊，請讓他們終於能夠憑著他們生氣勃勃的手把青春和復甦捉住。我在等待著，救主啊，我在等待著，請你做吧，請你做吧。我盼望那普照的光明快快到來啊，啊們！救主啊，請不必吝惜這光明吧；請你使這光明在我們的額上和我們的腳下流動

吧；因為我們已被黑暗遮蔽了，我們不知道要寄足何處。我盼望那地平線上的早晨的曙光快快發出，我盼望這兩個靈魂早得解放啊，啊們！請把你那在談話時能夠慰藉人的聲音放出來吧！和平的「聖靈」啊，歡樂的「聖靈」啊，啊，激烈而柔和的火似的語言啊，時而炎熱，時而涼爽的氣息啊，那透光的，生氣勃勃的，焰火般的，在它面前我的語言便滅絕了的晴明啊，我禱祝你，並且在等待你。光榮之神喇，我從地獄的深處抱著一切的弱點，一切的恐怖，一切的無能，以及我的心靈所能夠做的一切的崇嚴為著他們說話。啊，受崇拜的光明啊，請你教他們唱：啊們！使他們心神恍惚直達到歡樂和憤怒的頂點。教他們更虔誠的唱啊們，在山上唱啊們，在他們的語言中，在他們的國語中，在那和諧能夠使人忘卻，使人追憶，使人認識自我和使人流淚的語言中唱著啊們！請使他們所唱的啊們終於響徹九天。

威廉已經哭了；那個不相識的人卻還沒有哭。一種新的痙攣使他那將死的顏容動著。他那臨終的氣，已漸漸顯露出來了，然而牧師的眼睛，卻反而明徹起來了，他似乎在那些慘暗的色調裡發見了一些看不見的光明。

——長老，這就是死啦，威廉說。

——我的孩子，這就是生啦，牧師回答。

看護婦依然睡著；小孩子仍在那兒，他用那澄碧驚訝的眼光看著他的周圍，莫明其妙。

牧師挨近小孩，用手拉著他，叫他跪在床頭，跪在那看不著小孩的病人的腦後，然後低聲告訴他道：你做你的祈禱吧。隨後一面自言白語道：一這事快了，神啊！隨後又告訴這個臨死的人道：——你記起了你不是你自己創造的吧！

當牧師提出這個極簡單的問題的時候，小孩子念著：「善哉瑪麗亞」（Ave Maria），而這個臨死者臉上，而冰冷的死屍般的臉上忽然

發出一個世上的人們所很少見到的微笑。

臨死者坐起在他的床上：

──他是「存在」的「那人」，我竟忘記了我不是「存在」，他說。

隨後他的聲音低緩下去了；一線柔光從他那莊嚴的額上閃過；他的容貌忽然變為少壯，天真，稚氣；他的眼睛比那個在床下做著祈禱的孩子的眼睛更單純，更溫柔，他一面伸開兩臂，一面說道：

──威廉，原恕我，原恕我！

威廉投入這兩條展開在等著他的手臂裡，當他想起可以說話的時候，他吃吃地說道：

──然則我們會在一塊生活啦！

──是啦，這不相識的人回答，但這話不是你那樣解的。藉著神的扶助，我要離開這荒涼的國土了，但你卻還要留在這兒。並且首先我還得跟牧師談話；去吧，過一會再來跟我訣別。

於是他一面轉身向著牧師，一面說道：

──長老，我當聽你的指揮。我很渴望變成小孩子；請告訴我，應該怎樣辦呢？

幾點鐘後，那幾個原人再集合在那間房裡。這個不相識的人快死了，並且以他的死來慰藉威廉。他躺臥在那粗陋的床上，他更顯得要達到最後的那瞬間了，他現出一個勝利者的態度，並且像在說著他的誕生似的。

──聽吧，威廉，留心聽吧，他一面說，一面握著這青年（即指威廉）的兩手。你去幹我所沒有幹過的事情。別了，你最愛的朋友，請你忘記過去的我，並請你記著那應當要做的未來的你。科學和藝術在等待一個人，而你便是它們所等待著的。請看這個小孩啊，威廉，請看這一捲鬈縮的垂在他那小肩上的金髮。我把這三倍神聖的莊嚴轉

放在你的手裡。請你永遠不要忘記這淡紅色的小口曾為可憐的罪人誦過「善哉瑪麗亞」。我會和他說話的，和他，最後一個。我會和他告別的，和他，最後一個。我會抱吻他的，最後一個。因為他是個小孩。

他的顏色變了，並且忽然佈滿了一種不可思議的莊嚴。

——然則這地球上有座山啦，一座耶穌基督所登過的，叫做卡爾維爾（Calvaire）的山啦！他再得著了他那失去的喉音叫著說：

——威廉，請打開這個抽屜，把聖經拿給我。

威廉照著他的話做了。

病人想要念聖經，但是不能夠。費了許多氣力之後：——威廉，還請你把洋燈拿近來吧。瞧啦，原來人是這樣的，他一面微笑，一面補充地說著。我幾乎空花了通晚的工夫去讀聖經，卻忘記把洋燈拿近。

他讀著：

我是「道路，真理和生命」。

——對啦，這原是這樣的，他說。耶穌基督可以泰然地說：我是真理，因為他實在是真理。真理！我連念這兩個字的資格都沒有！我覺得自己完全潰裂了。至高的上昇啊，至高的窮困啊！我害怕我自己，在真理的面前我害怕自己，因為我有一個會皺的額，而真理的額卻不會皺的。真理是不變的！不變性啊！這一字是人們所不懂的！

呀！我臨終的日子，那定是個美麗的日子！美麗的日子啊！但這就是今天！但這就是即刻！而我卻不再想這就是即刻！威廉請吻我吧，請你歌以當哭！假使你想到我的話，請你記住我是個可憐和平凡的人，但還是請你謳歌我的誕生，因為我將要誕生。請你令俯身看我的搖籃吧。當我沒有愛的時候，你便不能夠安眠；現在，我愛了，那麼請睡吧，歌唱吧，神會把枕頭給你。

他那崇高的容貌，時而嚴肅，時而感動，彷彿一瞬間由地下旅行到天上的樣子。

——威廉，請在真理中生活啊，他說，請你溫和地待遇那些不懂得真理的人啊。可憐的人們，他們錯了！請你幹我所沒有幹過的工作吧，「默示錄」的羔羊會從天上看你。

——耶穌基督！耶穌基督！他叫著。你不以為我們周圍還有他所呼吸的東西嗎？

再替我祝福一次吧，長老。別了，威廉；看護我的那個婦人在那兒嗎？我應當向她告別的。

最後，你，他對小孩說，你來吻我吧，而且不要忘記敬愛慈善的上帝。

隨後他低聲哼道：

—— 我們在天上的父啊，願人都尊你的名為聖，願你的國降臨………

聲音寂滅了。

奶子

普勒夫斯特（Marcel Prévost）作

作者

普勒夫斯特（Marcel Prévost）。

譯文

他倆已經認識了六星期了，三月的某晚，她從工廠回來，他則從國務院出來──六星期來他倆每天都是一塊兒從聖顛街，太甫街，羅勒特聖母院街經過，下雨的時候，他倆同擎著一把雨傘，手兒挽著手兒，並肩而行。

他變成一個細心地，恭敬地獻媚她的人，自從三十歲起，他的窘苦和悲哀的生活毀掉了他希望的原動力，並且他已不相信他那些願望有實現的可能了。她差不多老是學著他在開玩笑時說話的神氣，不慌不忙地回答他所問的事，然而有時候她有點顫動，她那破裂的聲音便驟然靜默了。

當他們倆的腳步慢慢地踱到這位少女居住的地方拉菲里耶街的時候，他們要分開，總覺得有點難過。

──喂，我們就這樣分開嗎？瑪麗小姐，職員說。

她用極堅決的語氣回答：

──是的，哲安先生……應該回去喫晚飯，好好地睡覺，不是嗎？

──一塊兒去喫晚飯怎樣？………要睡覺的時候，大家才分

開⋯⋯若不⋯⋯

　　她笑起來，用著指尖指著他的額上。

　　──你這個人不正經。好好地回家去。明天我們就可以再會面了。

　　──啊！你老是這樣講！無論如何你讓我跟你上去⋯⋯一秒鐘就好⋯⋯看看你的房子怎樣？

　　──不行，不行，哲安先生，她正正經經的回答。為什麼你天天老是這樣問我呢？告訴你吧，這是不行的。喂！不要惹我生氣，好好地跟我講「再會」吧。她用那隻帶黑手套的纖纖手兒跟他握手。他則用著他那雙沈重的赤手。然而當他緊緊地握手的時候，倆人都感到愉快。

　　當離開了她之後，他便更趕忙地向著那條通到大街，通到他居住的巴蒂昂爾街的斜坡跑去。他夢想著，他的心情充塞著悵惘，煩悶，以為在跑路時，再看不到瑪麗那蒼白色的側面，以為再不能親近她的裙邊和摸著她的手臂了，同時起了一種混亂的恐懼，一種不祥的內心恐懼，就是怕這個少女終不能為他所有。

　　為什麼她拒絕他的愛呢？為什麼就是一秒鐘，她都不許可他上去呢？為什麼當他們要分開的時候，她總是顫動呢？然而他總不相信她是潔白無瑕的，因為她所講的一些話，有時候對於愛情的實質上的暗示，好像是經驗過的事一樣⋯⋯。並且，在巴黎這塊地方，一個二十歲這麼自由和這麼乖巧的少女，這是稀有的。⋯⋯⋯

　　這個職員這樣猜疑著，瑪麗既拒絕他的一切要求，而沒有愛上旁的人嗎？在他們剛認識的時候，他曾大膽地問她：──「你有沒有人？⋯⋯」這個少女這樣回答：──「沒有⋯⋯我自己一個人！⋯⋯」她用著很堅確和很誠懇的聲調回答他，畢竟先把他說服了⋯⋯⋯。現在碰到嚴辭的拒絕，他又開始懷疑了。

　　有時候這疑惑迫得他要去調查和探問拉菲里耶街的女門房。他花上一佛郎的酒錢，就可以得到實情……。但是畏縮而羞澀的心情使得他不敢這樣做去，並且有人提起這項事情時，他就戰慄，結果終於不敢去問她。總之，現在他什麼都不知道，他總相信瑪麗是自己一個人生活著……。一旦真的知道她有一個情人，那麼他會很苦惱的，因此他不敢冒險去打聽這椿事。為什麼呢，因為他實在是愛她。

　　然而，日子一天一天地過去，春天已經降臨了。五月間，大街兩邊的栗樹葉已是陰影繁茂，街上排列著車輛，雅緻的婦人們，穿著輕紗袍和輕紗的襯衣。現在，當這個職員和這個婦人並肩跑上蒙馬特街的斜坡時，天還是很亮的。在落日殘照中，他們慢慢地跑著路，覺得心情有點愉快，落日的景色好像豔麗的少女一般而不勝其憔悴的樣子。他們那兩隻濕潤的手，緊緊地攜著，他們的手指互相挾著，他們的眼睛互相凝視著：要分開的時候，他們剛要穿過那條常是荒僻的拉菲里耶街，在那兒他們作個很長的親吻。哲安又懇求她：

　　──瑪麗！我要求你………跟我來吧………如果你不願意的話，就讓我跟你一塊兒去………。

　　她扔開他那雙緊抱著她的手，答道：

　　──不行！不行！………還太早………再等一下吧………再過幾天………不久就行了。

　　有一晚他用著極熱情去懇求她──她也差不多無法自制渾身緊貼在他的肩膀上，喃喃地說：

　　──你不願意等………你一定要來嗎？

　　──啊！是的，他說………我要求你……。我要緊緊地擁抱著你，像這時候一樣的，但是要在一個僅有我們兩個人的角落裡，而沒有人看得見的地方。

　　──你要不正經嗎？你答不答應我，你不做無聊的舉動？

——答應你………

——那麼好！她同意他的要求，這樣說………來吧。

她叫他先跑。經過門房的小屋子時，她敲著房子的玻璃。

—　我回來了，巴爾格太太！

小姐回來了，裡面有一個女人的聲音這樣回答。我要抱「他」上去。他沒有看見你回來，就要哭，你沒有想到呀！

瑪麗穿過天井，她的朋友跟著她。她住在六層樓上的一間房，一間沒有裝飾而寬大的寢房。當他們到了上面，門打開的時候，這個少女面對面看著這個職員，她說：

——喂，哲安先生……你要上來，你看我的地方不整潔。但是還有一項東西你不知道的，我應當告訴你，我已經做錯了一回事情。

她暫時沒有做聲。他也什麼都沒有回答，靜靜不動。他在想著。「我的確很知道………。為什麼她一告訴我這回事，我就苦惱起來呢？」

瑪麗再說：

——還沒有完………。他給我懷了孕，然後把我拋棄………。我並且有個小孩。

——一個小孩，哲安驚訝地說………大的嗎？

——不，她再說………一個很小的………剛剛十一個月………。雖然我很愛你，但我卻不願意………讓你，因為這時候他還沒斷奶，我自己養他………。

門開了；女門房出現了，她是一個黃臉色而頭髮灰白的胖婦人，手上抱一個包裹著而在微微地嗡著的嬰孩。

——抱去吧，女門房說，怪可憐的寶寶。哼了一個鐘頭了，他要吸奶。

她把他放在他母親的懷抱裡，母親用著貪婪般的熱情吻他的臉，

手和軟洋洋的小身體。女門房說：

——「先生和太太，晚安！」然後就出去了。瑪麗推一張椅子給這個職員。

——哲安先生，請坐吧。我在你面前給奶小孩吃，不會給你不愜意嗎？他充滿著愁然不樂的心情吃吃地說：——「不會，不會！………」。他坐在壁爐角廂的一把椅上，兩手拿著帽子，裝做鎮靜。瑪麗坐在他的對面，小孩放在膝上。她把裡衣解開。哲安一下子瞥見她一只蒼白色的奶子，她隨時拿了小孩頭上戴著的遮布蓋起來………。她微微地笑著。

——一天要像這樣給她吸四次，她說：早晨我去工廠之前給他吸一次；中午和晚上我回來時各一次，夜間一次。並且我不在家時，門房又給他兩次潔淨的牛奶。

哲安問：

——那麼………跟你生這個小孩子的人現在怎樣呢？

她泰然地回答：

——他跑了。他回到他的家鄉澄蒂耶去了：他已經結了婚。

——從前你很愛他嗎？

她面上有點紅起來：

起初我是愛他的。後來他待我不好；我就離開了他。真的，假使我要再跟人家好，我就不會再像從前那樣做法了………。但是年紀輕的時候，又是自己一個人，那會懂得呢？

停了一下他們兩人沒有談話。房間裡只有小孩猛吸奶子的聲音。哲安沒有像剛才那樣苦惱了。他愉快地想：——「她沒有半個人………」。在這寂靜中，他憐愛她起來了，他覺得對這個無罪的小生命發生一種模糊的愛，這個小生命是保持著瑪麗的貞潔的………。

現在小孩吸飽了，在睡房的紗簾遮蓋著的搖籃裡睡著。哲安和瑪

麗都靠著窗門：他們在入神，愛神的交談在他們單純的靈魂裡，產生動搖的情緒和熱烈思想了………。

這個女工絮絮地說：

— 　現在你知道什麼緣故……我不願意……。因為我仍是很愛你，去吧，我拒絕你就是這個道理。

這個職員又想起小孩吸奶的情形來，她雖毀滅他的願望，他的柔情卻同時增高起來，他又說：

—— 是的………瑪麗你有道理………。不應該………還早咧………。應該等到你沒有給奶小孩吃的時候。

單篇譯作及創作

蛇蛋果

左拉（Émile Zola）作

作者

　　左拉（Émile Zola, 1840～1902），法國小說家、自然主義文學大師。出生於巴黎，父親是義大利的工程師，母親是法國人。一八六四年出版第一部短篇小說集《給妮儂的故事》（*Contes à Ninon*），此時還未有自然主義的寫作傾向，但到了一八六七年小說《黛萊絲‧拉甘》（*Thérèse Raquin*）的問世宣告了自然主義文學的誕生。自然主義是一種寫實主義文學的科學性的提升，以材料考證與客觀描寫等手法，從物質影響的角度看待人的作為。一八七一年開始每年出版長篇連續小說《魯貢瑪卡家族》（*Les Rougon-Macquart*）的一部分，實際上是普法戰爭前後法國社會的寫照，通過對五代人生活的書寫，探索遺傳對人性、人類社會的影響，包括探討酗酒問題的《酒店》（*L'Assommoir*, 1877），以及社會環境迫使女性出走的《娜娜》（*Nana*, 1880）等名作。另外也親自撰寫《實驗小說論》（*Le Roman expérimental*, 1880）闡述自然主義文學的觀點。一九〇二年左拉在巴黎寓所意外死於煤氣中毒（一說是政敵所害），這種科學性、工業化的死亡，為其自然主義寫作的一生劃下句點。（編者）

譯文

一

六月的一天早上，在開窗的時候，我接受著一陣迎面吹來的新鮮的空氣。前天夜間下了一場激烈的暴雨，天空好像嶄新的一般呈出一種蔚藍色，一直到牠的那些最小的方隅，都被暴雨洗濕過了。那些人家的屋頂，和我能看見高大的枝條聳立在煙囪中間的那些樹木，都還濕漉漉的。遠遠的地平線笑於黃金色的大陽光下，一種地濕的香味由緊鄰的花園裡發散出來。

「我們去罷！妮列特，」我高興地叫：「戴你的帽子，我的姑娘……我們到郊外去走走罷。」

她拍起手來了，她在十分鐘間就弄完了她的打扮，在一個二十歲的嬌娜的女郎，這種打扮是很值得讚賞的。

九點鐘的時候，我們就在麥里也爾的樹林裡了。

二

樹林是何等地沉默，在那裡有許多戀人吟玩著他們的愛情！這星期間，斬伐過的樹林是寂寥的，人們並肩而行，手臂兒攬在懷中，嘴唇兒互相喂貼，不致有被叢木中的白頰鳥窺見的危險。那些高而且潔的道路延長到穿過了大樹林，地面鋪了一疊纖美的草氈，太陽穿透過樹葉，投射許多金塊在那上面。有幾條不平坦的道路和羊腸小徑都很幽暗，在那兒可以使人互相衝撞。還有些箭穿不透的密林，就是接吻的聲音很響，人家也不知道他們是在那兒。

妮朗離開了我的手臂，小犬一般地奔跑，愉快地感到那些草兒騷著她的足踝，隨後她再跑來軟洋洋的嫵媚的伏在我的肩上。樹林石斷地展拓，好像大海中無際的綠波。襲人的沉寂和從那些大樹墜下來的

生氣盎然的陰影，印入我們的國際，春季燃燒的樹脂把我們薰醉了。在這新萌芽的樹林的神秘裡面，誰都會再變成小孩子。

妮朗好像驚逃的母山羊一般，從一條濠溝裡跳來狂叫道：「呀！蛇蛋果，蛇蛋果！」她一面又在探索那些荊棘。

三

蛇蛋果，呀！沒有了，然而這些蛇蛋果樹，牠的全面積直擴張到那些薔薇的下面。

妮朗再不想到她所害怕的那些野獸，她兩隻手高興地在草裡搜來搜去，每片葉兒都擎起來，她失望以為再也不會碰到半個菓子。

「人家已經在我們的面前揀過了，」她帶著不高興的樣子怨恨地說：「……喂！」我說：「我們好好地找罷，一定還有呢。」

於是我們用心地找，曲著腰，伸著頸，眼睛直釘在地上，我們小心謹慎的慢步前進，絕不敢響一聲，怕使那些蛇蛋果跑去。我們竟忘卻了樹林，沉寂和陰影，忘掉了大路和羊腸小徑。蛇蛋果呢，一個也沒有，我們凡遇到一個草堆，就俯下身來，我們顫慄的手就在草底搜尋。

我們去了一里路以上的光景，彎彎曲曲，或左或右，連最小的蛇蛋果都沒尋找。那些高大的蛇蛋果樹，已有許多濃絲的葉兒。我看見妮朗的唇兒緊緊地閉著，她的眼睛已潮濕了。

四

我們到了對面的廣闊的斜坡，太陽帶著沉悶的熱度，直射到牠的上面。妮朗靠近這斜坡，決定以後不再找了。突然間她放出一種尖銳的叫聲，我立即跑去，驚慌著以為她是受了傷呢。我看見她蹲下身來，高興地坐在地上，並且指示一個小蛇蛋果給我看，差不多同豌豆

大，僅僅熟了半面。

她用一種嬌柔的聲音對我說道：「你把那個給我摘下來罷。」我就坐在她身傍，是在斜坡的下面。

「不。」我回答：「這是你找到的，歸你把牠摘下來。」

「不！你要使我快樂，給我把牠摘下來。」

我極力地拒絕，卒使妮朗決定用她的指甲去切那根莖。但這是一椿很有趣的故事，當人家定要知道我們倆吃了這個足足費了一個鐘頭才找來可憐的小蛇蛋果，妮朗竭力要把牠放在我的口裡，我堅決地拒絕。後來，我竟給了她的許可，決定把牠分做兩份。

她拿了一份放在她的嘴唇裡，帶著微笑對我說：「我們去罷，你拿你的那份。」

我就拿了我的那份，我不知道這蛇蛋果怎麼分到這樣平均。我也不知道我怎麼嘗試蛇蛋果，使我覺得很好，等於妮朗的甜蜜的親吻。

五

這斜坡被蛇蛋果樹掩蔽了，這裡的蛇蛋果樹是一些嚴整的蛇蛋果樹。收穫很多，而且使人愉快。我們鋪了一塊白手帕在地上，為作我們莊重的盟誓，在那上面擺出我們的採集物，沒有走失半個。然而有好幾次，我恍惚看見妮朗用手送往她的口裡。

當弄好了採集物，我們便感覺到是應找一角樹陰來暢快地用午飯的時候了，在前幾步我找到了一個樂窩，一個葉片的巢窟，這塊手帕就謹慎地鋪在我們的身傍了。

偉大的神明喲！天氣這麼清朗，在蒼苔的上面，竟沉浸於這種清麗幽涼的歡樂中。妮朗用她的一雙淚濕的眼睛瞅著我，陽光投射淺淡的瑰玖色在她的玉頸上，當她看出我的眼睛裡充分的柔情，她便向我身上倒來，用一種毫無顧忌的熱愛的姿勢，把兩手向我伸出。

太陽放射光熱在高聳的樹葉上，投射金塊在放在細草中的我們的足上，那些白頰鳥寂無聲響也不窺視我們。當我們找蛇蛋果來吃的時候，我們茫然地感到我們已經酣睡在這塊手帕的上面了。

——載於《臺灣民報》，第一九七號，一九二八年二月二十六日

得救的鄉村

巴爾達（Alexander Barta）作

作者

Alexander Barta（中文譯為「巴爾達」），匈牙利作家，其作品〈得救的鄉村〉曾由李萬居翻譯，刊載於《時事類編》一九三四年第二卷第二十二期，其餘生平不詳。（編者）

譯文

這個小鄉村好像獅子爪中的一隻老鼠似的，蹲在山壁下。房屋一層一層地排疊著；這與平原鄰近的鄉村不一樣：平原鄰近的鄉村裡的大街道有塗漆著薄紫色和黃色的房屋的腰石，好像真珠綴成的花園一般。

當人家還在繼續採伐森林的時候，每家的煙囪上面都冒出一縷輕煙。但是自從這項工作結束，紅軍顛覆之後，這些森林大部分禁止給捷克人採伐，土著的樵夫出賣的柴比較在捷克人的柴店還要貴──鄉村宣告破產了。

六十三個女人個個都比較旁人窮苦！因為有錢，有馬匹的人好久就搬跑了。有些人為得逃避窮苦而跑去阿根廷。還住在這個地方的人，其中有許多人首先就跑就到鄰近有鋼鐵廠的城市裡面，其餘的則到葡萄區找尋工作去了；再有一部分人也到布達伯斯特（Budapest）去，但是大部分人不久就帶著他們的瘦弱的身體回來。好久，好久以來，他們只有流著眼淚，跑到森林墾植辦事處，人種主義者的議員的

家裡，每兩星期來讀一次彌撒的鄰村的牧師那兒。但這是徒然的事。
這些地方都沒有給他們的任何幫助。這些鄉人早就自認他們的生命完
全失掉了。但是在伯斯特的一家報紙上曾登一篇關於這個鄉村狀況的
很詳細的文章：「大家救濟這個真實的匈牙利鄉村吧！」這篇文章似
乎是一個新聞記者即：人種主義者的議員所做的。這是奇蹟中的奇蹟
啊！秋季的某一天有一輛輕車停放在鄉村地保的門前（村長住在隔鄰
的大鄉村裡）這天既不是星期日，又不是什麼節期，但是從車上卻下
來一個鄰鄉的牧師和一個高雅而雄偉的城市人。十分鐘後這個鄉村的
地保就打鼓召集全鄉的民眾。當居民聚集在地保的門前時，牧師向民
眾演說。他所說的話還要比他的說教漂亮。鄉村的慘苦狀況，感動了
各地。著作者、新聞記者、議員和首都的幾個大貴族決定救濟這個鄉
村。他們深刻地考慮這個鄉村的窮苦事情以便救助它。他們首先審查
建議移植這些居民的方案，隨後審查國家照他們的建議把地價貶低的
事宜。但是這個計劃，他們似乎無法接受。第一因為生產者已經太多
了，第二因為沒有餘錢來建設一個移民地。這些事既沒有做，他們因
為山野的空氣好，遂決定把這個小鄉村改為重要的療養地。「這位先
生是住在首都的，他直接從布達柏斯特來的，他是受一般人委託來把
這鄉村改設為幸福的新邨。請大家仔細地聽，並感謝這位布達柏斯特
的先生吧。」

這位從城市來的先生輕輕地咳嗽著。

「親愛的鄉友們！大家請聽我所要講的事吧。關於——我現就要
談到這個問題——關於要把這個鄉村弄成每月有八百片俄[1]的收入。」

聽講者睜開大眼睛。他們挨近了。

「利益是少而又少的。但是請諸位絲毫不必憂慮，這第一步就是

---

[1]　譯者注：匈牙利貨幣名。

要謀鄉村的繁榮和建設療養地。親愛的同胞！我們大家仔細聽下面這些話吧：每個高貴的家庭都可以招待住客以及寄宿沒有毒症的精神病者。……你們了解我的意思，不是嗎？並不是接待瘋子，而是接待犯神經質的人，這班人裡面也常常有些是很有教養的人……」

死一般的靜默回答他。牧師很快地用熱烈和同情的聲音來打破這冷森森的靜寂空氣。

「親愛的朋友，這些事體要有習慣就可以做了。這班可憐的病人絲毫不會麻煩。整日他們坐在他們的房子裡或門前的長橙子上面。這不過是上帝的可憐創造；任何正直的人，任何虔誠的基督教徒都不能拒絕救助他們，因為救助他們，也就是救助自己，創物主也是這樣的命令著我們。」

人群中輕輕地動了一下。

「膳費並不那麼高。他們大部分也需要很少的食物，我們也不應該給他們吃太多東西。住宿也是一樣的。他們在一定的地方過夜。報酬既不高，但是也不低，我們應當想病人的費用完全是國家負擔的，什麼人都沒有替他們付賬。……簡單地說：國家每月付給每個病人十六片俄此外，每個病人又各收到草褥，被蓋，一床的褥單，並且每月又有半基羅的肥皂和一瓶安眠藥給他們夜間睡不著時，可以鎮靜他們。」

當報告錢的時候惹起極大的騷動。每月十六片俄……五十基羅麵包！

「如果有人要接待病人到他的家裡，須到本鄉地保的家裡去登記。」

這位從城市來的先生又再說了上面這段話。

「萬分感謝！」

當那位城裡面的人和牧師上車的時候，那群人這樣呼著。

「永遠——亞門」（In deternum —— Amen）。

那位虔誠而使人感動的人從已經開動的車中發出熱烈的聲音這樣回答著。

好久以來，這個鄉村就完全靠這些病人而生活著。這些病人確實大部分像那牧師所說的一樣：天真，靜默和神經衰弱。這班可憐人，沒有人替他們付錢，也沒有人為他們憂慮。他們裡面也有幾個瘋子。這些可憐人都是被他們的家庭所拋棄的。這班人裡面最有趣味的是那個瘦削而兩頰有鬍子的阿龍・法魯維奇（Aron Faluvegi）。大戰前他是個托蘭西爾瓦尼亞（Tranèylvanie）地方的錄事官。他加入羅馬尼亞的隊伍以後，因宣傳意大利民族主義，而坐定了三年的牢獄。刑期滿了之後，這位大英雄逃到匈牙利去。但是，布達柏斯特的意大利民族運動委員會卻不招待他。人家給他一個書記的位子，但是不久他就被排擠出來了。他在一輛破貨車中跟一班土人一塊兒生活著。直至他失掉理智時為止。

阿龍・法魯維奇每天寫一張關於他受犧牲的不平事情的請願書隨便給一個人。後來他同樣地寫了一張給教皇。在他這些願書裡面，他寫著他痛恨另一個書記名為瓦洛（Ignace Varro）的，搶奪他的位子，他說瓦洛是個羅馬尼亞的間諜，他的真名實在是叫做密勒斯基（Csicsa Mirescu）。過了好久，他在請願書裡面說明瓦洛又名密勒斯基不僅是個羅馬尼亞的間諜，而且是屬於猶太種族的，他要求化驗瓦洛的血。法魯維奇早晨寫願書，隨後便帶去讀給母雞聽，他把母雞養成與他在一塊兒的馴熟習慣；幸喜有麵包屑，這些母雞好像小雞跑去找尋孵蓋牠們的母雞一般地跑到他的身邊來。

如果他的誦讀停頓，公雞振起燦爛的羽翅而開始啼叫時，法魯維奇便帶著怕人的怒氣跑進去。

「臭畜生！」——法魯維奇這樣叫著，他那兩頰的鬍子便駭人地顫動起來，「你相信我吧，我不知道你的名改為什麼『Hahn』（公雞）。」

他於是喘氣，吐痰，而離開那些受驚駭而飛跑的雞群，然後跑到鄰鄉的郵局裡去。

首先法魯維奇就笑起來了。我們也可以說，他在這個鄉村的大窮苦中得到了什麼快樂似的。鄉裡的人都得到一班病人的好處，這些可憐人在苦惱中，所以吃得少。

第一次的聖誕節安靜地過去了。但是冬天愈繼續下去，在這些房屋裡面的生活愈加苦悶起來。後來，有一個瘋子想把一個頭髮怪紅的小女孩弄下古井裡的時候，鄉裡便潛伏著很大的憂慮。這個瘋子上城去了，鄉人的精神才鎮靜下來。但是這樁事情的發生遂使一般人不敢多譏笑這班瘋子。

一個月一個月過去了。差不多每家的屋角裡都坐著一個靜靜的瘋子。鄉人甚至可以利用他們去做工作。有很多家因有這些人在，遂感覺很愜意。雖然是這樣，但是當日晝開始長下去的時候，整個鄉村的人便可休息了，許多人秘密地決議等他們的環境改良之後，便把這班瘋子辭退出去。但是到了年底，大部分居民便又重新訂立契約了⋯⋯

第二年的冬天開始時就不好了。有一晚，一個病人在他主人的房子裡放火。人家立刻瞥見火燒，很快地就撲滅了。這個病人被送出境了，但是自從那時候起，鄉裡人在家裡已不能安靜睡了。

但是誰能夠接受這種意思，在這冬天把這些人送出去呢？不是有幾百人要求這項事嗎？鄰村的居民已經在嫉視他們這鄉了。

他們想，冬天將要過去，春天快來了，它會用金色掃帚來掃除全鄉的人的腦經裡的恐懼的。

偶然有一個女人產生了一個怪東西。於是大家又不安心起來。晚

上，鄉人因害怕而防禦他們日間所避開的病人。自此以後，常常發生事情：小孫子和女人晚上驚醒起來，尤其是晚上病人不能安靜睡覺的那些家裡。

這班神經衰弱的人使整個鄉村感覺到痛苦。但是應該忍受和抱著希望，因為他們都是靠這班神經病者生活的。

這班人漸漸不敢多講話了；他們慢慢地順從了病人的一些習慣。起初他們彼此不敢提起這事來，但是，到後來漸漸成為公開的，有許多人在夜裡二次或三次溜下床舖，去檢點家戶有無燒起火的事情。

看護病人，這塊麵包是很苦的。

第二年仍是過去了。這個鄉村吐了一口輕鬆的氣，工作呢？森林異常的靜默。也許這一年這種可怕的病就會好吧，這病的名是他們所習知的，即各報紙所登載危險症，

但是危險症並沒有好。到了秋天的時候，大部分的鄉人又重新訂立契約。

從這天起，大家的心情只有更加惡劣。病人也改變了。尤其是在晚上，他們更加騷擾。其中甚至有可怕的瘋子；但是居民生怕弄不好，而失掉了每個月的十六「片俄。」大家煩悶著，恐怕冬天的到來。

有一晚，阿龍・法魯維奇乘著月光砍殺了鄉中的長老斯特豐・茨克勒（Stefan Szekeres）。這個可憐的老人，徒然哼哼地說他與羅馬尼亞的間諜瓦洛・密勒斯基毫沒有關係，他的祖先都是虔誠的基督教徒。

經過三天的考慮之後，全鄉決定把殺人的事守著秘密。他們恐怕此事被人家知道，就會失掉全部的病人。

悲苦的靜默和煩悶籠罩著整個的鄉村。沒有一個人感覺他們的生命是安全的。無論什麼地方都不聽見高聲談話，又聽不見真實的笑。

漸漸地有許多人坐在床上過夜。於是居民也漸漸地變成像病人一般的緘默一般的衰弱。

一個月之後——這時候他們還以為沒有一個會知道這回殺人的事，雖然鄰鄉已在暗地裡議論著——老鄉民茨克勒被殺的消息傳到憲兵警察的耳朵中去了。憲警找著了這個老頭子的屍骸，他們把阿龍·法魯維奇和他的主人帶去，好在後者沒有發見犯罪的事實。

過了兩天後，一個醫務團在鄉村地保的家裡出現了，他們來了檢查某幾個病人是有危險的然後把這些人帶到城裡的療養院去。

當歐戰的時候，鄉裡的人從沒有這樣細心牽他們的馬去給檢查，好像今天帶他們的病人去給醫師委員會診斷那樣。他們各人都稱讚他們的病人好，雖然是一個既不安靜又不溫和的病人。但是醫務團應須嚴格地檢查因為有一家報紙曾把事實大大地擴大。

當消息傳出，鄉裡的病人半數在這冬天須帶到城裡去的時候，全鄉的人都集合在鄉村地保的門前。最初一群人靜靜地站著，後來就向窗門投石子。醫師們個個都沒有拿大衣就逃出鄉外去，鄉人帶著鐵叉和斧頭一直趕出鄉外。

但是第二日，醫務團又再出現了，這次有一大隊警察護送著，聽見他們來到的消息，全部鄉人都關在自己家裡。內外的門都堵塞起來。

憲警用武力才打進鄉人的家裡。但是他們到處都遇著激烈的抵抗，病人呼叫著，他們的主人則用異常激烈的態度保護著病人。

當起初那六家被破門而入的時候，城裡療養院的主任醫師已受了許多流血和拳打的傷痕，遂停止了檢察。

「全鄉都患了瘋病——他對著醫務團的其他團員說——整鄉瘋狂，要徹底檢驗病症，這是科學史上所沒有的先例。」

醫務團退回去研究這是什麼病症。

自此以後，鄉村便又安靜了。

但是晚上有人起來，坐在床上高聲大叫。這是一個病人呢？抑是一個康健的人呢？這只好讓給醫務團去決定。

重要的問題就在匈牙利的真實鄉村，只有整個社會的改造，才能得到救濟。

——載於《時事類編》，一九三四年第二十二期

鄉村中的鎗聲

哈爾基（Josef Halecki）作

作者

Josef Halecki（中譯為「哈爾基」），波蘭作家，李萬居曾翻譯其〈鄉村中的鎗聲〉，刊載於《時事類編》一九三四年第二十四期，其餘生平不詳。

譯文

這天是星期日。農民霍慈西赫（Wojciech）穿著漂亮的衣服。太陽照著他那幢農村式的家屋的白灰壁。

他的妻子跪在聖母像前，合著掌在哭泣。她的嗚咽與蒼蠅的嗡嗡聲音混成一片。她這樣歎息著：「聖母，聖母……。」

這個農民穿好了衣服。慢慢的踱著，同時現出愁悶的神情。他比較平常的星期日跑得更慢並現出更愁悶。他常常停住了腳步，茫然地注視著他的面前，眼睛是失掉了光彩的。他在想著他的兒子放在驗屍所。他穿衣服就是去料理喪事……。

他的兒子放在驗屍所；在患瘋癱病者佛蘭克和約翰的屍邊。

這三具死屍都是放在舁床上面；他們是被打死的。

他們都是被小鉛彈打穿的，約翰的肚子多了一個很大的傷痕。霍慈西赫還看見約翰的屍身倒在他的面前，被一個警察用刺刀戳破。

霍慈西赫向著警察撲去，用力揮起短棍子打破他的腦蓋。他看見警察拿著鎗的兩手起了痙攣，約翰和那個佩鎗而暈倒的警察並排躺

著。從這時候起，戰鬥發生了；警察開了火。

　　成群結隊的農民們逃散在樹木後面，拾起石子拋擲警察。子彈從教室對面的屋子飛過來。警察藏在那兒的警車後面，這輛車是從城裡載他們來的。霍慈西赫和他的兒子潛伏在一個洞穴裡面。穴裡還有最近下雨而未曾乾的水。但是，不要緊，藏在那裡面是安全的。霍慈西赫一直爬到被他父親打倒的警察那邊去。這個老頭子懂得了。他看見他的兒子去奪一條棍子，藏在穴裡面的警察拔出手鎗，取出盒子裡的子彈。「手鎗啊」——這個老農叫著！已經太慢了；警察已經看見，而瞄準著他的兒子射擊。這個青年趕快逃回穴裡。但是他也有手鎗；同時也有子彈。他開鎗了。

　　霍慈西赫注視他的兒子：他即刻唸著「**彌撒，**」他脫下帽子，像在每座聖母像前一樣地做著祈禱，他盲目地服從《聖經》的誡律。農民霍慈西赫看著他的長子正向警察開鎗，他說道：「服從官府吧。」

　　這個青年聽從了父親的話。

　　他的鎗射得很準。他剛剛從軍隊中回來三個月。在軍隊中人家教過他射擊的！忽然喇叭響了一聲：一輛警車風馳電掣地到了街心。農民們認識這種信號。城中的第一輛警車發出了這樣的信號。現在第二輛警車到了。在距離五千公尺的地方，車就停在菜市場了。

　　——向後退，有人在叫著！

　　那個人是不是患瘋癱病的佛蘭克？抑是旁的人呢？管他呢，正是他。

　　霍慈西赫的兒子拿著手鎗，跳起來，朝著近邊的一株樹那面跑去。老頭子跟著他。他們兩人再跑。於是到了柏勒斯陂特的園子。穿過園子的時候，他們想打從樹林穿過。這個青年爬到籬笆那邊，攀上去，站了幾分鐘，後來栽倒在草地上。他的父親趕忙跑去看他。他明明看見攀過籬笆時他兒子的長藍布衣破了洞。

他背著他的兒子，後來把他的頭放在自己的膝上。這個青年滿嘴血淋淋的，他明朗地說：「逃吧，爸爸！」這個老頭子逃了。

他從樹林中逃了。鳥兒婉囀啼著，好像沒有什麼事的樣子。

樹林中的青草已經枯槁了，地面上鋪著一層厚厚的松枝，變成滑滑的，這個老頭子到了樹林中便坐在一株樹幹上。他想：「這個患瘋癲病的佛蘭克是有道理的。」

大家常常嘲笑這個患瘋癲病的佛蘭克，村長這樣說：「他一隻腿已經跛了，他的腦已經壞了。」

但是在他，他怎樣說呢？他說：「牧師是騙子，佔有本村大部分土地的村長是個賊。」他從城裡回來，就不再到教堂裡去，他屢屢的說：「他們會來牛棚裡拉去你僅有那隻母牛。『他們』就是官府啊！」

農民是貧苦欠債，擔負著很重的租稅；官府是沒有顧慮到這事，頑固的，總之他們的母牛卻不會被人牽去。

啊！他是對的。

人家來拉牛。並不是要拉霍慈西赫的，卻是要拉馬西克的；馬西克跑遍全鄉，高聲叫著有人要來搶他那只僅有的母牛了。

農民麕集在馬西克的家裡；霍慈西赫和他的兒子也在裡面，患瘋癲病的佛蘭克也來，他說大家不該讓稅務員拉去馬西克那隻母牛，他這樣叫著：「明天他們又會來強拉旁人的牛和馬啊。」

稅務員到鄉村警察所去找尋警官。警察所長要馬西克把母牛放手。馬西克緊緊地拿著牛鞭繩，警察一腳踢去，這個老農滾在地下。其他的農民都跑來援救。警察長和稅務員匆忙地離開了這農家。

一個鐘頭之後——農民已經回家去了——由城裡開來的警車到了。

警察用橡皮棍子和鎗柄毆打農民。農民想要自衛；鎗聲開始響了。

葬儀規定今天──星期日舉行。

農民霍慈西赫穿著潔淨的衣服，要去埋葬他的長子。

母親在聖母像前哭。

他的兒子死了。約翰死了。同時患瘋癱病的佛蘭克也死了！

另有八個人躺有城裡的醫院，又有十四個人被捕！

葬儀

農民集合在教堂門前。

他們是從四鄉集合起來的。

並沒有人請他們。但是他們知道這次的慘案，沒有一個人不來參加這三個被害的農民的葬儀。農民知道有好幾百警察佔領著鄉村。這些警察向許多地方安著機關鎗！……

「他們會再開鎗的」一班孩子這樣說：「這次我們要把他們趕出去；」他們緊緊地握著硬棒，舉得高高做著要打的樣子。

一班老農民靜靜的沒有做聲。但是他們的眼睛顯露出堅強鬥爭的意志。

緊張的空氣籠罩著一萬農民的中間。

許許多多的人聚集在酒店裡。大家在那兒爭論著此次的事件。

強烈的酒激起他們講話。

有一個農民高聲向老板娘說：「白琳淑，不要再賒賬給警長了，他是一隻狗，他曾帶城裡的一群狗來。」

「這個醉漢不要再來這裡。」一個腿彎彎的而身材短小的農民這樣叫著：「我們殺死他吧」──「靜靜不要亂講。」村長這樣勸告他。

霍慈西赫現出愁慘的神情看著村長，這樣說：「叫我們鎮靜嗎？他們拉去你的牛或打死你的兒子，你怎樣呢！」大家靜靜沒有做聲。

村長覺得不大好意思。他的臉上現出渾紅的。「白琳淑，拿半瓶

酒來。霍慈西赫，一塊兒喝罷！」「不，不跟你在一塊兒喝？」霍慈西赫站起來，用拳頭拍著桌子；一只酒杯摔破在地上。「你是袒護他們的。」村長站起來，慢吞吞地走出去。霍慈西赫狠狠地釘視著他。

「骯髒的狗村長，他的家裡有錢，他的肚子餓就吃，在這邊他幫著殺人。」

鐘聲響了。「彌撒！」開始了。農民們一個一個離開了酒店。

「彌撒」是在村中的大廳堂舉行的。大廳堂是寺院式的建築，因為木板造成的舊教堂被火燒掉了。屋頂有兩支塔尖的大建築物——新教堂還沒曾完工。

這個大禮堂容納不了那麼多的來賓；他們排成一個長列直到菜市場。

當霍慈西赫帶他的女人來到的時候，佛蘭克的姐姐跟在旁邊，農民們恭敬地請他坐下。許多人默然地跟他握手，表示同情。這位老農民穿過了許多行列。他的兩邊，有女人在哭著。

約翰的老父親跛著腳，眼睛潤濕的，跟著他們。

祈禱開始了。牧師穿著白絲的祭袍，上面繡著許多東西，他用著聽不清晰的聲音唸著拉丁的祈禱文。音樂隊的小孩歌唱了。

霍慈西赫常常聽過這篇祈禱文，大部分他已經記在心裡了。他永遠料不到他能體會這篇祈禱文。他把它看做一條都不可更改的法律，是一種比較任何東西都更為自然。今天，當聖水灑在他兒子的身上時，他便體會了。他需要一個能夠解答他這些問題的。他的女人在嗚咽著，低低地唸著「善哉瑪麗亞」（Ave Maria）。她的兩脣急速地動著，卻沒有聲音；她的指頭在數著念珠。

霍慈西赫不做祈禱。他也捻著一串念珠，當旁人跪下去的時候，他也跪下去；但是他的脣上卻說不出半個字。「為什麼祈禱呢？要禳災嗎？為什麼他們殺掉了我的兒子呢？我反要為兇手禳災嗎？」這個

老頭子痛恨殺害他的兒子的兇手。因為他既然始終對於他們誠實盡忠，他們反殺害了他的兒子。所以他痛恨他們，霍慈西赫不做祈禱。

牧師最後又灑一次聖水在那些死者身上，於是人家便把死屍抬出去了。群眾唱著《聖詩》，牧師領隊前行。

棺材抬到墓地去了，牧師在那兒舉行落葬禮。農民圍著新挖好的墓穴，棺材放進去了；村中的老輩撒了幾撮土在那上面。婦女們在啜泣。牧師伴著音樂隊在唸祈禱詩。於是他開口了：「可怕的災難襲擊我們的鄉村。上帝懲罰我們這地方。鄉民抵抗了法律和官府；上帝創立官府，就是要我們服從的，如果他們有了過失，上帝會責罰他們的；因為上帝是無所不知的，無論什麼事件的發生，都是他的意旨！」農民喃喃地說著話。他們不喜歡這種落葬禮的說法，聲調高起來了，各處都聽到一些感歎的聲音。

忽然有一個人站出人群的外面。一手拿著花圈，一手舉起一面旗子。這個人挨近正在倒退的牧師；這個人站在他的位子這樣說：「鄉民們，我來跟你們講，並不是上帝在責罰你們。這三個人被害，並不是因為他們犯罪，乃是因為他們擁護自身的利益和身體。這樣，在官府的眼中看來就是罪人了。人家殺害他們，因為他們窮的緣故！」

農民們變成呆了。一個不相識的人打斷牧師的話頭，並站在他的位子講起話來。因此，他們驚訝地靜靜站著，但是大家卻好奇地想知道這樁事情的結果。他們是尊敬牧師的，但是卻喜歡這個人有勇氣敢於反對牧師。這個不相識的人是一個農民；他們立刻從他那緩慢而激烈的動作和聲調認識了他。他獲得了他們的同情。大家精神興奮著在聽他的說話。

「對的，對的。」有人這樣叫著。他是鄉裡的靴匠斯特菲克。「因為他們的壓迫，我們餓死了。他們拉去我們的母牛和僅有的馬匹。既沒有同情，又沒有人心。如果我們自衛，他們就把我們當做狂狗一樣

的射擊，或把我們當作強盜監禁。為什麼他們不監禁那些偷我們東西的大地主！因為有他們保護，強盜不偷強盜的東西。」

牧師變成石一般呆的樣子。雖然他的精神已經恢復，朝著這個不相識的人跑來，但是這個不相識的人卻推開了他。——「他所講的是不錯，讓他講下去吧，我尊敬的神父」霍慈西赫這樣懇求著。

這個不相識的人繼續講下去：

「他們到我們鄉裡，搶我們的東西，殺我們的子弟，非懲戒不可，我們要替這三個人報仇。」

「報仇啊！」霍慈西赫忽然跳起來，興奮地反覆地念著這個字。

「報仇……！」農民們揮起他們的棍子這樣叫著。

這個不相識的人展開了旗子。

大家的眼睛釘住這面在飄揚的旗子。大部分的農民都看過它的。十二年前，他們在戰線上襲擊拿這面旗子的人，那時候這面旗子在他們的眼中是恐怖，死亡和災禍。他們對它好像怕「鼠疫」似的，把它當作魔鬼一樣的恨。

但是現在這面旗子在他們的鄉裡出現了。而執旗的人跟他們一樣的，也是個鄉民。他用鄉下的簡單話語向他們講，他們都能了解。

他所講的話是對的，好的。比較牧師的傳教更對而且更好，牧師是教人服從殺人的兇手！他們覺得旗子似乎是在另一陽光之下飄揚著。

隊列中動了一下：「他們來了！」後面的人叫著。真的十二個警察拿著鎗，鎗梢安著刺刀，準備射擊，到墓地來了。他們在距離這群農民五十步的地方停下。後面的人退了；靠近墓邊的人擠成一堆。

好像城砦似的，他們停在那邊。毫無一點聲息。安在鎗尖的刺刀向著太陽發亮。

「農民們！」一個警官叫著。「我們毫不礙你們。我們來找尋那

個擾亂做禮拜的人。叫他出來吧。」

「這個人是我們裡面的，旗子也是我們的。」霍慈西赫的聲音雷響似的從農民們的頭上發出來。他從這個不相識的人手上拿過旗來，緊緊地握著。

「離開鄉裡吧！」這個不相識的人叫著。

農民們再這樣叫：「離開鄉裡吧！兇手，兇手！」

他們忍耐了這麼久。他們始終服從，絲毫不敢抵抗。他們的牙齒咬得「嗑嗑」的響，握著拳頭拍桌子，但是仍是服從。現在他們長久蘊蓄著的仇恨爆發了。他們現在覺得集合在墓地的一萬人一切都準備著。

警察倒退了幾步，於是農民們的勇氣更形增加，並且萬眾一心地合作。

幾顆石子在警察的頭上響著。警察回答了一聲鎗聲。

這時候農民們無限的憤激。他們像雪崩似的向著整隊的警察撲來。

幾次鎗聲斷斷續續的打破了空氣；但是警察受惡狠狠的群眾所威嚇而逃了；好多個人拋掉了他們的鎗。

幾個農民拾起鎗握在手裡，勝利地玩弄著。寶貴的勝利品。他們開始追趕在逃的警察。

「你們停下！」這個不相識的人下命令。他打著前鋒，霍慈西赫站在他的身邊，手上執著旗子。

「叫女人和小孩向前進。」這個不相識的人下命令；大家聽從他的指揮。婦人和少女跑出了人群，用手挽著小孩。

「到村裡的市場去吧！」

婦人和少女向前進。她們的花花綠綠的頭巾和花花綠綠的上衣與她們的寬大的純白的裙子正好相反。在她們的背後，男子組成了一

列，霍慈西赫打著前鋒。

警察停在市場上。鎗在他們的手中顫動。騎在馬背上的警察看見旗子。他指揮的那班警員的鎗已經落在農民的肩上。他不下令前進。他知道他如果礙著一個農民的女人，這群不怕大事的人就會砍殺他以及這排警察。

他下令全隊警察退卻。

農民在呼喊復仇的聲中佔領了菜市的廣場。

他們的頭上，旗子在飄揚著。

Josef Halecki；Coups de feu dans le Village "Monde" Septiéme Année No 307.10 Août 1934.

譯自法國《世界週刊》第七卷三〇七期，一九三四年八月十日

——載於《時事類編》，一九三四年第二十四期

棺材商人

普式庚（Pouchkine）作

作者

　　普式庚，今譯為普希金（Alexandre Serguéïevitch Pouchkine, 俄文為 Александр Сергеевич Пушкин, 1799～1837）。俄國著名文學家、詩人及現代俄國文學的創始人。出生於貴族家庭。十二歲時就讀「皇村學校」。此間接觸民主進步思想，並積極從事詩歌創作。一八一七年畢業後任職外交部，並參加一些進步團體的活動，嚮往自由民主，轉而與同情人民疾苦的人士交往。這一時期他寫的詩歌表現出對社會現實不滿和反抗的情緒，也對沙皇和他的臣僕們進行了諷刺。因而引起上層統治者的不悅，遂被流放南方。卻也因此更能接觸人民與了解社會，思想也更為成熟。一八二五年因聲名遠播受到沙皇敬重，因而結束流放生活，返回莫斯科。一八三七年由於私鬥而身負重傷在家中逝世。普希金只活了三十八歲，留下數百首抒情詩，詩體長篇小說《葉甫蓋尼‧奧涅金》（Eugène Onéguine, 1823～1831）與悲劇《鮑里斯‧戈都諾夫》（Boris Godounov, 1825），堪稱其代表作，特別是後者標誌著他離開當時陳腐的俄羅斯詩歌的開始，在俄國文學史上別具意義。普希金早期的作品富有浪漫氣息，但是後來日益貼近社會，著意反映現實生活。又從俄羅斯人民活的語言中汲取豐富營養，奠定了現代俄羅斯文學語言的基礎，因而被譽為俄羅斯詩歌的太陽。（編者）

譯文

　　每日都帶著它的棺材，它的皺紋到衰老的世界來。

　　　　　　　　　　　　　　　　　　　　—— Derjavin

一

　　棺材商人亞特里安・普洛霍洛夫裝好了他那些剩下的舊東西，坐上掛著兩匹瘦馬的柩車，第四次從巴斯馬乃伊向著他移居的地方尼基茨楷亞的路前進。亞特里安把他的舊店舖關起來，在門上釘著一張招貼：「出賣，出租均可」，於是便跑了。

　　當走進他好久以來就在注視著的，最後他用了相當的數目買來的這棟黃色小屋子時，這個老棺材商人驚訝他心裡怎麼沒有感覺快樂。

　　站在這很零亂的，新居的門檻上，他懷念起他那舊陋的小屋子來了，這棟屋子在他住了十八年都是弄得很有秩序的。他責備他那兩女兒和女僕做事遲緩，歲後就開始幫助她們工作。

　　一下內房裡面統統整理好了：衣櫃上面排著神像，碗櫥裡面排著杯盤，桌子，「里曼」椅和床舖；這位棺材司務所製造的東西：各色各樣的棺材以及安置燭臺，喪帽和喪服的架子放在廚房和客廳裡面。馬車通行的大門上掛著一面招牌；招牌上面雕刻著一個手中執著倒垂的燭炬的肥壯的愛神像和字句：

　　「這兒出賣並備有不加油漆的和油漆過的棺材。出租以及修理用過的棺材。」

二

　　這兩個少女退到她們的小房間裡面去；亞特里安回轉他住的房子，坐在窗門旁邊，看著滾壺水。

　　有見識的讀者都知道莎士比亞和華爾特・斯谷特為得要用這個對照來刺激我們的想像把挖墓穴的人表現為惹人笑的和滑稽的人我們要尊重真實，須仿照他們的例子須承認我們這個棺材商人的性格完全適合他那辦理喪事的職業。亞特里安・普洛霍洛夫常常是悲哀而沉思的。當他意外地看見他那兩個女兒坐在窗門前無所事事，看著來往的過路人而要勸誡她們的時候，或在那些需要棺材的悲慘的人們面前（或者有時是在開玩笑的）抬高他的棺材的價錢時，他才打破了靜默。

三

　　不過，亞特里安坐在窗門旁邊，喝著第七杯的茶，照習慣在靜靜地做著煩悶的默想。他又在追想早八天前一列參加那個退職的憲兵隊長的葬式的人在城門附近遇著驟雨的事。大衣是怎樣的縮做一團！帽子濕得不成樣子了！這次使他無法避免破費，因為他所保存的舊喪服已成可悲的狀態了。真的，他好好地打算利用差不多快一年還沒有死去的老商婦德麗芙嬉娜。但是德麗芙嬉娜會在拉茨古里耶去世的，普洛霍洛夫生怕那些繼承人，毋寧說是生怕他們不跑那麼遠的路來找他，不把他看做是那區的喪事包攬人，雖然他們有著約束。

　　門上敲了三拳突然打斷了他這些默想。

　　——誰在那兒？普洛霍洛夫問。

　　門開了。第一眼看去就認識他是個德國職工跑進了房間，挨近這個棺材商人，充滿著快樂的神情：

　　——親切的鄰居，對不住，他用著常常使我們發笑的德國聲調說——請恕我來麻煩你，我沒有工夫等待你的許可。我是業鞋匠的。我的名字叫做歌德里布・斯施慈，我住在這條街的那邊的小屋子，正好對著你的窗門。明天我要舉行銀婚式的典禮，請你和你那兩位女兒不要客氣到我家裡來吃午飯。

這樣的請客受了誠意的歡迎。這個商人請皮鞋匠坐下，端茶敬他。斯施慈有著誠懇的天性，很快地就使他開始很親切的談話。

——閣下的生意好嗎？亞特里安問。

——嘿！嘿！馬馬虎虎，斯施慈回答。我也不懊惱；況且我的貨物與你的不同：一個活人可以不穿靴子，可是一個死人不能沒有棺材！

——這倒是真的！亞特里安說。對不住，一個沒有錢買鞋子的人很可以赤著足跑路；但是最窮苦的死人不管能不能付錢，總要有棺材才行。

四

他們的談話像這樣地還延長了一些時間。隨後這個鞋匠站起來，向亞特里安告辭的時候，又再提起他的請客的事。

第二天正午鐘響的時候，普洛霍洛夫和他的兩個女兒從天井的門跑出了他們的新屋子，三個人一齊往他們的鄰居的家裡。

違反現代我們這班小說家的習慣，我既不描寫亞特里安・普洛霍洛夫的俄國式的更換衣服，也不敘述亞古麗娜和達麗亞的歐洲式的裝飾。不過我認為敘述這兩個少女戴上黃色的帽子和穿著紅色的鞋子，這是她們在隆盛的祝典中的裝飾，並非多餘的事。

鞋匠的狹窄的房子充滿著賓客：大部分都是帶著他們的女人和他們的助手的德國職工。說到俄國的官吏只有一個巡查芬蘭人育可，他得到我們的主人的特殊招待，雖然他的身分低微。二十五年來他「忠誠和切實地履行著他的職務，像波昂勒斯基[1]的御者一樣。十二年的火災一面燒毀了莫斯科，一面同樣地消滅了他的黃色的站崗

---

[1] 中譯者注：Pogorelskg，與普式庚同時代的俄國作家。

室。但是，在敵人被驅退的不久之後，在同這個位子就出現了一間新的站崗；這間站崗室是用白的『托里斯式』[2]的柱子造成的。育可執著『斧鉞，穿著灰色布的鎧甲』在這間站崗室的前面重新執行他的職務。住居尼基茨凱亞城門附近所有的德國人差不多都認識育可；甚至其中有些人到他地方——崗位去。度過星期日與星期一的晚上。」

五

亞特里安殷勤地跟這個他遲早總會需要的人結識，當來賓開始入席的時候、他便坐在他的身邊。斯施慈夫婦和他們的女兒、十七歲姑娘露倩一面吃著飯，陪著賓客，一面幫著女廚子的忙，麥酒潮水似的倒下來。育可大吃而特吃。亞特里安對他表示反抗，他那兩個女兒嘬起小小的嘴巴。一點鐘過了一點鐘，談話一直喧嘩起來了。主人突然請大家靜默，開了一瓶緊塞著的酒。用俄羅斯話高聲呼道：「祝我的賢良的露綺施健康！」泡沫沸騰的酒蒸發起來了。靴匠溫存地用嘴唇吻著他那位四十左右歲的女人的光潤的臉上，賓客喧嘩地乾著杯祝這位賢良露綺施的健康。「祝諸位親切的來賓的健康！」主人一面在開著第二瓶酒的塞子，一面高聲呼著；來賓重新又道謝並乾杯，祝福的乾杯一直繼續下去；各個人互相祝健康的乾杯；大家祝莫斯科的健康的乾杯；隨後祝十二個德國的小城市的健康的乾杯；祝一般的職業團體的健康乾杯、隨後祝個別的職業團體的乾杯、隨後祝主人的健康的乾杯，祝工頭的健康的乾杯。亞特里安好像是舉行他的銀婚式的那樣快樂，他幾乎要快活的乾杯起來了。隨後一個胖大的麵包舖老闆舉起他的杯、這樣說：「祝我們為他們而工作的人健康：Unserer Kundle ut（我們的主顧）！」這次的提議像其他的提議一樣，都被全場快樂地

2　中譯者注：Doride 是希拉式的建築之一種。

接受了。隨後賓客開始互相行禮，裁縫匠向鞋匠行禮；鞋匠向裁縫匠行禮；麵包舖老闆和裁縫匠兩個人互相行禮；大家向麵包舖老闆行著禮，這樣地繼續下去。全部互相行禮之後，育可轉身向著他的鄰居高聲叫道：「喂！山伯伯；祝你那些溺死的屍體的健康，乾杯吧！」大家笑起來了；棺材商人的自尊心受了傷創，蹙著額頭，沒有半個人注意到。來賓繼續喝了下去，當他們離席的時候，正是教堂敲鐘在做著晚禱。

大部分人都頗有醉意。肥胖的麵包舖老闆和那個容貌像紅臊羊皮的書封面的裝釘工人用手臂挾住育可，送他回到他的站崗室去，他們兩人隨便說了一句俗語：「錢還了，債主就高興。」棺材商人帶著醉態和憤激回家去，「嘿，什麼！她高聲在咕嚕著，我的職業比較旁人的不高貴嗎？棺材商人總不是劊子手的兄弟。這班喪德的東西把棺材商看做卑劣的人嗎？那句話實在沒有什麼可笑的。我打算請他們來參加搬家的典禮，並在巴爾薩若地方宴會他們。對這班人我完全不理了！我要招待的就是我的顧客，那班正教派的死人！」

六

——喂，小伯伯！女僕在替他脫鞋的時候，對他說；你在喃喃地唸什麼呢？趕快禱告吧。招待死人來參加搬家的典禮！多麼可怕啊！

——啊！我賭誓要請他們，亞特里安又說；最遲明天就要請他們，請來吧，親愛的奶父查爾斯·諾瑞斯（Chers Nourriciers），明天晚上我要在這兒被豐盛的宴席請你們。

講這幾句話的時候，棺材商人跑上床了，在床上他立刻鼾聲大作起來。

在天還未亮的時候，有人來把他叫醒起來。女商人德麗芙嬉娜在夜間死了。她的佣人，疾忙地差一個人來通知亞特里安。棺材商人

給他十個「哥伯克」³的酒錢，匆忙地穿上衣服，跑往拉茨古里埃去了。死人的門前已經有巡查站守著，許多做生意的人好像死屍招引來的烏鴉似地麕集一處。躺臥在一張桌上的死人⁴黃到像蠟一樣，還沒有腐爛。親戚，鄰居和僕人都擠在她的身邊。所以的窗門都打開了。大蠟燭在燃燒著，牧師念著祈禱。亞特里安挨近穿著漂亮禮服的青年商人。

七

德麗芙嬉娜的侄兒身邊，通知他棺材，蠟燭，死人的衣服和其他埋葬的用品都會不延遲地辦得好好的交給他。這個承繼人茫然地對他說聲道謝，他相信普洛霍洛夫的誠實，沒有爭論到價錢上面。棺材商人照習慣總說價是最公道，跟用人交換會心的眼色，就出去備辦必需的物件去了。他整天在拉茨古里耶和尼基茨凱亞城門之間跑來跑去。到晚間的時候，一切都預備好了。普洛霍洛夫辭退了他的馬車夫，步回家裡，月亮放著光輝。棺材商人愉快地達到了尼基茨凱亞城門。在亞山松教堂附近被巡警育可叫住了，育可是認識他的，向他行禮請晚安。夜已深了。當棺材商人忽然似乎看見有人在他的門前，開著門，跑進裡面就看不見的時候；他已經跑近了他的屋子。

「這是什麼東西？」普洛霍洛夫想。「還有什麼人需要我嗎？嘿！不是強盜嗎？也許我的兩個女孩在做無聊的事，偷漢子吧？這是很可能的！」

3　中譯者注：Copeks 俄國的貨幣名。
4　中譯者注：依照俄國的習慣。

八

於是普洛霍洛夫就去叫他的朋友育可來援助；但是在這時候又另外有一個跑進來了，這個人正要經過門，看見房主人便站住，脫下他的三角帽。亞特里安相信看過這副面孔，但是，沒有細心去視察他：

——你到我的家裡來嗎？他帶著很急促的喘息說。對不住請進來吧。

——不必客氣，我的小伯伯，」另有一個人用著沉重的聲音說。從面前經過吧。請指示你的客人們的道路吧。

客氣，亞特里安沒有什麼時間去講究它。門開了；他爬上樓梯；另一個人跟著他。亞特里安相信聽見房子裡面有腳步聲。

「是什麼鬼怪？」他急忙並跑進去的時候這樣想著……。他的腿在下面跑不動。房子裡面充滿著死人。月亮從窗子射進來，照著他們在黃的和藍的面、他們瘤著的嘴巴，迷亂的半閉的眼睛，扁著的鼻子……亞特里安恐怖辨認出這些都是他替他們入棺材的人，最後來的那個，是最近在大雨中被埋葬的憲兵隊長。所有的男的，女的都圍著棺材商人，向他、口，打招呼；除了一個沒有半文錢付埋葬費，因穿襤褸衣服而不好意思和膽怯的窮鬼外，所有的人個個都謙卑地著站在一角落，其餘的人穿得很漂亮；有戴帽子和束帶子的死人；有穿著分等級的上級軍官們，但是鬍子卻沒有收拾好；作生意的人穿著的是節日所用的衣服。

——普洛霍洛夫，我們大家都是起來赴你的招待的，那個代表全體高貴的同伴的憲兵隊長說；不能跑動的人以及那些只剩一重皮的人只好留在家裡；可是其中還有一個抵抗不住他想要來的慾望的人……

在這時候有一個小骷髏在這鬼群中鑽來鑽去挨近亞特里安。他的頭蓋骨親切地向著棺材商人微笑。淡綠和紅色的破布以及布片掛在他身上好像掛在竹竿上一樣，他那雙穿著大鞋的脛骨搖擺著好像是舂谷

裡面的杵子。

　　——普洛霍洛夫，你不認識我嗎？骷髏說。你記不起退職的巡查昆奧托爾·柏托洛維基·古力金嗎？一七九九年你第一次賣棺材給他的。你是用松柏來代替橡樹！

　　講這幾句話時，骷髏展開兩隻手。亞特里安大聲叫起來，盡力把他推進去，昆奧托爾·柏托洛維基蹣跚著，變成一塊一塊的倒下去。死人中間起了憤慨的喃喃的聲音。大家去保護他們的同伴的體面，用詛咒和威脅攻擊亞特里安。這個可憐的主人被他們的聲音叫聾了，有一半窒息，他狼狽不堪，倒在巡查的殘骸上面，昏迷下去了。

九

　　太陽很久就已照射著棺材商人躺著的床。後來他睜開了眼睛，看見女僕站在他的面前在預備滾水壺。他戰慄地想起夜間的所有事變：德麗芙嬉娜，憲兵隊長和巡警古力金混亂地在他的記憶裡出現。他靜默地在等待女僕告訴他夜間冒險的事。

　　——罷了！人家可以說你睡夠了，我的小伯伯！亞克施妮亞拿一件在睡房穿著的長袍給他的時候這樣說。我們的鄰居裁縫師已經來看過你，隨後區內的巡查來通知你，今天是警察節；但是你睡得這麼好，睡到使我們不願叫醒你。

　　——死去的德麗芙嬉娜那邊有人來沒有？

　　——死去的女人嗎？她真的死了嗎？

　　——但，你是蠢東西，昨天你不是親自幫忙，我收拾她的喪事嗎？

　　——你在那兒說什麼，小伯伯？你失掉了知覺嗎？抑是你昨晚的酒醉還未醒呢？你講什麼喪事呢？昨天你整日在德國人的家裡遊玩；你帶著酒醉回來；你倒在床上，一直睡到現在，已經過了「彌撒」的

時間了。

　　——沒有這回事！狠快活的棺材商人說。

　　——確實是這樣，女僕說。

　　——罷了！如果是確實的話，趕快替我端茶來，去找我那兩個女兒來吧。

　　　　　　——載於《中央日報》，一九三五年六月四～二十一日

衣櫃

——這是我繼承我的孫兒的——

馬塞爾・儒昂多（Marcel Jouhandeau）作

作者

馬塞爾・儒昂多（Marcel Jouhandeau, 1888～1979），法國小說家、評論家。生於蓋雷市，十七歲時曾想成為一名神父，二十歲時隻身前往巴黎，從巴黎大學畢業後，長期在中學任教，直至一九四九年退休。一九〇六年開始寫作，早期創作短篇小說。一九二一年發表著名長篇小說《泰奧菲爾的青年時代》，描寫一位在宗教氛圍中生活的年輕人。長篇小說《夏米納杜爾》、《丈夫趣聞》敘述作者家鄉夏米納杜爾的生活軼事；《亨利叔叔》是對青年時代接觸的人物的回憶。有些評論家認為，書中有一部分內容很可能是作者本人的生活經歷，由於作品以細膩冷峻的筆調揭露了生活的醜聞及虛偽的面紗，這些故事集曾激起家鄉人的憤怒。其他小說有《潘桑格蘭一家》（1924）、《親密的戈多先生》（1926）、《婚後的戈多先生》（1932）、《上帝偉大，我也偉大》、《怪癖的美女》、《埃莉斯之死》（1978）等。還寫有六卷《回憶錄》（1948）、二十六卷《日記》（1961～1978）。其隨筆散文，對宗教道德或非道德予以評淪，近乎紀德的隨筆散文，《論卑劣》（1939）、《自我評淪》（1946）、《倫理學基礎》（1955）、《衰老與死亡隨感集》（1956）等，這類作品筆觸凝練，擲地打聲。其作品評價不一，有些批評家指責他喋喋不休，風格晦澀，文理欠妥，但也有人

認為他是當代最偉大的作家之一。（編者）

譯文

　　年輕，漂亮，聰明，在十八歲的時候，我對於自己並不討厭，我立刻就結了婚。保林有個好的位置；在那個時期算起來約有一萬佛郎的財產，連我的也算在裏面。一年後生了一個兒子，於是我差不多沒有好久就做了寡婦了。你說我絕望嗎？不。保林不但對我兇暴；對個個人都是一樣，如果他活著的話，因他的錯誤，我們的生意是不會成功的。並且這是我們的父母叫我們結婚的，我不愛他尤甚於旁人。他死後不久，我認識了一個男人，沒有一個像他使我這樣愛的人，他也愛我，因他替我把旁人的一個小孩抱在手上，但是我開始把這在我面前展開的新前途告訴我的父親，他把我的路塞住：「不，瑪麗，不。不是這樣的。你現在已不自由了，你已再不能自由想到你自己了，你再不能自由處置你自己了。——那樣什麼時期我曾經自由過，什麼時候我是自由的呢？」我問他。「我的孩子，實際上，大家永遠沒有自由，大家永遠不能自由處置自己。我，我有想過我自己嗎？甚至一秒鐘都沒有想過。你們七個人；我首先就是想到你們。你，你最重要的就是加勃里耶的母親。只有加勃耶算得，你應該為他，僅僅為他犧牲，好像有七個人一樣。」——那麼，我就不該想到再結婚嗎？我才二十歲呢？——對的，但是你只有一個人行的。——啊！誰？我請你說吧。——唉！保林的兄弟。——為什麼緣故呢！——因為只有他會愛加勃里耶像他自己的兒子一般，因他本是他的父親的兄弟：他們是同血統的，不必計算凡是維奧勒家的所有東西將來都是歸小孩所有，如果你跟萊蒙沒有生小孩的話，罷！如果你跟萊蒙生了小孩的話，他們跟加勃里耶既是兄弟，總會比較少虐待他，縱使在他看來他們完全是外人的話。我回答我的父親：「你說的話都有道理，可是當你說到

我會跟萊蒙生小孩的話，這些在我身上和周圍都起了憤激，差不多像你說我會跟你或我的兄弟們生小孩的話一樣。除了這些之外，人家不能否認你有道理，可是我的腦筋中覺得萊蒙奉承我，就是唯一使我厭惡，我相信，這就足以使你原諒我了。因為第一次我雖然不願意，但已經承認嫁給維奧勒做妻子，現在我更加不願意，又要我做維奧勒家第二次的妻子，事實上這是不可能的，爸爸你想想看，我唯一心焦的事情就是永遠不給你苦惱，一刻一秒都沒有想到別的，只想到你的瑪麗蘇，你看見她柔順和服從站在你面前，當你早晨出去和晚間進來時，他跪下替你脫靴和替你穿靴呢。我不知道跟保林是怎樣結婚的，我沒有認識半個人，但是現在我知道了，我認識一個人，他愛我，我也愛他。」

　　不過，在這點上，我是尊重父親的意志的，我那些兄弟和姊妹們都像我一樣，漸漸地我自己甚至都不加以懷疑，就把我與我心愛的人的很溫柔的關係改變過來了，不久我看見我的叔叔給他的父親和我的父親用手推進屋子的內房時，他挨近我，更溫存地跟我談話，這在我已經驗過的。真的，這是學習過的課程，但他卻皆誦得很熟。每秒鐘，我們倆都覺得有點在拒絕命運的安排。我們做下去嗎？不：當我們的眼睛表示與我們的心情相違反的時候，我們彼此就離開了，禮教很嚴格地給遵守著，我們只有極循規踏矩地受著禮所支配！住在我的翁姑家裏是為得生意，萊蒙只有一晚穿通走廊，要來跟我同床，但是不行，我應當表白，在我們倆之間只有同情和尊敬，完全沒有夫婦的密切關係，僅有兩個合作的密切關係。我們共同管理生意和我的兒子。只此罷了。萊蒙有過幾個情婦。我知道這樁事情。我並不恨他。我心裏祝賀他，從沒有對他提起一個字。我們好好地養育加勃里耶，兩個人都能幹，我專門多賺利益，他就專門保存，我們一點一滴地替這個小孩積集了一筆很大的財產。有著萊蒙的忠實，我應該表明沒有

一秒鐘，加勃里耶會覺得他沒有父親，有著他父親的可恥，他做了孤兒是他的幸福。自然不會永遠跟我們同樣好好地調排事情；我要說，一個好的保護人賽過一個壞的父親。

　　不過，從我們所達到的高處看過去，我該承認我們，萊蒙和我所做的一切事情對於大家都是無益的，對於加勃里耶乃至我們自身都是一樣無益的，實際上，你看一看吧，這些都發生變化並完結了。首先大戰爆發了。在潛水艇裏受了三次傷，渡過了四年的痛苦，悲慘的生活之後，死神沒有絕對要我的加勃里耶，他回來跟我們在一塊兒，他結婚了。雅德麗安是個乖巧而無其他可取的年輕的鄉下姑娘，她沒有給他帶了別的希望來，只帶了二萬五千佛郎。這在我們看來是很少的數目，我們有著四十萬佛郎的財產。但時代改變了。他們相親相愛。我們已不再擔心兒子們了。在他們要結婚的時候，萊蒙有意思建築一幢房子，像他所說的，這就是他的府第。啊！我們很懷疑他就要死了。凡是要死的人，在他們臨終之前，總要積集一些基礎，實在他連在壁爐上面飄揚著的黃金色的小旗子都沒有看見，這個可憐人；即刻加勃里耶也病了。他的妻跟著也病。他們的小勒那出世了。家裏放著一只棺材，兩個病人的床舖，一只搖籃。當醫生叫，我到他那兒很嚴重地說。「維奧勒太太鼓起勇氣吧：兩個都是結核症，但她更加厲害。應當把他們立刻分開，把小孩隔離」的時候，我不知道頭腦跑到什麼地方去了。加勃里耶應該去住瑞士的療養院，小勒那應到不列達額進預防病院！我們這班可憐的基督信徒心腸寸斷，我自己一個人呆呆地留在我的媳婦的枕邊，我們極艱難地一文一文賺到的錢整把向東西南北丟去，散去。雅德麗安，可憐的雅德麗安，我絲毫沒有責備她，也毫沒有可為她懊悔的事，但她的母親從沒有幫助過我，只有在兩次大事變的確定日子，來在我們的耳朵邊哼哼的叫著。但是上帝永遠都信任我，一切命運的重擔統通放在我的兩個小肩上。真的，這是

很艱難的，我日夜招扶我的媳婦好像自己的女兒一般，我所遺憾的她留在我這兒，而我的兒子卻去給外入看護，可是我永愛沒有給她覺得這回事，我對自己說：我對她這樣細心看護，希望有人對於我的兒子也這樣細心看護。這是上帝願意她不能坐車的嗎？是因為她對於他有危險嗎？很好，我自己說道，總之這對於我很好；他的病狀比較輕。在失望中，我還盡力做去，結果，更加險惡；而無可選擇的餘地。十二個月之後，她死了，我的的加勃里耶在她的去世之後，也跟著在我的懷抱中去世了。這就是卡爾維[1]，死亡，但是，不，沒有完全死盡，我還留著這個小孩兒，好像糖菓一般，我為他愈戰戰兢兢，愈加愛他。我單單養育他一個人，跟著千千萬萬的母親一樣的溫柔：他是我的兒子的兒子，真的我只看下了他一個人，但是完全不是這樣，他是一種事物：這是最可愛的人，先生，你聽吧，這是心境和智慧的珠寶，驕傲勇氣的珠寶。他敬愛我，鼓舞我，當他自己不能支持，而且自己還能鼓舞我的時候，現在他已不在了。在十一歲他永遠瞑目之前，先生，你知道他對外科醫生怎樣說：「醫生先生，我請求你，我並不是為的我而要求你，而是為得這位站在你身邊的太太而請求你，她是我的祖母，我請求你使我不死。她在人世上只有我一個人，沒有我在地球上，她以後只有一個人，僅僅一個人，這是不應當的。」嘿！先生，我的小菲菲，在手術之後的一刻鐘或半點鐘，他仍然死了；也許他死是應當的，因為我們不知道上帝要我們怎樣做，但是過去一切跟著我的；現在還跟在我的周圍的一切東西都是殘酷的，甚至是不正誼的，因為現在我所受的痛苦已經不是命運。降臨到我身上，而是人。先生，假如你能夠做得到的話，請你想像看，他們假藉法律和法典的美名，他們斷定他們今日有權利，權利，先生，你聽聽

---

[1]　譯者注：Calvaire 係基督釘十字架的地方。

看，我永遠是一個人，永遠在悲哀中過活，就沒有保護者，又沒有力量，而陷入困苦中，我說他們斷言有權利把我所有的一點點東西都剝奪去了。事實，在我的不幸的孩兒去世的第二天，我為他盡所有的力量做去，有他的母親的家族對他什麼都沒有做，他們甚至沒有來看他的死，又沒有來送他的葬，我可以這樣說，他的外婆和他的舅舅，這班下流東西認為他們是第一應該繼承他們的，他們是他的繼承人，甚至在我還未從墓塚回家之前，他們擅自把我的家查封了。真的，雅德麗安嫁給我的兒子帶了二萬五千佛郎來，我已經講過了，雖然我為看護她而破壞，她的就是等於我的，但是我還準備把這妝奩還給她的家族，但是，不，不，先生。不是為這些東西。不是為的正當與不正當的問題。而是為的法律問題。並不是為的個個人的良心上的正當與不正當的問題，而是為的記載在法典和法律上的權利問題，我的孫兒是他的父親的繼承人，他的外婆和他的舅舅是他的繼承人，雖然他們跟我的家族完全沒有關係，他的外婆和他的舅舅，這班下流東西，他們因代表我的孫兒，而與有著同樣資格，成為我的兒子的繼承者了，關於任何繼承的事情都沒有跟維奧勒家族和我商量，他們就這樣地即臨把我們所有的東西賣掉了。先生，請你相信我並不是為的這人世上的財產，而是為的正誼，因為在事實上這是我的，是我所保護的，這有兩次屬於我的了，倘使沒有我，就沒有母親和維奧勒的母親，既不是保林，也不是萊蒙使我們的事業繁榮。他們兩人中任何人都沒有才幹能夠在一家洗衣店中像我盡了這樣大的力量。這是我的才幹。僅有我一人，凡是懂得生意的技能的人就會相信我的話。不過，現在我老了，年紀上七十歲，為著年紀，工作以及一半為沒有錢的不幸而變成憔悴，這間屋子就是我唯一遮蔽風雨的地方，人家要強迫我拍賣了，我是沒有法子把它贖回的，現在已經抵押掉了，人家要強迫我拍賣了，我是沒有法子把它贖回的，現在已經抵押掉了，人家要壓我離開

這些看見我的家族去世的牆壁，一個天氣晴朗的早晨，我不知道我到什麼地方去死呢。事實我在家是有著我的紀念品，凡不是我的家裏，我就叫它做馬路，我叫它做我在流浪，我要說我永遠不會有新習慣的根基的外面當我被逐出去的時候，我只有到塚裏去睡在我的兒子的墓上，等待我凍僵讓人家把我跟我埋在一起。昨天我已看見我認為不會有的事發生了，這是宣佈我的不幸的：這是事實，我不知我可否說裁判官對於我所裁判的是他叫做大罪惡或滑稽戲，我卻相信是財產的清算：警察來了，不單是警察來了，而且我的媳婦的母親和兄弟跟著警察來，自稱是我的孫兒的繼承人，我看見他們在我的家裏，跟我站在面對面，我看見他們嗎？先生，我的眼睛看見他們母子兩人一條一條地算著我的手巾，隨後又算我的鍋子。起初，我不敢，也不願相信；我放下眼臉；隨後我漸漸服從理智或已習慣了他們站在眼前人家到達了萊蒙的保險箱面前，那裏面除了紙張之外，只有一個藏著雅德麗安的定婚戒指的匣子，忽然一下，我聽見我高聲對他的母親說道：「巴伊約摩太太，如果這件東西你歡喜的話，請拿去吧。我給你吧。這是一個紀念品。再歸還你吧。」可是這個鄉下女人卻表示頑強的態度。

──不，維奧勒太太，不，我不要你的禮物，也不要你的紀念品。我的紀念品在我身上，在我的心裏面。我始終只願意我應得的東西，我要我應得的東西。我完全不期待任何人的東西，但是我想，我是的孫兒的繼承人；人家不能阻止我使用我的權利直至最後一文錢。」立刻我並沒有覺得，我開始先說話，她果敢了，她轉向著牆壁，一面威脅我，一面釘視著我和她的兒子，這個下流東西點頭表示意見：「雅德麗安在世時代，她說，那兒有一副傢俱，是屋裏最有價值的東西。雅德麗安曾對我說過。我要知道這東西到那兒去了」。這是實在的，巴伊約摩先生，太太，你們的記憶力真好：「一個帝國時代的衣櫃，很好的衣櫃，地氈上還有著它的痕跡，這是我的父親留給我的唯一紀念

品，我把它賣掉，去付給孫兒的外科醫生的醫藥費去了。」

　　　　　載於《文藝月刊》第十卷第一期，一九三七年一月。

懷疑主義的詩人比蘭台羅論

菲勒蒂（Nicolas Ferretti）作

作者

菲勒蒂Nicolas Ferretti，生平不詳。

譯文

魯紀·比蘭台羅（Luigi Pirandello）無疑地是個偉大的天才作家。也許是今日意大利的唯一作家。

比蘭台羅近影

在法西主義和歐戰還沒發生的好久之前，他就成功了一個作家。他的藝術既不描寫戰爭；同時也不描寫法西主義。在他最近幾年來的作品中，任是如何都找不到新問題，找不到反映出宗教化的國土以及自稱深刻改革的法西斯蒂統治下的意大利的任何痕跡來。最少在比蘭台羅的眼光看來，法西主義的國土因感覺生活的空虛，祇有增加人物的靈魂上的苦惱，不幸和失敗而已。

假使比蘭台羅沒有以他那全世界普遍的名譽來作確切地支撐和幫助法西主義也許會阻止他的天才的表現吧：一部分有權勢的法西斯蒂黨員以他為對象作激烈的攻擊已充分表明出來了。有些法西斯蒂批評家責難比蘭台羅的藝術為「不道德」，政府命令馬里毘落歌劇院（Opéra de Mallpiero）把比蘭台羅的劇本繼承兒童的神話（Ia fable de I'enfant snbatitné）的戲目從這個王家歌劇院抽取出來，墨索里尼於初

開演時曾出席參觀，但是後來戲院中便喧鬧起來了。

這次藉著維爾塔國際戲劇大會（Congrès Intarnational volta）的機會，法西斯蒂政府不惜給與他一些無意義的任務。比蘭台羅在致開幕辭時，曾說藝術不當做為政治的工具，未來派——棒唱黨員——意大利文學院會員馬里尼蒂（Mari-netti）與米蘭一個實業家阿爾菲（Dino Alfior）站起來作嚴厲的反駁，他們兩人說，戲劇應當受法西斯蒂倫理，美學的影響，「任何時代都沒有能夠比較墨索里尼時代更富有深刻的歷史和戲劇的意義的所以值得供獻於世界。」這個米蘭富翁不知以何資格而躋於文學家之列。這次諾貝爾獎金授給比蘭台羅，意大利官場表示極其冷淡，有些法西斯蒂頗表示遺憾，這是狠當然的事。

可是，由此足以表明比蘭台羅是反法西主義的了（如果有共人願意這裡我的話），事實上卻不盡然。

比蘭台羅是反法西斯蒂嗎？啊！不是，我們不能這樣說。……比蘭台羅在藝術上所表現的思想的精髓，以至他的特質毫無反對法西主義的痕跡。他的反對也祇是表面而已；事實上比蘭台羅的藝術當然不能用作法西主義的宣傳。以比蘭台羅的作品為基礎的世界幻覺，在心理學領域中狠能夠促成意大利資產階級從事組織法西斯蒂狄克推多制。

意大利資產階級的晚近作家比蘭台羅在此意義之下，原為法西斯主義的報告者；他由此表現出意識到行將歿落的階級變動的根本特質，然而沒有表現這個階級為圖殘喘的極度的努力。赤裸裸的假面具的劇作家代表沒有假面具而極不完備的法西主義，假使把「英雄的」，「建設的」假面具看做要完成法西斯主義的一般形狀的決定上的任務的話；但他沒有描寫旁的東西。

（哲學上與歷史學上的分I對立遂使比蘭台羅跟「心理學上」同為普遍化，這只是關係自然地忽略去歷史的實在性）人與階級的社

會關係之心理學的實在性而已。比蘭台羅所描寫的典型人物乃是譏笑那些探尋真相和史實的人。在他的作品各有真理一書中，其中的一個人說：「在我看來，真實並不存在於參考的史料之中，而是存在於這兩個人的靈魂裡面。」比蘭台羅的作品中始終只在探討靈魂裡面的真實，他也永遠不願注意阻止他捉住靈魂中的整個真理的，他於一九一三年出版的小說老與少，乃是唯一描寫心理的衝突（兩個時代。）在他其餘的豐富的文學作品中，凡是歷史環境，社會環境的直接描寫，他總謹慎地避開。

比蘭台羅在外國為人所認識，特別是以劇作家著名；不過他於大戰後五十歲時才決心為舞臺寫作；至於他的著作的活動乃從一八八九年開始的（起初發表一本詩集，不久之後又發表他的詩集）；同時他創造許多長篇小說和大量的短篇小說，這些短篇現已刊成一部二十四冊的短篇小說集，題為：「一年的小說」。比蘭台羅的短篇小說雖不那樣著名，但亦頗為人所注目。

比蘭台羅的藝術動機，最重要的乃在確的真實和確切實的探討。但是人們不能看穿他人的靈魂，我們自己的靈魂又不斷地轉變所以比蘭台羅所描寫的人物在探討的確實性便變成不可捉摸的了：由此產生了懷疑、混亂、苦惱、失望。

可是如果有人一時能把人們的靈魂捉住那麼此種靈魂就不是靈魂的本身了。我們想像旁人，給旁人決定的姿態對於他們的真實在的存在毫無影響：這種想像祇是他們一瞬間的存在而已。只以一次的印象要斷定整個人，僅以一次行為來裁判整個人是最不正當的事。搜查犯的六個人物的彼此間慘劇的發生就是在此這個少女碰著她的父親正在犯過失的時候（在約會的房子裡面）她遂根據此種枝節之事對於她的父親下以批判。她的父親不平地說：這種判斷是不正確的，他的一生的「易逝而可恥的一分鐘」並不能看做一生；他平時與那瞬間的他並

不同。

這就是世人稱為生命與形態的差異，生命是變換的，而形態則永遠如是。世人給比蘭台羅的戲劇戴上「理想戲劇」可是我們也不要忽略比蘭台羅描寫人物的差異所表現的思想是這樣生存的，因這些矛盾所苦的，結果也是為著這些思想而存在，這些思想乃為最複雜的心理生命樞紐。比蘭台羅與象徵主義者不同，他一面直接地描寫他們普通技藝和人的心理中的思想，一面用反省把這些思想一直推到最後的結果，結果就是憤激和瘋狂。

瘋狂成為比蘭台羅作品中當用的話語之一。因為世界上沒有永恆的，不變的實在性，狂人的意見，其價值並不少於賢哲之人的意見。正正相反，瘋人的真理，因為除掉了社會禮節和社會習俗的虛偽的掩蓋所以算是最為誠實的了。比蘭台羅在給些裸體的人穿上衣服一書中這樣寫杜勒伊這個可憐人遠不敢說：「我，我也是存在的，當她第二次服毒，自己相信必死時，她高聲呼叫現在我可以完全說了……。我，我要全盤托出了！我可以高聲呼叫狂人的真理！」

各人有各人的真理是幾個劇本連成的題目：這是比蘭台羅的全部哲學。各有意見各有時間裡面這樣說：沒有旁的真理，所以比蘭台羅的思想充滿許多苦惱而與詭辯派，普魯達哥拉·諤治亞的思想或休謨的思想或正在瓦解中的黑格爾主義融成一片。

在現代的思想家中，紀特也是長期抱著心理的個人主義的，他自己已找到出路了。比蘭台羅，抱不出「自我」的世界限外，並且陷於捻或無我的苦惱中。

比蘭台羅最近寫了一個劇本，題為：不知怎樣做法，使人懷疑他因找不著出路的長久的苦惱的懷疑，長久的絕望，結果會投入上旁的懷中去。

屬於心理學上的比蘭台羅的藝術是一種沒有限度的藝術法西斯主

義——勞工的牢獄，精神的牢獄——會限制他的藝術界限的。法西主義會把它推到頹廢上去；忘我：信仰上帝。

我這種結論狠合理，我們絲毫不譏笑他，他我們喜歡分擔人類的痛苦他許許多多，次把社會的產物：不正義，虛偽，缺陷，活生生的描寫出來，雖然他沒有明白說出。我們喜歡他對著資本主義的倫理中的社會習俗的倫理做出苦笑，雖然非他所願，但他卻是破壞者。

比蘭台羅喜歡旅行，他說：「我的房屋就是我的行李。」好，比蘭台羅，那麼請你去看看俄國吧，去看看台洛夫和麥伊荷特（Meyerhold）的戲劇吧！請看一看熱心在看劇的觀眾吧。看一看戲院外的情形吧。看一看馬路、工廠、集體農場吧。你就會看到這些新的民眾真實地生存著。他們有了他們的確實性。他們願意生存，愛生存，並且知道生存的道理。去吧，比蘭台羅，你永遠不願意知道的社會狀況，它也許需要你的。

然後請你回到意大利，參觀特別法庭，去看看西西里（Sicrle）的硫磺礦中的工人：是的，也許你會看到這班可憐人十年，二十年整個青春時代被判禁於牢獄之中，還要比較亨利第四因發狂而被幽錮的時期為長，這班可憐人因疲倦和缺乏糧食而曲背，死亡：但是你也可發見旁的東西：革命勞工，勞工，另一個階級，另一個人類，是的，他們痛苦但是他們認識痛苦的原因，他們鬥爭，並且知道什麼理由。他們已在他們的悲慘生命中找到了他們的確實性了。

比蘭台羅，請聽他們的悲劇吧。把這悲劇寫起來吧。你不要依於神，面皈依於人類吧。不要以忘我來完成你的作品，而以人類征服來完成你的作品吧。

Nicolas Ferretti: Luigi Pirandello poéte amer du scepticisme "Monde", Scpticme Année No 315, 6 Décembre 1934.

譯自法國世界週刊第七卷三一五期，一九三四年十二月六日

──載於《文化月刊》一九三四年第十五期及

《時事類編》一九三五年第四期

西洋的戲劇與教育[*]

奢賽·波洛夫斯基共（P. Saissetet E. Znosho-Borovgky）作

作者

奢賽·波洛夫斯基共（P. Saissetet E. Znosho-Borovgky），生平不詳。

譯文

關於青年的戲劇問題，以及這個問題與教育的關係，從未曾鼓勵過法國輿論界的熱情。

至於外國，無論什麼地方，早就有形形色色的實施，我國（原著者自稱下仿此）因為大家不注意或為習慣上的關係，所以比較其他國家還是落後的多，雖然曾經嘗試過。

無論人家要給與兒童和青年教育的戲劇以某種形態要給，與學校內或校外，學年中或補習教育的戲劇以某種形態，不管它的方針如何，首先確實應當促起戲劇的產生或複興。此點容在後面再來討論吧。

假使有一點單純好奇的人對於一個問題，想要提出一種意見他就會遇著極端困難，一般的情形大體如是。

---

[*] 譯者注：本文分上下則篇，上篇敘述美英德俄比等國教育戲劇運動的過程以及戲據對於兒童關係之重要，下篇則單獨討論法國戲劇與教育運動的情形以及該國學術界對於這個問題的意見……等等。此文頗可供我國教育界和戲劇界的借鏡，特介紹給關心此項運動的人。

在外國已經有許多著作討論這個當前最切要的問題。在法國卻沒有一本這類的書。人們怎樣費心在圖書館和書店的目錄上去找，但找尋不到「兒童與教育」的標題，目錄上面不外記載在「沙龍」[1]中排演的劇本叢刊而已。據我們過去的經驗，祇有巴黎的美國圖書館會供給我們一些兒童的戲劇的詳細目錄。啊，在法國也有這種東西，不過報章雜誌上所登載的只是一些短篇的論文，以及討論寬泛的題目的厚本古書中所記載的一些散漫的章目而已。

勃龍斯維格氏（Braunsehwig）[2]曾寫了一本關於藝術與兒童（L' Art et I' Enfant）的書，他在書裡面僅僅為「戲劇上的兒童」也許可以說是為「傀儡戲」（Guigno）簡單寫了幾行而已。

因此，我們決心對於近年來最重要的戲劇教育的言論及其實施要作個詳細的分析。我們不想全部敘述，因為講起來太長，我們要討論的僅有一本書。在這些曾經感動過青年群眾企圖中，我們選擇那些能夠提出問題，指明路線的企圖。

戲劇在一切的藝術中，乃與兒童和少年人的靈魂最為接近，此雖為一般所不關心，但卻亦狠能促起人們的注意。

小孩子們不知道戲，他們卻在演戲；他們的遊戲不知不覺變成了演劇。我們要不要舉出文學上的例證，我們引述佛朗士所作的小彼爾（Petit Pierre）的故事，並非完全無趣味的事，他說：

「我指揮五個演員，或者毋事說是五種像意大利的喜劇上的性格描寫，我的右手五支指頭，都各有名字和特性。」

1 　譯者注：Salon係接待貴朋的客廳，從十七世紀起，它在法國的文藝界佔著一個很重要的地位，有號貴族婦人每在其府第裡裝修一間「沙龍」，招待一般文藝家著作家，他們也藉此為集會論文之所。

2 　譯者注：法國現代有名的文學史家。

　　作者把五個指頭介紹給讀者，並敘述他在即景中所討論的題目之後，他繼續這樣說：

　　「在我六年級的時候，此種戲劇的流行達到了登峰造極，忽然狠快地便跑入衰落的時期，最要緊的乃是剖明其衰落的原因。」

　　「我決定要美化我的戲院，並使之成為前所未聞的完善狀態。我立刻就開始工作。我從未覺得我那班演員的面貌不是一個蛋形。我驟然用心加以想像，我替它們製造眼睛，鼻子，嘴巴，看見它們赤裸裸時，我就替它們穿上絲製和全毛織的衣服……。我為它們建築一個舞臺，佈景，製造附屬品。我狠受感動，表演一個名為：聖毗克爾的杖（Le Baton do Saint-Sépulcre）的劇本。」

　　「啊！我甚至不能完成第一場。靈感已成冰冷，靈魂和動作一切都消逝淨盡了我們的戲院雖然人工的裝飾，但全部蒙著幻想的色彩和形態。當華麗一出現時，幻想即已消失。這是怎樣的教訓啊！應當讓藝術保留著高貴的赤裸裸的面目，服裝華麗，裝璜燦爛會毀壞戲劇，因為戲劇並不需要裝飾，只需要動作的偉大和性格的迫真。」

　　小彼爾遊戲時，扮演感動我們的戲劇，這不僅是事實，而且寧謂是在兒童的想像中佔著重要的位置。對於兒童留心觀察的人，就狠能明瞭一具盛裝的洋団団給與小孩並無興趣，可是一塊他們為之穿上破布的簡單木頭，反為他們所喜歡的玩具。

　　的確，各個小孩子並不演戲，有些人斷定演戲的人乃是最賦有此種遊戲性格的人。可是人家不能想像一個小孩毫不遊戲。像佛朗士所說的那樣如果「遊戲是一切藝術的起源」，那麼，兒童的遊戲確實是傾向著戲劇的形態。

　　大家都知道托洛斯太的童年生涯一書之動人，我們在這本書中差不多可以看出形成兒童全部遊戲的原素了。

　　比較其他兒童，稍為年長的英雄莫洛迪亞，首先拒絕與他們遊

玩，可是後來終於贊同了。然而這些並沒有給他們喜歡滿足，因此理由，托洛斯太用極巧妙的話語給我們解釋：

「莫洛迪亞的親切狠少引起我們喜歡；他的憂悶和怠惰的神氣反而破壞一切遊戲的興趣。當我們坐在地上，開始盡力想像我們是去釣魚時，莫洛迪亞坐著，兩手曲折著，一種姿勢完全與漁夫的不同。我叫他注意。但他這樣回答我，我們的手動作，也是毫無所得，我們也不去更遠的地方。我雖不懂得，我卻承認此事。當我的肩上放著一支棍子，向著森林跑去，而想像我是要去打獵時，莫洛迪亞卻仰天臥著，把兩手枕在頭底下，他告訴我說，他也要去森林射獵。這樣的動作和語言，在我們看來，把一切遊戲的興味完全奪去了，我們愈不贊成莫洛迪亞的極合理的行動，愈感到不愉快。」

「我狠知道拿一根棍子不能打殺任何東西，並且也不能射擊。這是遊戲。如果人家這樣推論的話，就不能坐在椅子上面旅行了。我想，莫洛迪亞應該記得冬季的晚間，我們把披肩蓋在安樂椅上，當作一輛車；一個人坐下：作為車夫；一個則常作僕從，三個少女坐在中間，三張椅子作成三匹馬，我們就開始跑路了。我們這次的旅行是怎樣的冒險啊！多麼迅速和多麼喜歡度過了冬季的夜間！假如認為這是真實，那麼便沒有遊戲了。既沒有遊戲，還有什麼東西呢？」

另有一個帶著豐富典型的例子就是耶維萊洛夫，他在狠小的時候去參觀兒童戲院，回家時他趕忙用捲著的氈子把房子隔成兩間，他的保姆半眠半醒看著他直到翌日還在演著各樣的戲。

在普希金、歌德、旅萊爾（Schiller）、昂爾多尼（Goldoni）、密基維克（Miekiwicz）、逖更司（Diekens）、佛洛伯（Flaubert）、易卜生的傳記中都可找到同樣的故事。

這就是兩種創造戲劇的確定原素：隨便幻想和動作。

人們可以完全不注意引起心理學熱情的問題：由遊戲的起源看

來，它的目標乃關於自然界等……。一般都知道關於這個題目的許多
巧妙理論的產生和發展；然而，當兒童變化，修改遊戲，並引導遊戲
向一定的標的前進的時候，人家卻不知道指出他們在實行遊戲時期的
勢力，他們之所以有這種遊戲運動，以至他們自己的獨創發明，乃是
自然產生，為他們不能自主的只要保持幼時的全部的幻想條件，他們
便可成為新世界的創造者。

　　這種幻想乃為兒童心理學的最特殊和最感動人的一種原素。無疑
地兒童相信他自己所表現的東西。他盡力把遊戲當作真實的事，因為
在一個極其懷疑的，像托洛斯太的故事中所描寫的莫洛迪亞那樣的人
面前，那麼立刻就把遊戲宣告死刑了。雨果與他的兄弟想像花園中有
一個怪物，他們害怕，找尋，後來卻懊惱找不著，雖然他們兩人都確
實知道這個怪物僅存在於想像中的。

　　好像若爾丹氏（M. Jourdain）不知不覺地成功一樣，兒童也不知
道他們是在玩耍，是在演戲我們舉出一種有興味的事實，當兒童們分
做兩群遊戲時，其中一群是代表觀眾的，他們完全不是被動的。他們
履行觀者的任務，正像一個小女孩教訓她的洋囝囝怎樣去參加盛大的
招待一樣。

　　如果兒童是戲臺上的優良演員，人家也可以說，就所有的藝術而
論，戲劇乃是最能鼓盪他們的熱情的：它使他們產生想像，使他們與
帶著幻想的寫實主義相結合，使發明與真理相結合。

　　同時根據歷史的教訓，我們也知道在學校裡，戲劇常是受教師和
學生的歡迎。

　　一般人很知道中世紀和文藝復興時代，大學生的演劇；一般人卻
不大知道俄國學校裡面設立戲院還早於俄國普通戲臺的創立。

　　俄國戲院的創始人乃是一個愛好者，他是查洛斯拉夫地方一個
商人的兒子莫可夫（Théodore Volkoff），他的劇團在愛麗莎伯斯皇後

（Elisabeth）面前扮演，她是讚賞貴族學校和陸軍幼年學校中的青年的藝術家的；一七五六年俄皇遂勅令建築俄國的舞臺。

在加特琳第二（Catherine II）時代，伯特斯堡的斯摩尼修道院——這是一座為三百尼姑而建築的宮殿——中，有五百少女宛如聖西的小姐們一般，她們遵從皇後的命令，排演種種的喜劇和悲劇。皇後看完時這樣說：「她們比較我們的職業演員還演得好。」

在法國差不多同這個時代，革命替我們帶來了讓里夫人（Mme Genlis）[3] 的教育戲劇。

如是無論在什麼時代和什麼地方，我們總記得戲劇，兒童和少年人常常有著密切的關係。

為得打破戲劇與兒童自然而然的聯繫關係，有人曾引用俄國著名教育家畢洛哥夫的話，來攻擊兒童戲劇這是十九世紀兒童戲院不發達的原因。

自從某個時期以來就起了一種變化，這種變化使戲劇與兒童教育兩者相接近。此種運動的範圍極其寬泛，它自身與民眾教育問題聯繫一起。

我們參照新社會思想的先驅者拉斯金（Ruskin）和摩理斯（Morris）的舊著作，可以很正確地斷定新學理的產生。他的思想認定改造每日生活使之較為優美，是必要的事，在全世界上，我們周圍的事物都有其反動性；他們因為反對把運動看成機械，遂得到所有勞動和手工藝的工人之擁戴。

從間接和這個問題的社會方面看來，拉斯金的著作曾涉及戲劇。怎樣使民眾能了解藝術的美呢？這就成為問題了。要引導民眾進美術

3　譯者注：讓里伯爵夫人以一七四六年生於桑柏賽里（Champerceri），一八三〇年卒於巴黎。鍾是女教育家，並有幾部關於教育的有價值的著作。

館，建築平民戲院確非難事；最困難的就是使窮人能享受藝術的美的這個問題。

羅曼羅蘭的著作也是一樣的想以史劇或現代的社會生活來促成民眾有集團表現，創造環境，偉大的熱情表現的靈魂。

我們只要稍加考慮一下，以公正的觀察，就發見一般審視藝術的作品聽人絲毫得不到興趣，如果他們事前沒有加以研究的話。因此之故，在平民學校裡面，須灌輸藝術常識。

尤其是獲得兒童公園的設立之賜，此種新思想很快地就播滿世界，兒童公園的設立，乃為佛勒伯爾（Froebel），其次則為蒙特梭利（Montessori），的理論鼓吹成功的，他們兩人都是反極端重視書本教育的。

他們的努力特別注重圖畫，事物課程和歌唱。這並不是要養成圖案家，專門畫家，也不是要培養專門職業的歌者；他們僅僅希望採用此種教育以達到發展兒童的美的情感，對於藝術的敏覺鑑賞，和正確的理解而已。在這時候成立的社團可以得到有意義的名稱，「學校的藝術」，「各個人的藝術」「民眾的藝術」等等……。人家建築華麗的學校，領導兒童參觀美術館，繪畫學校的牆壁，繪畫優美的圖書，試驗圖書的新教育方法等等……。

不過戲劇在這極運動中所佔的地位極其有限，確實有人組織平民戲院，例如設立劇社——戲劇的三十年，——其目的乃欲在貧窮區以最廉價給與觀眾得看好戲；可是戲劇總難得打進學校裡面。電影在學校中進步較速。電影演映科學和參考材料的片子，已得大學問家和教育家的讚揚，它已形成了一部分的教育系統。戲劇還需要長時間才能吸收一些愛好者的排演，在學校裡面才能以學生為演員，以男女教員為舞臺監督。

這種運動在德國僅有三十年的歲月；在美國最先的戲院於一九一

三年創立的；法國的小世界戲院（Theatre du Petit Monde）僅於戰後才建築成功。大戰當然使此項運動的發展遲緩了一些期間，這同時可說明關於這個問題的文學的貧乏以及兒童戲院的數量太少。我們應當跑出國外去研究這個問題。在美國和俄國為兒童而設立的戲院頗為發達。

一　外國

美國的戲劇與教育

在美國人們以迅速做事的熱情和從遠大著想，所以頗受戲劇觀念所感動，雖然遇著大戰的發生，但是仍有很大的進步。在戰前只有一個戲院，舉出這點便足以證明此項運動的進步了；今日約有二十個：紐約和支加哥有四個，克勒維蘭（Cleveland）、舊金山、洛斯安格勒斯（LosAngelés）、迪爾色（Tulsa）、密尼波里斯（Minnea Polis）萊斯蒙（Richemond）、耶凡斯東、巴爾底摩（Baltimore）、華盛頓、尼耶加拉、多洛馬各城市均有一個。

這些戲院有許多於一年中僅僅排演一次或兩三次，這是實在情形。

大部分的戲院的活動，其目的乃側重兒童的公民教育，它們慫慂兒童自身出來組織劇團。有一個戲院甚至命名為市民戲院，管理人把它看做市民（Citizenship）意識發展上不可缺少的一個原素，這不知不覺間形成了兒童國化。

這些努力曾經得到成功，蓋為兒童不僅自動參加演劇的組織，而且犧牲他們自己的事業，把戲院的收入（如果有收入的話）捐給慈善事業：他們周助美國和外國，如俄國，或德國的貧苦饑餓的兒童。兒童的父母也同樣參加演劇：女人縫製衣服，男子組織音樂隊。市民還

有比較此種毫不引人注意的努力更能團結嗎？

　　美國人確實這樣想，戲劇的組織可以發展兒童的稀有和健全的特質，在他們的眼光看來，有時候演劇的組織比較演劇本身還為重要。兒童的活動不僅可在這裡而表現出來，而且可以養成相讓的習慣，養成為一般的成功而忘掉個人的成功，為共同的成績而團結各種力量。如是兒童不會變成自私自利的個人，而會成為社會的，大國家的有用而活潑的一員。

　　這些問題且等第二篇或敘述演劇的藝術價值被忘卻時再來討論。人們從事工作以求獲得成功；但是所有從事藝術的實際工作的人，都深深知道對於美不加以注意，美便越跑越遠了。

　　演劇的本質已經昭示我們。普遍地在街上和田園中遊行；露天的典節，歷史編成的劇本以數百數千人的演奏者來演奏，這些在戲劇的活動上曾盡了很重要的任務。以這樣表演的戲劇教育，比較關在戲院中表演的戲劇重要得多。小孩和成年人均可參加。種種豐富的工作，塗畫自然的唯一娛樂，這顯然地有著暗示；遊戲與運動同樣衛生。

　　有人充分注意兒童接到職務時，彼此無不互相嫉妬，所以要他們組織劇團毫無困難。

　　除了注意此種有力量的教育之外，還有旁的東西即注意兒童創造力的發展。沒有人想預備做指導的明星，而其目的卻始終相同：首先就是人的教育；其次則為灌輸美和戲劇的藝術。

　　「兒童工作的目的乃側重於鼓吹，並指導他們幫助戲劇的排演，音樂和舞蹈，刺激他們的思想，給他們能夠找到在城市的街中較美麗的東西，並使他注意健康和清潔的空氣」（見芝加哥市立兒童戲院）。

　　依照這種意思，我們所看見的全部由兒童扮演的戲劇，只接受成年人的觀念和成年人所創造的劇本的主旨。紐約某家戲院的舞臺監督為我們解釋他們的意見，其言如下：

「表演戲劇的理想方法乃為講述故事給兒童聽，讓兒童與故事發生密切關係，好像講述者自身一樣。其次讓他們排演啞劇。然後逐漸增加他們覺得相宜的言辭字眼。與兒童在一塊工作的成年人把他們的話記下來，如是你就有一本兒童創造的劇本了，此種劇本乃為其他的兒童所了解的，他們也會快活地去鑑賞。」

就這點而論，人家可以看出兒童常排演這樣的劇本，排演旁人寫的，特別是一個成年人寫作的劇本時，他們有著許多責任意識，情感和人格。

糾結另有一家戲院以下述的話確定它的目標：

「兒童戲院的理想應當是這樣的：給與演員和觀眾以快樂，同時認識舞臺的演藝，最後最重要的則為：每秒鐘在生命上，容貌和舉動的自由，自然和可愛的表情的訓練實施」。（兒童遊戲室）

我們容易了解這種運動乃有一種教育的目標存在。有一個管理者很留心探討教育與遊戲間的折衷，此後第一重要的乃為注意教育。假使情形永遠如是，那麼藝術的留心反而放在後面。劇目已充分告訴我們了：它只以天女故事和幻想的劇本組成的。據一般的意思，藝術乃為教育家的最好方法，這意思似不妨礙戲院的管理者。

然而，戲院的藝術在美國已狠發達。此種藝術乃為關於風俗上的教育和教授法的手段，站在藝術的立場看來，這是最近發展的。我們只舉出一個例子就夠了，但這是美國的戲院藝術探取關於發展辦法之最能動人的。

耶魯大學的戲劇班乃在巴格教授（Gea. P. Baker）的指導之下。該班預定有八萬美金的收入，劇班有十個教授，學生約有五十個，他們須有中等藝術學校的畢業文憑才能得到許可。學生從事小獨幕劇的寫作；如果他們的試驗經戲劇專門家認為可以的話，他們就繼續做下去。反之，則使之登臺表演或從事附屬藝術，如戲臺上的服裝佈景的

工作。

我們知道研究作劇的學校的意思，在法國過去曾引起一般的譏笑，現在還引起一般的批評；可是實際上，美國著名劇作家奧乃伊氏（M. Eugene O Neil）乃在大學裡面研究過戲劇的，這點足以證明耶魯的劇戲系有存在和保存的價值。

哥侖比亞有一個戲劇系，學生組織一班「晨光演劇團」（Morningside Players）。每年各排演學生創作的劇本三四篇，其中有些馬上就獲得民眾的讚賞。我們對於美國戲劇的試驗，無妨作簡短的敘述，但不能忘記敘述費城附近勃林馬耳（Bryn Mawr）女子中學以及賓西爾瓦尼的辣斐德中學的大演劇的盛典。勃林馬爾地方舉行的五月節使愛麗莎皇后時代的盛節復活，這個節曾吸收紐約和鄰近大城市的遊客[4]。

如是，戲劇與教育便分不開了，戲劇精神的發展實有利於美國的戲院。這些經驗曾使創造的源泉的復活，並產生了最適當和最好的演奏的興趣。

英國的戲劇與教育運動

我們在這兒想舉出英國戲劇教育的幾種嘗試，該國最近曾建築比曼亨（Birmingham）兒童戲院。該院乃受城市各種兒童團體聯合會指揮。

它於一九二五年創立，迄今日止，因得城內許多社會主義俱樂部的捐助，才開演過幾次。它位置於窮人區，特別注意到平民的子弟。

---

[4] 譯者注：後面這些報告的材料一部份乃採取巴黎大學文學院教授梟菲氏（Felix Gaiff）在一九三三年七月七日大學評論上發表的「戲劇與大學」的一篇名貴文章。

院中可容三百五十個位子，演戲的人員並不是由演員擔任，而是由不須報酬的勞工擔任的。這兒的兒童都是觀眾，可是此項計劃是使我們感到興味的乃為戲目的安排：色、彩、燈、光、笑。戲院想用這些方法把美和快活灌輸到少年和兒童觀眾的生命裡面。

　　戲目似乎只限於沒有文學價值的短篇小說或幻想的材料。除了「耶穌誕生節」的傳統排演之外，劇本讓給一般觀眾自由選擇。

　　英國除了平民戲院之外，還有大學生從事青年戲院的運動。

　　國際學生戲劇同盟總秘書係由達威斯氏（T. R. Dawes）擔任，曾在倫敦上演的法國戲劇很知道他的名字，這個同盟曾指揮赫萊布里中學教授馬特斯氏（E. L. Mathewo）創辦的劇團，他的意思──關於此點係摹仿法國的先例──想以他的學生自十五至十八歲的組織一個演劇團，他們正在學習古典的大作家的作品[5]將來也要再演習。

　　這個會開始時曾排演馬毗斯與凱撒答爾。馬特斯氏不贊成學校吟詠詩歌和名著解釋的習慣，他斷定要了解美，須作極精微的推敲，細心考究，理解地表現天才作者的內心希望，一句話說，須用熱情表演才行。

　　莎士比亞時代，在歐洲各大國排演的劇團，女人的身份乃由少年男子化裝的；因得里爾大學英籍教授安多拉氏的鼓吹，該團才在里爾、瓦蘭西焉、杜耶和斯太斯堡上演。該團亦曾往瑞士、波蘭（在格迪里亞、牽莎、慈波蘭各地排演）和捷克。

　　此項企圖有著民族範圍和相當寬泛的國際重要性。

　　英國的嗜好者所組織的劇會均受上等戲院聘去表演，馬特斯教授的劇團是演義務戲的。他能夠利用鄉間餘暇去組織戲劇，這是何等重

5　譯者注：參閱一九三二年四月二十三日文學週報上瓦里歐的文章：英國戲劇教育論。

要啊！青年人回家去，他們都志願在小城市繼續努力在學校中研究的戲劇事業，組織有趣味的戲劇，鼓勵大家活動和熱心的空氣。

國際學生劇會曾問：「為什麼馬特斯教授的企圖不能普遍呢？他們會很受歡迎的。為什麼德國青年不排演歌德和施萊爾的作品呢？歐洲青年的最高精神的交換，對於民族的接近也許比較政治行動還來得有效力」。

然而我們也不能忘記法國大學中所組織的古典戲院，曾經好多次用法國的戲目去遊歷英國，此事容後再述。馬特斯的劇院乃傚此先例而設立的。可是這兩個劇團都有困難存在，這是無可否認的：法國劇團的演員均係國立音樂院的畢業生和尚在張三肄業的學生，英國劇團乃由大學和中學的學生組織的。

我們與瓦里歐抱著同樣願望，聽祝巴黎大學文科能讓外國的大學生劇團進去。

德國的戲劇與教育概況

德國的「青年戲院」已經過三十週年紀念；有一本有權威的書[6]對於此項問題曾作專門的敘述。

戲劇在大學裡面佔著光榮的地位；差不多各大城市──都有一個專門會所，以集合所有養老戲劇學的研究。可龍（Cologne）地方有一個戲劇陳列館，它同時是一個活動的機關。這是尼先教授（Pr Nicssen）倡建的。

柏林和慕尼黑都有很重要的戲劇研究院。在這裡面同時預備博學的論題和舞臺的演習，這兒與美國的情形相似，學生既可當舞臺監督

6　譯者注：巴拉教授和勒伯特博士共著的青年的教育（Jrgerd und Biihn），一九二五年勒勒斯洛出版。

又可當演員。

舞臺監督乃在這些大學養成的例如勒衣那（Max Reinhardt）就是，這些舞臺監督曾替德國劇界帶了可波所欲介紹進法國的東西：扮演的研究，自由和起源。

德國是最先成功電影片的。這些影片到處多少都有相當成績。為得完成影片曾調動少女軍隊青年軍隊和兒童軍隊。我們想對於這些影片：穿制服的少女，愛彌爾和偵探，幼年陸軍學生等等……[7]加以敘述。

有人說：第一張影片係一百個從十三至二十二歲的德國各層社會階級的少女，為得愛護電影而去參加工作，這話我們是相信的。雖然有些疑慮，但我們仍很相信兒童的遊戲中有著生命、快活、真理，以及人們所求的特徵和某種熱情，有一種我不知道怎樣形成的熱情，舞臺監督佛洛里黑（Karl Froelich）甄選編入這個劇團的藝術家也參加這個自然的運動，並很適可地和很真純地排演。

愛彌爾和偵探一片更加精彩。這個影片演映兒童創作的各種劇本，有人告訴我們，在這兒童的戲本中，遊戲，及重要結構，大團圓就是他們天真，惡作劇，稱為D式的意義，蔑視成年人的，他們自己容易生存於世界的唯一成功，簡括言之，這些都是給我們以一種青年的快樂戲劇的，他們不受限制地從事有生命的演藝。

只有穿制服的少女的排演。選擇有點不易，所以使人猜疑，除了兒童對於電影的愛護之外，製造家尚有旁的顧慮。當大家知道幾個校好的片子立刻便與戲院和電影院訂立合同，大家就以為題有新發見和放射新光輝的希望。

那麼，今日的電影界便變成職業化了，電影已成為職業問題，關

7　譯者注：蘇俄的「生路」試驗成功之後，這些影片立即又給他摹仿去了。

於此點我們想在這兒討論一下。

有人這樣想愛好者登臺表演的行為，對於職業是有危險的。個個人甚至教授都會摹倣學生的樣子，製造純粹參考材料和擬寫實的影片！

我們並不希望像安段（Anteine）在劇壇消息[8]中所寫的那樣，有許多從高中學校畢業具有大學生資格的人跑去影片公司，芝加哥就有此種情形，該地的戲劇期：一九三二年學校的恥辱，這種大成績乃為男女大學教授造成的。（事實上是為賺生活，因為敢實局有五個月沒有發薪。）可是後來因此事卻證明大學生仍可與他人一樣成為藝術家……！

蘇聯的戲劇與教育

關於兒童生活的戲劇問題在蘇聯備受尊重，許多考證文學自然是這樣創造成功的。我們可以提出更明顯和更完全的意見。

除了美國外，兒童戲院的迅速發展當推俄國了。我們來談論兒童公園學校中的戲劇運動情形。

根據此項原則把故事「戲劇化」，排演或只簡單地把它寫成對話，這種辦法曾得到很好的成績，人家不僅排演歷史故事，而且排講時，短篇故事，以及各種教授材料，如果有充分的時間去處置的話。

戲院建築在學校旁邊。第一個戲院乃為巴斯卡爾夫人創立的。這個戲院曾獲得很大的成功，而惹起政治警察的迫害，終被封閉。

這個戲院對於學生差不多可以說是免費的待遇並且與學生合作。上演之後舞臺的藝術家叫兒童描寫他們的感想和批評戲本。

戲目乃以慕速爾斯基（Moussorgsky）和格勒亦尼洛夫（Gretcha-

8　譯者注：一九三二七月十五日巴黎時報。

ninoff）的草莽之書——在此本書中巴魯曾得到特殊的成績，——兒童之歌，梅特林的青島，馬克吐溫的寶藏之島所組成的，後者受了布爾什維克的嚴格批評。

兒童所寫的答覆和圖書很多，可以設立一間陳列室來陳列。他們在那裡面寫著這樣的話：

「佈影和服裝很漂亮，我們以為是在天女之鄉。」

「色彩和服裝多麼漂亮！多麼快活，人家會說許多許多的陽光。」

兒童依照在戲院中看見的佈景去製成圖畫，完全與原畫毫無二致，兒童摹倣成年人的創作，他們的創作靈感有其過程，很可自由作周密細緻的描畫，所以他們的圖畫能成為教育家，藝術家和幽默家的參考寶庫。

巴斯卡爾夫人尤其是想一面「發展兒童的創作的想像力，一面則以藝術形態暴露人類的真相。」

「我們應當把小孩的靈魂美麗化，她在她的著作在莫斯科的我的戲院一書中這樣說。小孩渴望著美，他們所處的氛圍氣乃是醜惡，痛苦，憂慮，饑餓的……。富人很少想擴大他們的興味，並且很少想激勵他們的想像[9]」。

「布爾什維克。」責備巴斯卡爾夫人太過於擴張冒險和海賊行動的精神，他們卻受了她的戲院的影響，他們的腦筋中思想和計劃雖不同，他們卻仍是繼續她所計劃的事業。

巴斯卡爾夫人乃為藝術，而藝術布爾什維克則想創造革命觀念論。

固然我們可以批評蘇聯國內兒童戲院所定的政治目的不對，不過

9　譯者注：今年我們要來批判巴斯卡爾夫人的作品和傾向。因他正在巴黎籌備演劇。

俄國與美國算是把戲劇與教育融成一片，這是事實。

我們認為目前對於這個問題作史的敘述，以便了解學校中的戲劇現狀實有必要[10]。

當十月專政那幾年，大學想設法消滅生活上以至各種教育方法上的過去痕跡，「教育家認為在戲院中可以找到改變學生的方法」。

這是一種真實的戲劇狂，學校和國立中學都有戲劇會和劇團的組織，不怕花費時間和戲目安排的麻煩它們排演莎士比亞和易卜生的戲劇。戲劇成為侵略的東西，它有「它自己的目的」。

「由誇大所造成的禍害早已在研究上乃至兒童的精神上表現出來了。少年人尤其有自殺和精神病的，我們應當在這擴展途中組織脆弱的戲劇和維持不了的「兩種生活」探討其原因」。

關心這個問題的人已看到他們的錯誤，而忠實地探討兒童與學校最能夠接近的方法。

一九二〇年五月在列甯格勒召集的「全俄勞工兒童戲劇大會」席上所決議的事情，可說是學校和戲劇宣佈分開了。

「我們不當忽略大會的決議案，它主張戲院與學校有分別，戲劇乃刺激想像的精神作用，至於學校乃欲貫徹教育的目的，原則上乃欲促起精神上的，進展的學校與戲院不能混做一塊，他們可以互相補充。」

俄國開始就先把戲院改或斥候隊這是要在戲院中製造「挺進圖的」。

在鄉村中組織隊伍，排演，裝扮倫理的獨幕劇，宣傳政治傾向。

---

10 譯者注：關於此點可參閱歐芬基爾（Nina Gourfinke）的名著現代俄國戲劇（一九三一年復興書店出版）及其論文遊戲，露天舞臺和人物，見一九三一年七月卷一第七第十期，在這幾篇文章裡面，著者以精細的心理學和很公平的精神研究貢獻給兒童的戲劇化的演藝形態。

其次在最近二十年來，曾有種種的企圖，其中有一種與學校有相關係的則保留著。

這個戲院名為「少年觀眾戲院」，簡寫為 TUZ 係優秀的藝術家和教育家，有價值的畫家，第一流演員，創立的就其方法和目的面論，頗與巴斯卡爾夫人創立的戲院相類似。

在戰前的禮堂裡面沒有設立兒童戲院。禮堂的建設都是為開會議用的，現在忽然改為適應兒童劇團的新要求了。

禮堂中的位子建築一層一層漸高的方式；把前排的椅子取起來，可以安置樂隊。除了禮堂中突出來的寬大的舞臺前面外，還有一個小舞臺。這樣便有三個表演的場面：舞臺，舞臺前面和樂隊，這塊地方是很低的，在這地方演員與觀眾是很接近的，沒有幕，所以須要另創表演的原則。那麼須要設法儘量把觀眾和演員聯成密切的關係。竭力把一般觀眾引導與演員融成一起。因此在完場時，大家參加表演，舞蹈，全唱，小觀眾亦可參加。競技場、走繩子和滑稽表演的方式可盡影利用音樂隊。

這種戲院好像巴斯卡爾夫人所設立的一樣。想設法避免政府和共產黨的限制，它排演藝術劇，而不注意教育，尤其是不注意政治問題。開始排演短篇小說和故事，例如從伯洛特和安徒生的鵝與鴿編成的戲劇，給兒童團體和劇狂的平民群眾看，排演斯加賓的狡滑和唐吉訶德則係給少年人看的。

大家對於這些表演並不認為滿足。大家想在少年觀眾身上造成一種戲劇的精神。

演劇之後，便把這些少年觀眾召集一起。叫他們討論，鼓勵他們批評組織戲劇、陳列館、展覽會的調查、參觀。

少年觀眾戲院於是便向美的教育發展了。政府要求戲劇須與生活接近，後來它表示讓步主張須採用這種作品：馬克吐溫著的通叔的小

屋子，王子和貧民，施萊爾著的強盜，在這些作品中已經衰落下去的社會爭鬥讓位給與某種浪漫主義了。可是在蘇聯卻須服從政治的要求，漸漸須依照政府和共產黨的希望。須把政治思想滲進作品裡而去。一九二七至一九二八年之間，曾排演印度的兒童，涉及這個當前問題，對於英帝國主義是有妨害的。其次在受學校，一般先驅者和政治的影響，一九三〇年曾有一種特色的試驗，即寫俄國第一次革命紀念劇一九〇五年，這是插話演說，歷史紀念的漫筆之類。

此項試驗沒有獲得若干成績，只是向大規模實現的一個階段而已，這項試驗一實現，便可打破習慣上舊戲劇的模型，和已定的模型亦可說是結束這些模型。

遊戲完全代替了四百萬著作者的劇本，在這劇本中觀眾自身參加表演與演員打成一片，創造獨立舞臺裡面包括整個禮堂，在這新戲院中，我們可以看到極端粗糙的假面具的習慣和象徵的對象的復活。

但是在蘇俄作明確的研究乃在政治目標的作用，少年觀眾劇院乃與其他戲院為著同樣理由而告失敗了。至於巴斯卡爾夫人不願讓步而拋棄她的位子，少年觀眾戲院接受黨政府的命令而繼續下去，但是它較諸其他的人敏感而能幹，雖然它有當局的特殊限制但是仍帶著藝術的特徵。

然而我們贊成有深刻的共產信仰的人所指揮的戲院能成為有興趣，例如青年工人的表演，劇團差不多完全由兒童組織的。

教育和教授法也是遵照政府的命令換言之即傳授階級鬥爭，經濟唯物論，無神論，這樣的結果，作品一定會變成庸俗的共產主義。

蘇維埃的作家從前曾嘲笑西歐的兒童戲院所宣傳的資產階階的倫理，他們卻毫不覺得僅僅宣傳無產階級的倫理，也是可笑的事。有時候他們甚至與他們自己的主張的學說根本就不一致。請大家給他一個批判吧。

他們想到在兒童生活上，所反映出的節要和簡單的，普遍的故事，要依照這故事表演，如是可以表演出故事中的歷史事實，表演這種劇情，以便激起同樣的思想和同樣的情感。然而他們卻要在第一劇中宣傳共產思想，例如他們根據希拉劇本而誇張他宣傳這時代所不能適合的社會思想。

幸喜小孩子每每不了解人們想盡力而大量灌進他們腦中的思想，這種宣傳方法有時候他們卻不關心；兒童所了解的甚至每每相反。例如在某些劇本中，人家看見一個工人，他失掉了要洗牆壁的水桶，水桶乃為他的唯一工作的和生活的手段。在戲院管理人的眼光看來，這只水桶有一種象徵意義，乃代表工作的意思。兒童以為桶裡有很寶貴的東西大約是黃金吧，這是表示激昂而執迷不悟的資本家。

比利時的情形

比利時似乎想要在純粹的藝術領域上佔世界各國的第一個位子，這兒我們要來研究她的傾向如何。

勃魯塞裝飾藝術高等學院創立一班獨立戲劇的理論和實踐，於四年前在舊 Abbaye du Bois de la Cambre 地方開辦的。

好像其他的講習班一樣。課室和工作場都是給最低十七歲的青年男女容易感到興趣的。他們須要能夠了解講義目錄上列出的常職才行。

研究的期間規定兩年，最少須一年才能算畢業。

課程由「佛蘭特爾」族著名的文學家特爾林克（Hermann Ter-linck）講授的。

院中設立一所實驗室，各部均參加合作，人家想給與戲院專門家、管理人、演員、創作家、音樂家和戲院建築家能夠隨時有藝術的實驗。

給職業演員傳授戲劇增進的方法

無論如何，學生須有普通的研究才行。

劇目的細目已經說明不是要研究傳統的戲劇，而是要從事戲劇藝術革新的根本的探討。

這個普通教育綱領很完備，適宜於實施，這與建築，演奏服裝，音樂和明晰註釋都有密切關係，能夠集中這些東西可以創造真實輝煌的舞臺。

設立在「Abbaye de la Cambre」的舊修道院中的學校，同時有嚴肅瀟灑的結構，那兒有學生畫了美麗的壁畫，人膠曾看見種種不同的試作，悲多汶的「Messe en Ré」的改作，彌肅的Orestie的三個斷片，斯密特的莎樂美的悲劇，特爾林克的Ave維斯蒂恩（Karel Van de Woestyne）的農人死了，比蘭台羅的亨利第四□□□

其中有一個偉大獨特的戲院乃係梵迪維爾建築成功的。

內面灣曲的背景（一九〇七年希拉伯斯特歌劇院管理人克曼蒂所促成的進步），包圍著四米突深度的歡臺場。因舞臺上有些事物，以及樹木成立體式的總體的適當佈置，同時因光線的放射，可以得到全景和很大距離的作用。

一九二五年梵迪維爾所發明的劇幕中開一個遮光面，好像是個眼睛一樣，圓圈中分做三部分，一個向高，兩個向右和左，這三部分與中心離開，可在中途停住，收縮兩個方向的帳幕的開啟了。於是帳幕一開已看不出裂縫，反而是變成一種幽雅。

是重要的劇作都可以在這戲院中實施。

二　法國

這兒我們來看看法國戲劇教育的情形如何？

一九二一年經了巴黎學術院（Aeadémie de Paris）的許可，曾設立一個大學古典戲院（Thèatre Classique Universitaire）。

這個戲院乃由美術會（Direction des Beaux-Arts）和巴黎學術院合作，而專為大學服務的，其中分為三級，高等、中等、初等，它想成為文藝教育的中心組織。

它實施古典文學課程的說明，以便學生從事種種不同的程度的試驗準備。

戲劇管理評議會乃以巴黎學術院院長和美術院院長充任名譽會長，國立音樂院院長，國立戲劇院（Théatre Nationalde l'Opira-Comique）院長充任會長之職。大學助教兼教育部高等顧問伯葵那氏（H Pèguisnat）任教育組組長；美術組組長則為前羅典法蘭兩學校的會員兼現任巴黎國立音樂院歷史和戲劇文學教授都魯慈氏（Y. C. Toudouge）。

每次排演都是在教育機關裡面，除了學生和教師之外，絕沒有民眾參觀。

每次特別注重排演考試表上記載著的作品：中古時代的戲劇，郭那伊（Corneille）、拉辛、莫利哀、波馬賒（Beaumarehais）、馬里莫、釋塞、雨果、奧支耶（Emil Augier）的劇作品。

作品的選擇須經學術院負責者和戲院管理評議會的同意，上演則由都魯慈氏予與技術的指導。演員則由國立音樂院的畢業生和現在在校的學生擔任。

同時還有一種解釋戲劇，這就是應用的戲劇。

排演乃在巴黎學術院和各省學術院裡而舉行，同時也在比國和英

國舉行。

每星期平均開演三次；目前，每星期已正常達到五次了。

我們只要看看下列的數目，就可以判斷這個戲院進行的順利和成績：

從一九二一至一九二五年統計演說三百六十六次，聽講的學生有二萬五千人；從一九二五至一九三三年五月十五日：表演六百七十一次，參觀的學生有七十萬九千二百人，以及三百二十一次的演講，聽講者四萬三千二百五十人，總計九百九十四場，出席者七十五萬二千四百五十人。

「學校的藝術」（Art a l'Ecole）的活動乃欲改良學校環境，它的理想已得到完全勝利，它正在繼續它的工作，使它自己的新思想能復活舊教育，特別是：灌輸電影，以及唱片的音樂教育等等……。因得組織管理委員會的優秀人才及該會會長里奧多（Léon Riotor）之力，他的折衷，親切和獨立的態度頗引起一班關心近代學校的人的同情，「學校的藝術」因此每次遂得到擁護它此種思想的輿論。

在議事程序中的最新問題乃為「學年祝典」的問題。祝典的一般禮節，細目乃為批評和指導的對象，每個專家都為這些東西而節錄了一種適用的指南。

對於這個問題加以指導，確實是有益的事。

可是，學校藝術的工作尤其是形成了一個焦點。此項工作想能夠好好利用人們正在施行的，已經存在的方法和手段，但是與我們有關係的領域內卻完全沒有革新，我們希望不久對於這個問題能加以研究。

我們總會有幸運看到巴黎市的歌曲教育監督賽麥氏（Chevais）的試驗，這是要指導兒童能以其自己的言語構成的歌曲來表現他們的

情感。

「此種練習是簡單，容易，有趣，自然的……。這無非是一種語言訴即席唱詠，類似語言的練習和口頭的敘述，可使兒童歌唱，好像人家叫他們講述所提出的題目一樣。」

如是，六歲至八歲的兒童能夠即席詠唱悅耳的曲調，這個問題與他們每日生活都有關係。

「小女孩即席唱一隻搖籃歌，給她的洋囝囝入睡；她唱歌是摹信搗著衣服的洗衣婦，或是摹信呼喚羊群的；小孩子唱著職業歌，好像他所摹仿的工作一樣；他一面打著鐵；磨著粉，拖著石磨，砍著樹，他像皮匠一樣地製造皮，像打麥的農夫似的打著麥，裁鋸石頭，繪畫牆壁，掃除煙囪，挖掘地，一面唱著新的歌曲。」

是簡單而自由的音樂工作，乃為有話語或無話語的曲調的吟詠，這是未曾寫成的純粹語言和敘述的練習。

一個小孩在即席吟唱。他組織語言，或得歌唱他自己做成的或是旁的小孩做成的，或是從書上取出來的句子，可是創造最平穩，最容易的方法乃為歌曲的唱和。人家自己講若話總要人回答。會話是必要的。隨後把工作劃分起來。信任心乃由旁人的信任心作成的。思想是相聯繫的，相暗示的。

對話比較獨語為自然；合唱又比較獨唱為自然。談話乃為社會的，感情的關係，抒情的形態較諸戲的形態沒有趣味，後者乃為活動的形態，而與遊戲相近。

兒童一面在對話，一面則作出自然的姿勢，這就可以證明了。他自己比較獨唱，被動，平時靜靜不動的人活潑得多了。

兩個小孩——或者多幾個——一面互相接觸，一面唱歌：這有時候乃是友誼關係的談話；

「你到什麼地方去！

——跟我的姐姐跳索子去。

——三個人可以玩得更好。

——那麼，來吧，你牽住索子。」

另有一個題目：參觀，顧客和貨物，醫生。

這有時會變成富有文學的，詩味的對話。

這就是河和水車。水車唱：「的杏」。它慢慢轉著，停止了。河在婉囀地唱著，它跑近來，水車說道：

「河來使我轉動吧。

——為什麼？水車。

——使我的挽臼能夠轉動。

——為什麼，一定要……，」等等。

另有旁的題目：風與樹葉，狼與羔羊完全諧和的調子，灶下婢與她的姊妹們，女園丁與她的花。

我們沒有看見從可愛的素樸中產生出平民歌曲嗎

此種試驗正在發展中；新教育的團體對此頗為關心，現在正在從事研究[11]

這種企圖給我們愈覺興趣，而兒童對此也愈加活躍[12]平時人家邀請他們去參觀有目的的而方法完全不同的扮演。

小世界戲院（Théatre du Petit Monde）特別建立倫理的目的；但它只注重資產階級的兒童，有人用不嚴肅而諷譏的話說，這只是為

---

[11] 譯者注：新教育保賽麥氏於一九三二年七月的自由音樂工作。

[12] 譯者注：並請參閱拉斯卡里斯著的兒童新審美學（一九二八年巴黎亞爾圖書店出版）；繹勒參著的自由製曲的兒童教育（一九三〇年那塞特爾，的特拉索和巴黎尼斯特勒爾圖書店出版），以及保爾·威羅的比較抽象的著作：兒童摹仿（一九二五年巴黎亞爾圖書店出版）。

「上等家庭」而設立的。該院管理人安勃爾氏（P. Humble）對於這個題目有這樣的表示：

「以演劇娛樂兒童，這是指導他們的青春靈魂，使他們快樂，並不忽略他們的教育，給與他們以健全的戲劇和優美的歌調，這是小世界戲院管理人確定的目標，他用盡心力設法使此目的能夠達到。」

劇目最重要的乃為教育與遊戲；謝葵伯爵夫人（Comtesse de Ségur）的作品形成此種劇目的要素。但這確實是藝術嗎？我們對於現在這些劇本愈看愈加煩悶起來，現在的劇本中完全不信任兒童畫報上的平民英雄，關於此點，批評是無益於事的。這此劇本就是磊落的朋友與蚤子，（Zig et Puce）亞爾佛勒等。演員全部是職業演員，成年人和兒童，全部都有聘約，至於用作「模特兒的小女孩」和她們的兄弟們只能以觀劇者的資格來參加。

然而，我們要下以批判，安勃爾氏的戲院能夠使觀眾快樂，這班觀察只要有表示快樂的機會毫不放鬆，並願意參加在他的快樂的眼前的動作，當人家高興地組織各種小玩意如遊戲，無論正在上演與上演之後，他們是一樣快樂的。尤其是在我們這個混亂的時代，它還能持續下去。小世界戲院的演劇過去是很不確定的，現已成為有規則的，並能適應巴黎人的生活，在他們的生活上曾佔了一個位子，它的演劇一消失，巴黎就會變成一種空虛。有些社會階級的兒童很規則地去參觀，以致場中常常擠滿著人。

凡此種種並不是說時時在巴黎成立的其他的兒童戲院發表一些宣言，排演一兩次，隨後就消滅，而不留下痕跡。此外，有些戲劇有的既毫無興趣，又毫無藝術的美。

在最近的一些試驗，當然要推塞納省幼稚園督學官奧辣小姐（Mlle Auro）的最為有益，她的試驗仍欲革新學校中傀儡戲的藝術。

　　我們大家所知道的這種娛樂，我們小時曾去參觀過，我們每每因不自然的摹仿而比較真實的遊戲還要笑得厲害，它也在等著革命：傀儡戲濫用惡作劇的嘲笑，以棍棒鞭打無罪的犧牲者，從窗中撒出夜壺等等。我們可以說，給與今日已經過這樣進化的小孩了以什麼榜樣呢？他們的生活很像成年人，而這種榜樣是沒有靈魂、腦筋、理想的警察的榜樣！人們能從絕對相反的方面想像近代教育的理想嗎？

　　在集合教育界的精萃份子的運動的過程中，奧辣小姐以潔淨，健康，快活的傀儡戲，並接近兒童的題目所組成的劇目指示給我們看。她不高興拘泥一種劇目，這已經是很好的改革；牠以在外國的研究來作成介紹新人物的很完備的參考資料，這特別是受捷克斯拉夫的偶像戲的影響，但是很適合法國的固有傳統習慣。

　　我們當然希望全法國人摹倣這個榜樣，此種成年人所不屑改良的小戲劇，實在是一種能夠與兒童接近的美的上乘。

　　新傀儡戲乃為平民兒童而排演的，可是還沒有創始人所希望的那樣發達。總之，我們不願意看見我國的傳統的傀儡戲的劇目完全消滅，這種劇目有它的平民和寫實的特色，能給與兒童以某種生活的意義。人們所供獻於兒童的藝術不應當單看成是娛樂的東西。

　　但是奧辣小姐確實努力達到傀儡戲的主題的改正，就是在一班不完全贊同她的立場的人年來也是這樣的，如她所禱祝一樣，她總要把這種戲革新而成為較有文學，藝術和倫理的意義。我們要注意對於這個題目的企圖在革命時代，俄國曾進行過，它曾獲得很大而相當的成績。此種傀儡戲，俄文稱為「Petrouchka」，遍及全俄，小學，鄉村，工廠，都有它的足跡，在真實的民眾面前扮演，到處都激起觀眾熱情。它的劇目乃以平民的歌曲和平民的小戲劇，戲劇化的俗語乃至托洛斯泰和其他作家的短篇故事組成的。

　　近年來已很少看到木偶戲的藝術中有新奇的而能引起兒童興趣的

東西。去年引起巴黎人興趣的意大利的木偶戲（Pupazzi）好像里昂傀儡戲一樣，乃是為成年人而演的。

　　這兒我們想來略述一八六九年在魯伯創立的木偶戲院（Théatre de Marionnettes de Roubaix），它不間斷地在開演著。因得勃魯若工人，戲院創設人里賽（Lauis Ri chard）他的兒子兼繼承者和他的家庭的正直無私的信念之賜，該院不間斷地一直繁榮起來。院中有四百具里賽雕刻的木像，他替它們穿上製好的衣服，衣服的縫製的識巧可使許多女裁縫羨煞，其樣式有四千種類。這些都是歷史上的人物，地方的英雄。內部的佈景和幕乃為里賽所畫的。戲目帶著天真的性質，這是他為平民制成的。這個戲院每星期日下午敢容一些兒童，他們表示最衛生和狂一般的快樂[13]。

　　最近在各學校裡面，以學生為演員的試演，有「Verneuil-Aur-Avre」的洛四學校的深度。君王之夜（Nuit des Rois）的排演係由文學教授薩里耶（A. Charlier）和油漆女畫家斯多勒小姐（Mlle Annie Storez）鼓吹成功的。他們用一種可佩服的謙遜精神告訴我們說，他們並不想摹仿可波所扮演的劇目。

　　劇本由二十個學生登臺扮演。十五個學生扮演；七個有重要任務的；其他的則司佈置事項。女角的裝飾乃由少女擔任。薩里耶氏報告我們關於佈景，上演是怎麼作成的，然後，他又告訴我們說，衣服是學生的家庭縫做的。木像的雛形乃由各人製造的，色彩盡可能地下以正確的觀察。

13　譯者注：德勃里（H. L Dubly）主編的平民藝術：魯伯的木偶戲（一九三一年十二　　月 Mercure Universel 出版。）。

我們覺得最有價值的乃為下面這個說明書[14]的解釋：

「我們自己建築舞臺佈景和服裝，家具，附屬品。早晨我們解釋伯洛特，拉辛或波瑞耶（Bossuet）的作品。下午我們就變成畫師、木匠、織氈工人。夜間我們複習。這些需要一個半月的工作，但是此項工作自然先前要有長期間的準備，因為對於學生的時間非儘量愛惜不行。

「但是演劇的規則是嚴厲的：劇文要全部習熟，在復習之前要完全記得，我們一班相信一而在扮演一而在復習的劇愛者的習慣不同……。無疑地這是一種狠重要的工作，尤其是舞臺監督，但是這是一種極其能夠生產的工作。其次，這並不像一般所想的那樣容易，因為就是平凡的演員仍然要盡力記得本題的劇文，尤其是劇本是莎士比亞或莫里哀的作品的時候。假如這班人是因極端愛謙戲劇而被迫上舞臺的，對此一加以考慮，那麼我們就不會有為愛好者而創作狂一般的喜劇，那麼，豐富的劇目如：鐵路門看守者的兒子或亞若伯父的拖鞋。」

一班在教室中皆誦不出原文的人，可拿這個題目與無法解除的苦悶和穢表的譏諷相比較這是他們會聽到的不斷反覆念著的古典劇詞，在他們看來，這好像是毀壞的斷片一樣，已沒有光彩、氣力、詩，同時狠難得從小學生的唇上念出來。

最近還有最著名的演習方法，給我們這些思想的確證，這是巴黎大學中古文學教授可因氏（Gustave Cohen）的魯特伯夫的奇蹟（Miracle de Théophile de Rutebeur）的表演。

---

[14] 譯者注：勃洛賽（H. Broclet）主編的《戲劇藝術月刊》（蒙巴那斯街廿五號，一九三一年七月十日）。

這是要使劇題蘇甦起來，照平常，這種劇題是為大學生而組成的木偶戲。戲劇在辯論室裡面排演室中有中世紀的狠簡單的舞中佈置，每個人物或每一群人物都有它的屋子。全部都特別美麗和動人，人們可以說全巴黎的大學生無不急欲參觀這三種演劇。服裝由學生縫製的，姿勢則受巴黎聖母院的梁脊上的人物的姿勢所影響，聖母院的人物本身又受魯特伯夫的奇跡所影響。一面講話，一面唱著十八世紀聖詩和世俗詩歌；一個學生以激昂熱情的態度加以解釋，最低限度，這樣使音樂家能與極平凡的觀眾融成一片。

我們應當讚揚巴黎舊神學院（Sorbonne，即現在巴黎大學文學院）所教授的活課程，並禱祝這種企圖能廣續下去。

有些好的課程雖是創設在青年男女實用美術學校裡面，但是佈景的研究程序，一切都是我們的學校和私人如可林（P. Colin）和巴若（Bazot）的畫室中進行。

馬勒（R. de Maré）為紀念波林，在一九三二年六月的國際舞踏文獻中，列入木偶戲競賽一項，這些教授法在開始時曾獲得一些成績。

競賽有兩種。一方面組織特武西的「Cake-Walk」[15]的穿服裝的木偶像，另一方面乃為夏夜的夢想以及其他自由選擇的題目而形成的舞臺佈置。

服裝完全沒有實在引起人們的興趣；舞臺佈置表現出一些創造力，正當的價值絕對沒有，但其新奇卻是無從否認的。戲院中的人自然狠嚴格，但是把專門技術性質放在一邊，除了裁判員的甄選之外，我們有機會評斷幾個狠富有詩味的創作，如幽靈之洞，伊伯爾港口，薩蒂的夏天遊戲，卡爾曼的第一幕的佈景是也；餘者則受下列這些文

---

[15] 譯者注：由美洲土人的大鼓轉變而來的一種舞蹈。

藝作品：莫里哀之大鏡子，保羅與威爾幾妮，波多萊的破裂的鐘所影響的，還有由薩亭（Saturne）、魏爾侖、安徒生的作品，雪人等等的影響而產生出來的。

我們還沒有談到服裝和附屬品的製造，這只能在學校或附屬工作室裡面計劃，這對於穿服裝的偶像以至整個真實和諧的研究，都同樣地能表現出智慧的和藝術的工作。

服裝史會（Sociétè de l'Histoire do Castume）──狠久以來它就負著建築地方的陳列館的研究使命──狠理智的曾想到它的活動的目標之一乃在實現這種工作室，因得它所有的正確而複雜的參考材料以及它夢想要創設的課程的空氣之賜，才能為新劇本的創造，縫製服裝，從事平民歌曲的改編的工作等……。

我們只有埋怨政府不迅速地援助服裝史會的計劃實現。

我們同時對於精神百倍的「道路會」團體也表示敬意，它在藝術與信仰的兩個標語之下，由桑色勒爾領導，在法國到處排演從平民文學和福音書取出來的劇目。道路會曾幫助巴黎大學文學院的慶典的組織，此點我們欲從略不述；可是他們在巴黎的最大成功乃是在勃勒伊爾堂裡充滿熱情的觀眾面前上演的聖母瑪麗亞的慈悲，凡有信仰的人對這場劇都與熱誠的天主教徒同樣市場喝彩起來。

還有童子軍的團體名為：「和平會」，該會明瞭戲劇是和平精神的陶鑄的有力的和持久的行動。

下面的幾順話就是和平會在它的季刊中提出的目標：

「和平會相信有向輿論界採取熱烈行動以宣傳和平的必要，它建議：（一）反對續武的電影和黷武的戲劇的製造；（二）援助和平劇目的的創造，此種劇本乃欲使人明瞭戰爭的可怕，愚昧以及和平的實

在好處。」

　　當然我們希望這次宣言能達到目的，能成功這樣的戲院的建築。

　　這些乃是一種替兒童和少年人在戲院上活動的一種辯護。

　　這幾年來供獻兒童的，並特別增加的遊戲和娛樂一面是好像適合新傾向，一面祇是希望不斷地能有成年人的演劇給他們看，這樣才可顯出成年人的才能的價值。在這個領域中，好像旁的地方一樣，依照既定的表示，事先應該檢討價值，一句話說人們狠難得跳出舊習慣。

　　戲劇的量與質確實都增加了，可是人們是不是僅僅注意供給他們以一種方法，使他們能靜坐在戲院的安樂椅上和學校的凳子上面，安心去讚賞分類的傑作或熱望能夠發展的作品嗎？人們亦在設法暗示種想像或某種觀念。

　　但這不是浪費兒童的感受力嗎？

　　沒有一個人不反對此種無用的概念，因它完全不適合近代的教育思想，尤其是不適合國際新教育同盟的新原則的宣言，茲特列舉該宣言幾行於下：

　　「教育應當適合性格不同的兒童的精神的和種種不同的感情的需要，並依照他們的固有特徵，給他有表現的機會。」

　　「教育應當一面幫助兒童能自動地適應社會生活的需求，一面繼續由應認自發的和責任的發展而建築在限制和刑罰恐懼的基礎下的紀律；」

　　「教育一面須促成學校的個個份子合作，一面使老師和學生了解性格不同的和精神獨立的價值；」

　　「教育應當引導兒童判斷他們自己民族的遺產，並心誠悅服接受旁的民族對於全人類文化的獨特的貢獻。」

　　對於教授法的意見如下：

「人們卻想利用兒童身上所有的最冒險的力量，而使這些方法成為最有效力的……」。

「在精神勞動上——乃至在秩序的注意上，在紀律，遊戲生活的組織上——從事自由和責任的練習、獨創、堅決、剛毅的鼓勵，這是最合人性，最寬容的。」

在我們這個老大國，對於兒童和少年人的戲劇仍是抱著在來的概念。這是一種舊概念，大家還要聽聽或仍以狠舊的方式來排演無意義的，有時候甚至是愚蠢的劇目，現在已有人站在學校的藝術立場來反對這種劇目了。

希望人家不要這樣說，戲劇的創造或演劇耗去的時間會妨害兒童的本性，這樣，戲劇會變成為社會的可怕的下等優伶了。我們不造成這些練習一定有觀眾。每天專門看劇的觀眾將來會被驅逐出我們的民主化的戲院。觀眾不上演即不是觀眾。

同樣的，假使人家想費許多代價來復興，培養此種文明的反常產物，根本上被動的觀眾是怎樣想像我們的演員必然地會變成為下等優伶呢？

我們絕不是把灌輸於教育上的戲劇看成喚醒戲劇的天稟的或啟示幾個早熟的天才的手段。

學校裡的戲院仍可使毗爾那女士[16]這樣的人嶄露頭角，就是有的天稟不適宜於此道，從事此種練習，似乎也沒有什麼壞處。

當人家把整千充滿生命，種種不同的能夠造就的兒童成群地趨向

---

16 譯者注：（Sarah Bernhardt）法國著名的女演員，以一八四四年生於巴黎，一九二三年卒於巴黎。她有演劇的天才，嘹亮的歌喉、戲劇的創造力，一九〇三年曾任巴黎國立音樂院教授。

打字機或計算機面前，乃是因為時代的不幸迫他們要找一個職務，一個適宜而穩當的職業所致，（啊，沒有水還能適宜的，）人家自問對於這些成千成萬的人有多少辦法，他們都為看我們正在爭論的無法解決和機械化的文明的需要而犧牲。

這是說每個聽講音韻課程的小孩都變成舞踏家嗎？集合體操都要變成拳師嗎？在文墨上有成績的都要變成著作家嗎？

不。我們知道對於種種不同的紀律規定適宜的輪廓，使生命意義不致為兒童曲解。

同樣的，這是說學校裡輸入電影是要鼓勵兒童變成電影員或銀幕上的人員嗎？現在還舉不出一個這樣的例來。

再進一步言，當人們在研究他們頻繁地出入電影院的理由，並非研究引導我們進電影院的娛樂。一九二五年波蒙氏（T. Beaumont）從事調查，一九二六年三月曾把調查的結果在新教育上面發表，對此問題他曾供給我們以許多豐富的材料。

這些人並不能很明白地說明為什麼他們愛電影可是他們卻坦白地肯定他們愛電影，他們常常去看電影假使他們能舉出理由來，這可給我們驚訝了！

「人家在那兒奏著音樂，」一個小孩說。「我很喜歡進電影院，不願意在街上跑，」另一個小孩子這樣告白，這就完全替我們指出兒童煩悶的世界了。

在窮人的家裡，沒有人監督兒童；家裡狹窄而沒有空地方，裡面寒冷，陰暗，污穢。這是孤寂的小孩悶的原因，他們在街上走來走去，徘徊，看著玻璃窗；他們就是這樣地過著自由的時間，休息的時間。這是好的，健全的教育嗎？美國的教育家在努力解決這個煩悶問題：用什麼事讓給空閒無事時的孤寂兒童去幹呢？他們這種努力不值得讚揚嗎？

　　我們一面在調查旁的答案，一面在盡力研究其他的意見「我崇拜電影」，一個小孩說，他又說明：「那裡面燒著煖氣」。另一個說：「那裡面可以避寒，裡面是溫煖的。」有一個小孩更進一步地這樣說：「我買糖菓，結子吃，一出來的時候，人家就衝來衝去」[17]。

　　加倍增加電影的活動不是有趣味嗎？在這活動中兒童受此種電影演映的動作所鼓動還要超過暗示的，這一面可供他們現身表演的手段，一面可接受鼓吹者的指導。

　　如果在幼時就養成他們參加簡單的演劇的習慣，那麼他們的動作不僅可以適合於音律，而且可以按照兒童的年齡，從事接近的兒童文章構想上個人的語言和動作和小探討。他們可以這樣創造生命，不必去膾寫成年人寫成的東西。

　　人們特別設法避免專門偏重道德的戲劇，因偏重道德每每得不到其他的結果，而只能給兒童煩悶，或在他們的身上引起絕對地與人們所希望的相反的反動。此事有歷史可證明。

　　有一個老作家最近曾刊行一本故事，裡面描寫有人看見一個孩子搗毀一只鳥巢。他要看看這個孩子有什麼印象，所以對著他念這本故事，他得到下面的答案：「明天應當我搗毀一個鳥巢。這似乎很有趣味的事。」

　　有許多自稱為教育的戲劇，其結局是相同的。伯爾堅（de Berguin）的兒童之友裡面，有一篇小劇本乃條指示輕躁的壞點給兒童看的。

　　有一個小女孩一邊奉她母親的命令去買胡椒，一面又奉他父親之命去買香煙。因為輕率之故，把袋子弄混了，給她母親的是香烟，

---

[17] 譯者注：巴黎市電影業的機關報：電影資料雜誌係某調查員創辦的，他提出的答案雖不真城但有著熱烈的希望。

給他父親的則為胡椒。你們請看看結果吧：母親把香烟放在肉粥湯（Soupe）裡面，父親則把胡椒吸起來。後來他們兩人就打這個女孩的耳光，教訓她以後不要輕率！

然而，兒童聽到這個愚蠢的故事，並沒有得到他們所必需的教訓。我想他們會自己這樣說：是的，小女孩輕率，固然不對，但她太小了。可是大人的輕率要怎樣說呢？他們連看都不看一下，就把香煙和胡椒弄混，而放進不當放的地方去。他們還有什麼權利責罰小女孩嗎？

這些小孩這樣想是很有理由的。

希望人家不要這樣說：戲劇的表演一成為習慣的練習，只能達到冒牌藝術家的養成。

世界再沒有比較書本教育更守舊的了，好的學生所應當知道的各種事情還有比較社會任務更加重要的嗎？

我們說兒童應當有戲劇的素養，並不是說他們的教育應向戲劇藝術這方面前進。

我們說他們不應當不知道，這只是他們的教育的形態之一吧了。

我們並不願意他們變成藝術家，我們願意他們在兒童和少年時代，最少有時候須參加此種表演的高雅工作，他們也要參加打鐵、鋸木、繪畫、機械、電氣的種種職業，假使是女子的話需要懂得縫紉和禮儀──，他們要這樣的從事斷片的工作，他們所抱的目的也不常常搖動，也不確定。

我們完全不必討論整個工作的練習發展出來的特質，在任何情形之下，都不能把這些東西看做學課外的事，不能看做是會擾亂學課的無用工作。這些練習乃與教育有關係的。

我們不談論戲劇能夠給與藝術和文化的發展的可能性，我們要談談實際上什麼是劇本的練習？這是一種類似科學的練習，其中有記

憶、戲題和參考資料的注意，紀律和方法。

　　被稱為在美的領域上表現的創造力，戲劇意義的實習，有條不紊的活動的努力，最後則為有特殊粘著力的集團的練習，至於分散的努力是無益的。

　　如果創造兒童們合作的戲劇給與他們以此種活動，給與全體的遊戲可使高尚情感具體化的願望，勞動，創造，與他們同胞一致興奮的需要，這對於前途是多麼有力和確定的收穫呢！

　　戲劇是一種逃避的手段；它一面可以避去生活的平凡習慣，一面可以表現純粹狀態中的思想和一種完善的形態。

　　此種理想的憧憬，不是產生無數小藝術家的憧憬呢？他們的天才只在房間的孤寂中或家庭生活和學校的範圍內表現，只有少數的兒童，很早就被本性把他們送上舞臺了。

　　在幾年前，古魯若（Philippe Crouzet）所計劃的調查，證明兒童演劇絲毫沒有危險，這種調查是對於反對兒童登臺演劇的人而發的[18]。

　　對於賦有不可壓制的戲劇天才的兒童，因有家庭問題而躊躇，問題故沒有提出。「除此之外，他說，怎樣可以承認像梅特林的偉大作品：青島能為兒童所了解呢？佛拉毗耶的Pellias et Mélisande母愛伯爾多（Eugune Berteanx）的新聲要驅除嗎？伯克，巴台爾，普赫利，馬薩爾的作品要毀壞嗎？最後要禁止路易戎（Louison）的幻想病者以及若亞的Athalie嗎？這確實是藝術的勝利嗎？兒童在生活上，當然需要進戲院的。」

---

[18] 譯者注：這些調查乃於一九二六年晚報記者與歐塔爾（Justin Godart）會商之後，在喜劇雜誌上發表的，同時還登載幾個文員建議禁止兒童進戲院的法律。後來保爾（Emile Paul）又在一本小冊上發表：戲院中的兒童，還都是根據S-G. de Bouhèlier, L, de lrue-Mardrues H. Dunernols, L. Frapic, A. Machnrd Poulbot等人的證據。另一方面古魯若也出版一本劇作品：兒童的戲劇。

假使戲院給兒童認識藝術？那麼在一班不懂的人看來，這是一種異常的興奮，一種新奇發展的原素，確為不可否認的事。

我們造成這種可矜的，壓不住的，快活的，實實的，有點冷淡的生產。每每欠缺一點浪漫主義和我們已往稱為纖巧的東西。愛維勒洛夫（Evreinoff）說得很巧妙：「生活上的舞臺藝術已降到最低的地位了。純理論、功利主義、科學、實業，人的最初需要的滿足，這些都是與我們最有關係的問題。我們在黃昏中誕生出來，就為著每天的麵包所煩惱，而沒有想到『馬戲場的遊戲』生活對於人的福利也很重要的。」

我們不當以雄壯的特質來培養我們兒童的敏感和想像力嗎？

我們單單希望大家承認我們的話，現在家庭，小學，國立和省立的教育離開發展想像力的特質和夢想的可能性很遠。

在這班家庭生活為需要——這使父母親離開家庭很遠的——所犧牲的人們中間，在二十歲以前受書本教育。工作過度，談話和默想的缺乏所愚弄的人，他們一遇著他們本性的推動，或愛情，或不知道是什麼意外的精神冒險不是會被救出來嗎？

一班心理學家，著作家研究關於兒童的想像的各種原素和各種原動力，從鑿空至滑稽、美景、英雄，但並不為大多數的教育家所遵循。

從托斯退衣夫斯基（Dostcievsky）至慈維格（Zweig）從拉波（Larbaud）至可多（Coeteau）我們所看見的困難的或激烈的過去事實，完全不曾造成教育所指導的兒童或少年人的特性。事實有時候是相反的。

教育家特別設法抑制極端方面，避免奇特和任性，而陶養所調穩固的中庸特性，合理的腦筋，社會特質，卻不害怕優美的，最新奇的和最需要的才能滅絕。

有人告訴過我們，近代教育的真正特色乃適應現在的需要，它是要消滅兒童靈魂中優美的幻想的可能性，這幻想的可能性加以好好的

指導，有時候自己就足以創造成年人的幸福的才能。

創造自主實在性的精神力不足保持均衡的人的精力表現嗎？一切的大發見不是從此種被看做可笑的或不可能的技能產生出來嗎？

最後，以戲劇來施行教育的問題乃與戲劇本身有著密切關係。

有人說，戲劇會滅亡，這是很正確的嗎？

戲劇自身不是還保留著戰前戲劇上已經衰老的概念嗎？在這等待電影的力量使戲劇的新形態蘇甦時，實際上我們應當失望嗎？

是的，如果戲劇對於生活無益的話，當然這樣。

不，假使它是人類和社會的需要，假使它適應思想，興奮，哭，笑，共同信仰的需要的話，那就不然了。

無論是目的或手段，假使它能幫助人解除靈魂上的孤寂，激起他們固有的精明。它應當存在，能夠存在。

有古代和中古時代，造成戲劇的極端幸運的，今日造成電影的民望，乃是是群眾的接近性所使然。

文化史的第一章永遠是集團行動所造成的——人與人間共同談話，打獵、工作、吃、睡、愛、洗浴。對於藝術，原始的音樂、射獵也是一樣的，跳舞是成群的跳舞；初民的戲劇乃是公眾的戲劇。

在希拉的「酒神祭」（Les fatcs dionysiaques）好像中世紀的遊戲中一樣，世俗的象徵一樣，教學中好像在奇蹟，神秘的社魯慈文學會[19]中一樣，有演員和觀眾的共同信仰，共同興奮，共同行動。

文藝復興時代的戲劇一面灌輸權力於文學合作的遊戲裡面，一面則緩和與個人主義有關的共同情感。群眾逐漸地變成觀眾了。

要探討戲劇的真實意義，個人主義的歿落和共同情感的覺悟，現

---

19 譯者注：Jeux floraux，係一三二三年在法國 Toulouse 地方創立的，每年以花當作獎品贈給有優美的作品的詩人。

在應當從羅曼羅蘭討論到耶維勒洛夫的現代作家了。如果一個遊戲變成今日的戲劇，變成多少帶點舊習慣範圍中的少數份子的「娛樂」，那些戲劇就被判死刑了。

我們可以把色斯特東（Chesteston）這句話應用到戲劇的現代概念上去，他說：「往日大家都唱歌。現在藝術家比較大家唱得好，大家在聽他們唱。我推想在某個時代，會有藝術家站在咱們的位子上面笑的。」

重新把戲劇放在它的位子上面去，替它創造社會的需要，還給它已經失掉的生命，這就是愛護戲劇的人們的目標。但是，要戲劇為人所愛護，幾個職業演員替它創出一個現代的形態就夠了嗎？同時青年人，不應當創造美的，真正的戲劇的需要嗎？要使青年人愛護戲劇，使他們到那時候能表現自身傾向的形態，應當要在他們身上刺激戲劇的需要和習慣，好像人家創造電影的形態一樣；不要使這種偶然遊戲成為今日的這種樣子，但是使它轉移到活動，思想和遊戲上面去。

我們並沒有希望寫一篇替戲劇辯護的論文——我們完全不隱諱——我們僅僅要舉出近年來的新企圖，支配這些企圖的智慧就足以使努力的需要恢復了，這是不可否認的。

一班認為戲劇對於兒童無益和不祥的人，他們將來一定會有絕對的信心，他們的態度會改變，他們會承認本文是合理的。

此外，還有人說反對戲劇的乃為教育家中的人，這是不確實的。他們所賦有的精神和智慧每非一般人所想像得到的。

P. Saissetet E. Znosho-Borovgky: Thèatre et Educntion "Ia Grande Revoe'as e Annte No 10, Octohre 1934.

譯自法國《大雜誌》月刊第三十八卷十期，一九三四年十月。

——載於《時事類編》一九三五年第七期

莫泊桑論[*]

勒梅特爾（Jules Lemaître）作

作者

于勒·勒梅特爾（Jules Lemaître, 1853～1914），主要著作有《當代人》（1885～1899，七卷）、《戲劇印象》（1888～1898）、《古籍拾遺》（1905～1907，二卷）。他博覽群書，以戲曲著名；他的劇本是誠誠懇懇的細緻的把社會心理寫給大家看，並不摻入什麼哲理的討論，所以甚得聽眾的歡迎。（編者）

譯文

我向你們睹□，我把我自己的一些瑣事講給你們聽，並不是無謂的遊戲。但是我所告訴你們的，人們可由此看出一種精神：你們在這裡會看到世人所遇有的一些無意的偏見，就是當人們不斷地在努力使精神得到儘量自由的時候（像我把所做的工作告訴你們一樣）。

那麼讓我來給你們談談我對於莫泊桑（Guy de Manpassant）的印象的故事吧，我第一次讀莫泊桑的作品是在什麼時候？我怎麼會讀他

---

[*] 譯者附識：這篇文章是從勒梅特爾（Jules Lemaître, 1858～1911）的現代作家論第五輯譯出來的。原作者是十九世紀末葉和廿世紀初明法國的著名批評家，他曾師事耶和波多萊。他的主要著作有現代作家論七卷，戲劇印象下卷，此外還有講演和其他雜著。本文乃以 Fort Carom o la Mort 做莫泊桑的代表作加以批評；他與莫泊桑既有往還，且為一代有權威的批評家，那麼他對於莫泊桑的評價，當然有許多獨到的地方。

的作品呢？

我時時到克諾賽（Croisset）去看福樓拜（Gustave Flaubert）——
這是在一八八〇年的事。我似乎是在那兒遇著莫泊桑，正好他要再往
巴黎的時候。莫泊桑是這樣說的。對於世事的記憶很容易起變化，我
已不知道是在什麼時候了。但是我卻清晰地記得佛洛伯爾興奮地向我
談起他那位青年朋友，他以雷響般的聲音，詠誦那寫好了幾個月的莫
泊桑的第一卷作品：詩集（Desvers）裡面的一首詩給我聽。這是一
對情侶在鄉下作一次最後散步之後的分裂的故事；他現出兇暴，而她
則露著絕望和默默無言。我覺得這首詩並不壞：老佛洛伯爾的過分稱
讚使我起了懷疑，就是很好的作品，也終於阻止我去讀它。

那時候莫泊桑正在教育部供職。有一天，我從他的那位長輩的朋
友的地方到那兒去訪問他。他是個很純樸和很溫雅的人（我從未曾看
過他的異樣）。但他很強壯，皮膚有點黝黑，現出壯健的鄉下紳士的
樣子。我是愚蠢；我對於藝術家們的身體總有一些觀念。隨後，莫泊
桑在這個時期已毫沒有興趣談論文學了。我自己說道：「這是一個很
正直的男子，」我就是這樣下判斷的。

一年之後，我住在阿爾若（Alger）莫泊桑偕著阿里斯（Harry
All——小城市和一些精湛而獨特的研究，幾個狂人的作者）來看
我。莫泊桑仍然有著很好的顏色。默丹的黃昏（Soirees de Medan）
出世了，但是，我卻沒有讀它，天氣的溫和與水土的怡然的懶散，引
不起我的興趣去讀印刷出來的東西。有人告訴我說，脂丸（Boule de
Suif）是一本奇妙的書，這樣我就滿意了。於是，我殷勤地詢問莫泊
桑關於他的工作的情形。他對我說，他正在寫一篇長的中篇小說，前
篇為娼寮，後篇為教堂。他告訴我說，這是很純樸的，但是我想，
「顯然地這是一個很喜歡想像此種對立的人。這是惡作劇啊！我在這
兒看見這篇小說的構成：半為描寫女子愛麗莎，半為敘述莫勒修道院

長的缺點。你，我等待天氣較不熱的時候，才要來讀你。我是可憐的人啊！這篇中篇小說就是特麗耶家（Maison Tellier）。」

還有兩年的歲月，我不知道莫泊桑的散文。一八八四年九月，我沒有讀過他一行。我可以說他有文學的天才，但我覺得沒有去看他的作品的必要。

後來有一天，完完全全是出於偶然的事，菲菲小姐這本書落到我的手上來了。我用指尖把它打開。讀到第三頁，我自己說道：「但是這很好，這！」這到了第十頁時說道：「但這很有力！」這樣地繼續下去。我佩服莫泊桑；我閱讀在這個時期他所出版的作品，我愈對他抱著歉意，微微的懊悔愈滲入這種意外的——而且是必然的同情，我愈加讚賞他。

不外之後，我請求野然，楊（Eugene Yung）讓我寫一篇關於批評莫泊桑的短篇小說的文章。楊立刻就贊成。但是這些短篇小說裡面有好多篇有著極其生動的圖畫，藍面雜誌（Revneblene）是一種正直的雜誌，一種家庭的雜誌，楊囑咐我要大大的謹慎。我極嚴格地遵從他的忠告。現在我覺得我有點滑稽，我太寬恕了莫泊桑了，最低限度在我的「序文」裡面是這樣的。在這篇文章裡面，我有點錯誤，這是事實。

我在這裡面把猥褻即卑賤和兇頑的事物與能成為詩意的和優美的事物的快感加以區別。實際上，任何著作家都能夠明白地替莫泊桑指出這種區別。猥褻包括著缺乏廉恥的意識：總之莫泊桑似乎始終完全不知道有這種道德，只知道大森林中的一批動物。不管是好或是壞，我相信佛洛伯爾對於他早年所發生的影響是很大的——對於這點和其他一些地方。這位克諾賽的高潔遁世者很早就想好好地做，曾經努力使他增加閱歷，把事物原原本本地指明給他看，把他的殘忍哲學和兇悍的厭世思想傳授給他。不過佛洛伯爾對於世界的殘暴觀察帶著浪漫

的抒情主義。這就是他的文學觀。這位徒弟比較他的老師還來得安靜和更加均衡，他放棄了浪漫主義，他只保留這種教誨中的純粹的積極智慧。我不相信一個青年人能夠比較一十五歲的莫泊桑更透澈，更沉著和更冷靜來觀察這個世界。

自始他就以同樣的眼光把愛情和愛情的動作看做是完全的自然現象（我很相信！），因此，即不應當有顧忌地，也不應當有阻礙地描寫事物。同樣地，他是個青年，鄉下人、打獵家和水手的血在他的脈中流奔著，他每每偏嗜關於肉體的描寫——對於這些問題他灌輸古代的自然主義的精神，或二十年來流行著的悲觀的苦惱。在開始時，他很少給某些對象表現出特性，在特麗耶家的描寫上，他只站在觀察的主要地位。

在同時期，他所有的小小表現出最純樸，最直接和最消極的哲學。實在說，這是純粹的虛無主義。生命是惡劣的，它並且是毫無意義的。我們什麼都不知道，並且什麼也不能知道，雖非我們所願，我們卻跑到我們的希望和宿命以外的地方去；隨後死亡把一切都結束了。此外再沒有什麼（在莫泊桑的作品中，對於死的注意是很明顯的）。這種不健全的哲學不是實在的（最少我這樣希望），而是無法戰勝的，它很可以成為有點聰明的初入的哲學，近代受過訓練的人，在兜了一個無益的在圈子之後，結果也許會再歸返到這種哲學上來；莫泊桑在他的晚年的作品之一（水上）裡面努力造成的這種哲學是冷酷，秘密和深刻的源泉，由此，他的大部分的短篇故事中產生出辛辣的滋味。這既不是學究態度，也不是矯飾的努力，——僅僅因為有一種煩惱從所觀察的事物出來之故。

他起初的那些長篇小說很強烈地感到此種概念。一生（Une Vie）是一個可憐的被犧牲的女人的故事——稍加努力在描寫，不過受了佛洛伯爾的影響——，她起初受她的丈夫所苦，後來又受她的兒子所

苦，她終於死了。小白臉（Bel-Ami）是描寫能誘惑女人的一個漂亮
男子的故事——更加輕快和更加容易，可說是以十八世紀的明快的小
說的方法寫成的。作者並且對於每本書現出沒有什麼差異的地方；因
為小白臉的主人翁的身世與一生的主角的身世都相同，只是因命運的
力量而產生的一批事變，並且這些事變在他們的中間聯繫著。

奧里奧爾山峰（Mont-Oriol）一書，我覺得是莫泊桑的作品中一
種轉變的小說。在奧里奧爾山峰一書裡面，有著一生裡面的事物和小
白臉裡面的事物。這是描寫一個女人和一個少女感到痛苦以及一個男
人使她們痛苦的故事；她們都是善良的，他也不兇惡，他們都沒有責
任，而這卻是很煩惱的。但是我們要注意，奧里奧爾山峰已是一種戲
劇，並不是一種完全的傳記，像作者的前面那兩部小說一樣，要注意
在結果時，他在這裡面表現出直至當時他從沒曾有的感動。後來他立
刻又寫了一部兩兄弟：筆爾和哲安（Pierre et Tean），這是一幕嚴謹
的戲劇，是犯罪而受刑的母親與身兼判事和裁判官的兒子間的短促和
悲痛的爭鬥。我很少讀到像母親向另一個兒子，即情人的兒子懺悔的
那幾頁的那樣動人的文章。

我不能說，這是否因為他放棄了傳記小說，而描寫戲劇本小說
（Le roman-drame），所以小白臉的作者在近時現出受了感動，或者相
反地因為經驗和歲月感動了他，因為他對於熱情的戲劇更加發生興
趣，他認為人生中唯一的危機成為整部書的題目：但是事實上，他的
心柔弱起來，人們可以這樣說，眼淚之泉已經開始在那裡面流著。同
時他對於人類痛苦的描寫予以最博愛、最注意、最傾心的精神，莫泊
桑變成了清高的人了。我要說他漸漸注意到對於肉體之愛的事物的基
本的和必然的指示，他始終只是為這些指示本身來描寫這些事物：或
是傲然的滿足，或是他那最近受感動的秘密的，表現出來的微妙。我
在這兒所說的，不難在他後面這兩部小說中，乃至他後面那部中篇小

說左手（La main ganche）中證明。

莫泊桑的這種種細微的轉變（但我不認為這是發明），很僥倖地毫沒有毀壞他的觀察的鎮靜和安詳的態度。始終是確實的聰明，非常的活力從實際裡面捉住有意義的物質，僅僅捉住這些東西，並且不費力表現出這些東西。這種精神是一面無瑕的鏡子，能映出完完全全的事物，但一面卻把事物簡單化，同時又把它們澄澈化，也許會特別使反映出它們之間所存在著的必然關係。既非矯飾的，情感的，又非寫實主義的。既沒有心理上的勞神工作，少有行動的說明和岩泉般的澄澈的說明。誰知道這種簡單的解釋不是適合事物的真實的呢？一個極單純的外表和不可思議的內幕不就是整個的人嗎？純粹的心理學家努力去看穿這些內幕，他們沒有發見，想像到情感的色調，行動的秘密動力以便下界限嗎？

莫泊桑氏的小說所引人發生興趣的，使人感動的結果都是實在的，並且都以同樣的方法描寫的。因此之故，人們很讚賞他，再不能找到超出我所說的以外的東西。他很少給人批評的地方（啊！天，批評我已經厭煩了！）。你，我親愛的布爾若（Bourget），你有著許多用意和矯飾；任何小說家都不能像你一樣，把他的故事的材料完全改變；你把全部精神加進你的書中所表現的世界的各部分裡面；你在暴露惡魔的罪惡，你疲乏了，你被激怒了；因這種種，你不願再加以思想，人們會無窮盡地爭論關於你的事。但是你願意人們對於這位強健而沒有缺點的小說家怎樣批評、他隨便敘述我所熱望的事，他所創作的傑作正如他的故鄉的蘋果樹生長蘋果一樣，他的哲學甚至正如蘋果一樣的圓和美麗。你願意人們對他下怎樣的批評呢？縱使他不是個「金甌無缺」的──而且像土耳其人一樣的崛強。

因為我只要說一句關於這部有價值的著作：崛強到像死一樣（Fort comme la mort）。為什麼，因為對於美麗的原文雖下以精到的

註釋有何益處呢？

實際，這本小說的主題乃係對於人生的衰老抱著無窮的痛苦。在小白臉一畫裡面，莫泊桑氏已經告訴我們說，那個女人悲痛她的青春不會再來，她失掉她最後的所歡。但是這兒所說的悲痛現出更加殘酷，更加深刻並精到地描寫，受痛苦的靈魂更加高貴和更加溫文爾雅。

畫家奧里維耶・伯爾丁（Olivier Bertin）一下就度過了五十年的歲月；他的女友雅娜・葵洛伯爵夫人年紀約有四十歲光景。他們的關係很甜蜜和很穩固；婀娜德青春十八歲：這是伯爵夫人的生動的肖像；這是她的本人，像她早年一樣，當奧里維耶遇著她的時候。怎麼奧里維耶不知不覺地會愛上她呢，怎麼伯爵夫人一看見他，會失望地把這事告訴她的朋友呢；怎麼伯爾丁痛苦地愛上這個女孩——他是個老人了——怎麼伯爵夫人再不為這個老人所愛而痛苦，那是因為她已不是個少婦了；奧里維耶與愚蠢的熱情鬥爭，伯爵夫人則與年齡的第一次羞辱鬥爭；怎麼這個少女閱歷過這全場的悲劇（她所釀成的），而沒有推測到其悲劇中的第一句話；怎麼兩個老情人最後彼此變成懦者，在受著苦惱，直至奧里維耶遁入半自願的死為止：這是整部小說的情節。我不知世上有比這更痛苦的事了。

可注意的事情，就是這幕悲劇，莫泊桑氏由幻想的意想（藉地位和一些感情的人的絕對例外的性格），以寫實小說的方法去發揮它。這種奇妙的故事，我們日日時時都以指頭觸摸它的實在。莫泊桑氏好多次連續地以平穩的手法來完成有力的語調，即在最平常的日子的無數事實中的每一種裡面注意到奧里維耶和雅娜的心中劇烈的熱情和劇烈的痛苦的慢慢進展。

這其中就不斷地有著最自然的和特殊表現的外面環境的選擇，由此，人們完全感覺到被極緊張的實在生命的感覺所包圍——這是我根

據特殊的論據乃至不實在的程度在返覆地說著。這位小說家的觀察的安詳就是這種不真實的事物，他把這事物描寫，把力量輸入事物的通俗化裡面……。嘿！是的，人們吃、喝、呵欠、工作，做其他的人所做的事，人們像一切的人一樣，毫沒有特殊的地方：人為絕望和愛情而死；人們為不可避免的熱情而死，這就是悲劇的熱情。事情雖不是常常這樣發生的，但實際上事情發生了，也許是在我們身邊。

因為前三百頁下了忍耐描寫的功夫之故，所以後面五十頁才會這麼異常的動人。我們一秒鐘一秒鐘地看見雅娜和奧里維耶所痛苦的事；當這兩個痛苦的人相遇，互相告白時，這是悲痛的事──他們各個人愈明白他或她的伴侶的殉情，彼此愈相互憐憫。這兩個苦惱者的崇高會令達到這種感動的程度，或者是很普通的事：人類的黯淡命運的情感是多麼痛苦和悲慘！

沒有下什麼結論。這是人生。我們要不要找出什麼異議？我們要不要說奧里維耶是個最瘋狂的人，到他這樣的年齡，他的熱情是被禁止的，伯爵夫人（而且是極可原宥的）只寄託於上帝身上，各人都有一種意圖，應當知道年齡老了，應當接受不可避免的命運，他們正須受苦，誰能違反自然的意志呢？但是這種不近理卻在自然之中，卻在與愛情，可厭的愛情的最有害的瘋狂同樣的自然之中！莫泊桑既沒有加以裁判，也沒有給以譴責。他只加以視察和敘述。

他這麼仔細觀察，使我不能懷疑他這本書的真實（這本書就是給他本人帶來真理的證據）；他敘述得這樣縝密，給我讀了三星期，還懷著緊促的心情在想著。

──載於《文藝月刊》一九三六年第三期

為誰寫作？

勃洛克作

譯文

有一個雜誌，名為 *Commune*，向幾個作家提出一個這樣的問題你們為誰寫作呢？——這是一個很嚴重的質問。

你們為誰寫作呢？大家怕會這樣回答吧：為個個人！祇有這答覆是誠實的。……

正在一百年前，凡是能看書的英國人，不管是屬於某個社會階級的，他們每星期都焦急地等待著定期的刊物，在這刊物中有一個二十四歲的青年作家逖更司氏（Charles Dickens）敘述使他們驚歡的《壁克維克的冒險》（*Les Aventures de M. Piekwick*）故事。

同這個時代，凡是能看書的法國人流淚在朗誦拉馬丁（Alphonse Lde amartine）的冥想詩集（*Mélitations Poétiques*），在鄉下一班少年都市場吟詠繆賽（A. de Miehet）的詩〈五月之夜〉、〈八月之夜〉、〈十月之夜〉和〈十二月之夜〉。無論家庭或團體的聚餐，須有一個賓客站起來唱柏蘭若（Béranger）的最後詩歌，然後才散席。

同這個時代，與雨果和巴爾扎克相隔僅僅幾個月，有一位三十歲的青年史學家密賽勒（Gules Miehelet）分冊發表一部由天才燃燒起來的《法蘭西史》（*Histoire de France*），各村落較為有教育的人，晚間圍集許多人在高聲朗誦這部書。

三十年後，悲慘的人們（*Les Misérables*）一書得到同樣的幸運。

四十年前在窮鄉僻壤的農民家裡還可以看到雨果傑作的最通俗版而裝訂粗糙的舊書今日也還可以看到。這種版本乃與流浪的猶太人（Juif Frrant）和《巴黎的神秘》（Mystéres de Paris），以及密賽勒的著作和喬治桑的某種小說並排一處。

這幾位作家不愧為偉大的人物。與他們比較起來，我們是渺小的。他們遠近馳名正與普希金（Pouchkine），托爾斯泰和托斯托葉夫斯基（Dostoievsky）在俄國的名聲一樣。

法國最近有三個能刺激社會各階級的熱烈而忠誠的情緒的作家：左拉，羅曼・羅蘭和寫《砲火》（Le Feu）的巴比塞。

有人非難他們寫得不好。此種非難並非沒有用意與存心的。等一下我們來看看這是什麼理由。

這三個人乃代表最近的一個文學時代和一個社會時期。在左拉時代，自然主義（Naturalisme）發達到登峰造極，乃至於滅亡。左拉死了，僅僅巴比塞佔了一個短時期的權威以外，沒有一個人能博得這樣多群眾的喝采。

在克里斯多佛（Jean-Christophe）時代，從各地發源的許多流派匯合一起；一為從自然主義直傳下來的，一則從最純粹的浪漫主義而來的；一為發源於音樂的感覺性（Sensibilite Musicale），一則為英雄的崇拜，一為地域主義，一則為日耳曼主義。

音樂復興，英雄崇拜，地域主義的感覺，世界大同的好奇心理，國際的憧憬形成沒落前夜資產階級文化的大同和世界的最後表現。

羅曼羅蘭在他的主要作品中集合戰前形形色色的勢力，克里斯多佛對於世界主義曾發揮了光彩的議論，及深刻的觀察。

　　大家不要這樣說，今日法國再沒有作家能像左拉受各階級那樣歡迎，這是作家的錯處；如果有左拉那樣的作家，我們會再看到他們能夠與六十年前魯昂·馬加爾（Rougon-Macquart）[1]的著者獲得同樣多的讀者的讚賞。

　　第三共和，初期法國社會表現出一種極其天真的特質。我確實覺得有一大群工人、農民、小資產階級、職工、中下等官吏對於共和抱著若干期待。並相信它能夠實現法國革命的自由、平等、乃至博愛的偉大理想。

　　共和曾替民眾做了一些事物福利和教育（我不說文化）。就全體而言，自一八七〇至一九一四年之間，它並沒有比較霍亭若朗朝的德意志帝國或英、比、荷蘭、斯干地那維亞的君主政體多做了必需的變革事業。

　　窮苦階級的福利和教育的一般改良（我始終抱著謹慎的態度，不談「文化」）乃為時代與文明的一種事實，一種普遍的傾向；並不是資產的、共和的法蘭西的獨有功蹟。

　　根據社會立法或公共衛生的幾點看來，法國共同還跟不上較為進步的其他國家。

　　除了大城市中幾個無政府主義或社會主義的小集團外，法國的平民在半世紀前就已信任共和制度及其標語，這是千真萬確的事。法國從第二帝國的窒息氛圍中跳出來，我們這一輩人對此已完全不知道，而法西斯的專橫卻已在我們面前生長起來了。

---

[1]　譯者注：左拉所寫的一部小說，分為二十卷，Rougon-Macquart 即書中描寫的一個家庭；著者曾想在這部書中應用科學方法，以解釋遺傳的勢力和生理上的缺點。

共和確實有很大的希望，社會主義者的人數還太少，他們的批評和警告還不能轉移輿論。

每次選舉，左派的逐漸增加，民主主義的農民大政黨的創立和勝利以及社會急進黨的勝利曾鞏固了這些希望。

經過了半世紀的時間法國人民纔了解急進黨的綱領，在原則上雖然是理想的，但從社會方面年來是保守的。

真的，急進黨使茅舍戰勝了宮殿，學校戰勝了寺院，他們乃以熱心，勇敢和真誠從事此項工作。

但是，能夠這樣，乃有一個條件在表面上變成法國的選舉主人翁的鉛匠、清道夫、小學教員儘量地繼承整個經濟制度和文學的，法國精神的傳統；有一個條件：新房主人在舊宮殿中須循規蹈矩而謙遜地保持他們的地位。

人家希望他們不要躡手躡足跑進去，但是希望他們同樣地顯出舊主人的威儀來。文化的繼承即是跟著勢力的繼承而來的。

急進黨員不大喜歡華麗的外表，但他們對於富麗的文筆和辭令很是注意。鄉下最無價值的賬房摹倣波那特和拉麥那，麥伊奧和密賽勒，維斯曼和莫泊桑，巴勒斯和法朗士。但他還自以為榮耀呢。

柏圭（Peguy）曾經說過，應當取消托勒菲（Dreyfus）的勝利，應當使政治上的神秘轉變，應當否認並脫離托勒菲的黨派；戰後應當曝露戰爭的秘密動機；應當產生全國聯合（Bloe National）其政綱及其同盟；一九二六與一九三四年應當有急進社會黨兩次的崩潰；應當產生最近二十年實業和銀行的大集中及其可怕的結果；應當有經濟上自由的消滅，個人權力的消滅，在政治上又有出版自由的廢除，以及利用大量的資本利益的大集團出現；

　　上述種種使現代人了解超越個人的新真理之所以產生；

　　上述種種使法國的中層階級開始懷疑共和的大背叛；或者最少使他們開始了解純粹政治的共和已被判為背叛的了；一種政治革命，如一七八九年的革命須貫徹經濟範圍內的改革，才能支持下去；此種乃為最嚴重的；並產生一種嚴重的結果，使資本主義失去其支配的地位。

　　從這天起，從他們了解上面的一些事情的這天起，法國的中層階級，中下層階級、官吏、工人、農民、大學生、小學教員即放棄那些對於他們有利的，也就是那些誘惑他們的和玩弄他們的東西。他們對於社會起了反叛，社會不承認他們是主人，是第二或第三階級的主人。

　　社會關係及其文化實際上祇是一種東西，無法劃分，與區別，如果後者不能獲得尊敬，重視和愛護，則前者亦不能要求這些東西。

　　文化與文學同樣，在一個社會裡面，並不能成為全體的、直線的，柏圭曾說過：「智識在社會中，乃為橫線的成立，橫線的擴展，即富人間有富人的智識，貧者之間有貧者的智識。智識乃為橫線的發展。」[2]。

　　當社會上沒有一致的同情存在，人類沒有相互的信任心和友誼的存在，而狐疑之心，又深入人民的神精之上，而形成一種自然的、實質的和不可抵抗的行動時，那麼，社會便沒有一致的民眾存在了。

　　這些觀察和見地在二十年前就養成了我的第一集隨筆，見 Clanarval 節死了一書裡面。自本世紀的廿五年間以來，更使我確信由我最初經驗所產生出來的觀察。

─────────────

2　譯者注：見《我們的青年》Cahiers de la guinzaine 的版本，頁187。

　　資產階級的社會在充分進展，自己覺得正在繁盛、勝利，對於自身和未來抱著自信的時期，它那強烈的精神容忍可與中古時代教會的祖比較。它在冒著怎樣的危險呢？總而言之，當時並沒有公立學校。一個平民要受教育，須有勇氣和毅力，他的願望纔能打開教育獨佔階級的門，才能混入這個階級裡面。他設法提高地位，效法他們，求得他們的好意讚揚。

　　他的未來，他的希望究竟變成怎樣？他成為《悲慘的人們》一書中的瓦爾戎（Jeau Valjean），這個人是宗教法律保護外的良善賤民，寬大的罪人，守門狗眼中的叛逆，可怕而馴服的「Saint Bernard」[3]的最好典型。

　　十九世紀的無產者剛受了教育，便趕上大多數的資產階級，養成他們所有的嗜好，喜歡他們的讀物和著者。

　　第三共和鼎盛時代，理想的急進黨員一面創辦免費的強制教育，一面促進大量的法國男女公民能夠看書。他們向勞工大眾和下層的小資產階級宣傳社會主義。他們希望這班人遲早有自信的覺醒，所謂自信的並不是第三層的資產階級，而是社會的民眾，我們不憚煩說了一遍又一遍，這個社會並非為他們而組織的，社會並不承認他們做主人。

　　這兒我們應當注意的地方，這班急進黨員迄此時仍欲挽回古老法國民眾的純粹倫理、精神和藝術的廢墮。總括一句話，他們乃在創造我們所看見的以及我們這班過渡時代的著作家顯然地為之犧牲的文化的傾圮。

---

[3]　譯者注：一種山中的身材高大的狗。

資產階級不能以安詳眼光靜觀教育發展。雖然學校設備極不完善，但此種初等教育卻使民眾減掉服從性及柔和性。支配階級立刻意識到這對於它是有危險的。

另一方面，大約當強盛的帝國主義極端膨脹時期，亦可使支配階級開始發生驚惶。資產階級再不能認清造成它的勢力的經濟、政治、倫理、美術，個人主義理想的顛仆不破的原理所決定的運命了。

資產階級的精神，一邊感受威脅，一邊則衰憊下去。目前它拿一切凋落：從嗜好、區別，狀況的主要探討等的定律來與其祖先的繁盛事業相比較。資產者的精神喜歡奔激的小泉水的潺潺音調。像迪特洛（Diderot）這種天才會被擯棄；他在青年智識界完全佔不到位子。我們有點輕視我們祖先的救火夫態度（Pompierisme）。這班老輩的胃口要比我們的強！他們一無顧忌向著大事業前進。他們吃不來我們這種乾燥無味的小食糧。

反動到處發生，它正在高唱凱旋之歌。現在我們要從詩人談到文法家了。民眾憂慮自身文化的運命，而放棄精神上的大冒險。他們覺得迂腐的文體家比較目前的先驅者，更能保障他們的安全。大批的審查員和文學獎金遂更增高作家的嚴格規律。

形形色色的政論，在這些修辭學家看來是不入選的。各黨各派的報紙均闢一欄以便登載文法講義，給大群熱心的讀者閱讀。大戰之前，《人道報》的文學批評，在這點上，曾盡了任務。這個站在左傾政策的社會黨的大日報的文學批評曾表示愛好以洗鍊而華美的筆墨寫成的典雅和浮華的作品。

有些作家最初就有擁護社會的趨勢，右派中有許多人如巴勒斯和馬拉（Marras），左派中則為佛朗士等人。

古風摹仿變成了上流社會的精髓。「格律」成為流行字眼。官學派（L'Académisme），重新昌盛起來了。它戕害了現代的天才作家。賦有卓越天資，如克洛特（Claudel）都因此而起懷疑，甚至宗教信仰都能感動他。他以可笑的矛盾理論說明他的劇本無論在何處都沒有像他所仇恨和輕蔑的蘇俄境內排演得那麼多。

當一百十年前浪漫主義的文學革命發生時，曾有一個時期使民眾驚惶失措。統治階級即刻認清他自身的美學概念，這種美學曾激起個人的無限興奮。浪漫主義的勝利，乃與資產階級的勝利並行。浪漫主義者徹頭徹尾抬出這副近代人的傲慢和奇異的姿態，暴發戶拿破崙就是它的表率和典型。

可是在巴爾扎克、雨果和喬治桑的時代，三千萬的法國人個個都能閱讀。除了幾千還在歎惜美學形態——應於十八世紀死滅的——的落後的貴族之外，其餘能閱讀的民眾已形成了一個堅固團結和一致的社會。

今日四千萬的法國人，最少有半數愛好一種書籍。這幾千萬的讀者所處的環境極其複雜；他們的修養和習慣都不一致；他們的利害關係處於相反；有教養而開明的舊資產階級的繼承者形成孤立，被威脅的和被包圍的核心，他們拚命擁護其傳統精神以攻擊澎湃的潮流。

這個資產階級現在仍盤據著權力、榮譽，霎時的成功和美術的成功的要津。僅有它供獻作家的聲譽。與它對立的，有些新興階級正在盡力奮鬥謀它們的物質和精神、人格、優秀天資的解放。

此種爭鬥的變換分散了站在幾多戰線上的勞工大眾和小資產階級。他們所站的戰線，如期待、理論、方法，無數的派別上都不相同。因要保留我們這種比喻法，我們可以這樣說，攻城者有他們的群

眾，但反對他們的則缺乏統一、聯絡和習慣。他們沒有組織軍隊，但卻組織了散沙般的軍隊。其中有許多人受了資產階級文化的源泉的薰陶，所以仍然愛好它的文學典型。他們一面盡力攻擊政界上的資產階級，一面卻暗暗地忠於它的感興曲（Cantilènes）總之，沙漠中的沙毫不能攻擊雄壯的金字塔。金字塔卻嘲笑沙的進攻。

這些可替我們解釋一切平民化的文學的可厭面目，它是有教養的資產階級的理想與小資產階級的空洞的美學要求之間，所發生的妥協情形罷了。

這樣的結果已有許多作家的事跡告訴我們了，新社會早先希望他們負起重要的責任來，但經過了四十年，他們反和以前激烈反對他們早年努力的人們混在一塊兒了。這是成功的問題和「牛排」的問題。

今日僅有一種文學可以得到任何階級的讀者和歡迎：這就是偵探小說。這是我們各個人所遇著的混亂的新明證。

在半世紀前，愛情是最反社會的情感，它是金錢結合和利害婚媾的敵人。資產階級的普遍的金錢奪去了愛情和金錢爭鬥的原動力。情人失掉了社會的秘密英雄的最高地位；便以暗殺代之。熱情已不是反社會的行動了；現在已變成殺人的行動，尤其是無度的殺人，此種目的乃在乎盜竊。魯平（Arsène Lupin）[4]代替魯伊勃拉（Ruy Blas）[5]的地位。

偵探小說乃是描寫侵犯共同權利的罪人，不合理違法的個人主義者的史詩。然而此種東西仍脫不了支配資本主義的倫理和物質力的基

4　譯者注：Arsène Lupin 係小說家 Mauria Leblanc 所描寫的富有俠義精神的紳士強盜的 Ruy Blas 為典型人物。一九○八年 F be croisset 與 Leblanc 由這部小說改成四幕劇，頗得社會的讚譽。

5　譯者注：一八三八年法國大文學家雨果著作的五幕歷史劇。

本樂天論的法則。在暗殺的路中，已站立一個為現代所鍾愛的孩子偵探。偵探小說不得不表現社會爭鬥，但是照它所做的方式乃是最劣拙的了。它把爭鬥縮小為兩個人，犯人與偵探間的幼稚的戰鬥。

（總而言之，我是個現代人，我要告白，有一本使我始終喜歡的偵探小說）。

簡括言之，在資產階級的舊文化方面，在人類社會和我們過去的文學的優良的傳統方面，差不多都有傑出的作家；平民（在法國這個字包括小資產階級和職工，農工無產階級）方面，過去百折不撓而無連續的努力恐怕終歸無益。

祇有一種文學還有各社會階級所歡迎偵探小說，這是「幻想」和「逃脫」的墮落文學。

這樣描寫尚沒完全，如果我們忘記敘述天主教文藝復興的勢力的話。

在這資本主義文明瓦解，資產階級的個人主義的悄然崩潰，平民文化正在朦朧的萌芽以及這已經降臨的內鬨的苦惱期待中，許多才智之士卻決心不顧這個理想如此貧乏的社會與受著重大威脅的時代。樂觀論者預言的失敗留下了這些迷亂精神，這班人乃是資本主義的黃金時代的思想家的奢侈品。他們看著此種喚起（或者似乎喚起）法國各個社會階級參加這個美的宴會的偉大而直線的世界主義毀滅。

我們不要忘記法蘭西是個深受天主教薰染的古國。一班自由思想家如果沒有覺得面前站立著強有力的教會和信仰，他們必不會那樣戰鬥的。

許多宗教家承認我所說的此種破裂，此種破裂把舊藝術的統一劃分為二。他們想從此種破裂，以保全他們認為最可寶貴的人類精神的價值，所以努力把這價值提高。有一樁忽略不了的事，以後在法國天

主教的作家中還會產生才能和智慧之士，這是值得注目的。否認此事就是愚蠢而魯莽的人。

任何一個藝術家都不像克洛特那樣顯明，獨斷和無恥說明他們的靈感盡從宗教而來的。我祇知道列寧的話可以與他比較，雖然是另一方面的。請讀戲劇與宗教（論旨與命題卷一）；請讀天主教徒馬西的三頁著作，在那裡面，他曾記錄了克洛特的談話[6]。請看一看天主教徒馬都爾為這位詩人而作的作品中，所表示的的同樣思想，有三個天主教徒迪博（Du Bos），蕭勃和谷朗曾拿他們認為天主教光榮的藝術原理來與紀特的新基督教的美學比校。

在上面我們所說的那幾本書中，克洛特怎樣解釋宗教信仰能從感覺的枯渴追求，物質偶像的崇拜救出個人，並使個人內心能一致。

但是這種宗教信仰只有替個人建議世界的和超人的理想才能改造個人；「信仰可以洗脫我們日常生活的污垢的外表……。信仰一面既要增加我們內心的源泉，一面又阻止我們內省無愧，恬然自得。我們知道這並不是我們感到興趣的事：而是我們所達到的目的。」

我在找尋一個思想家——他能分析世界革命和世界唯物論所給與藝術家的源泉和力量。大部分的革命理論家喜歡他們反覆地在念著的幾個表面公式，他們卻沒有一個人能深入問題的中心的。

你們為誰寫作呢？

我們已把輪廓說完，現在要再來討論人家所提出的問題。

我們不知道究竟為誰寫作，今日作家的悲劇和苦惱就是在此。法國社會的基礎已經分裂；現已分裂為兩個世界，有一個世界還是佔著多數人的。

6　譯者注：見他的著作《審判》（Jugemenis）頁271。

如果討論質的方面，我是不贊成快將覆滅的「精萃東西」。相反的美學使我與僅有而能使作家存在的讀者斷絕關係。

我們這班作家中，有一大部分人提出這樣的答案：「我為自己寫作」。

說這種話的作家應當明瞭他們對自己是不誠實的，這種話祇是一種遁詞。

他們各個人都想摹倣斯丹達爾（Stendhal）的高傲的例子。斯丹達爾聲明他僅為小部分人而寫作；當他去世時，《紅與黑》還賣不到一百冊。這種奇異的事是稀有的；不難把此事拿來與不妨害大小說家的創作作正確的比較。

但是也有不成功的，斯丹達爾乃為例外，這對於受他感動的自負的人是一個致命傷。

問題並不在此。真正的作家乃為滿足自然的要求而寫作。他的精力乃需要一種答覆，迴聲和營養的。這些東西，只有他的讀者能夠給他。我曾經說過還沒有這樣的讀者存在。今後所存在的乃為一群不調整，不確定，無希望，可以欺騙而膽怯的渙散讀者。

現在據我知道的，作家所抱的希望有兩個方向他躲避世界，致力於內心的爭鬥，他確信與自己戰鬥乃為最殘忍，最費力而最決心的。

或許他渴望能在其周圍，發見一個以熱情改造和鍛鍊的，英氣勃勃和潔淨的新社會，被偉大的而超出常態的熱情所燃燒的社會，這個社會要求詩人依照它的規律，做成的韻律依照它的步驟。

我們很明瞭今日這種社會是個吃人的可怕的社會。蘇俄的情況給我們以一個好的證據。在這十五年間，她為作家和詩人所消費的是無從想像。但是我要改換巴本（Vou Papen）的話：

作家們說吧，你們喜歡怎樣呢？是不是要在養老院和文學院（Acadénie）度你們的殘年呢？抑是踏進充滿生機，努力，勝利的戰場呢？

Jean-Richard Bloch: Pour qui écrivzez-vous? "Europe" Numéro 110; 15 Août 1934

譯自法國《歐羅巴》第一百四十期，一九三四年八月十五日。

——載於《時事類編》一九三五年第三卷第一期

法國人遊德見聞錄（譯節）[＊]

法國星期畫報 Benic 作

譯文

　　我們到了慕尼黑的時候，有一個人舉起德法兩國的國旗，向著我們以及一班和平使者敬禮，這群人高呼：「法蘭西萬歲」。

　　從火車下來，有一隊穿褐衣的音樂隊唱著「馬寶歌」（即法國革命歌）歡迎我們。那時候，有一著巴維威式衣服的少婦獻了三色花給那些與我們同來的法國太太們。

　　眾人感動的就是肅穆，恬靜；這些地方的人口似乎較少，汽車和電車不多，而腳踏車卻不少，尤其是工廠工人上下班的時間，沒有小孩子獨個兒在街上走，我們行過的街市，沒有碰到乞丐。我已經記不起我有無遇著傳教師，我記起過去有人傳說，才注意到十字街的草地上那些漆著黃色的凳子，那些凳子似乎是禁止猶太人坐的，我應該實在說，我並沒有看見這情形。我曾問過我們的一個翻譯，他起初也說沒有看過，第二天他去問才告訴我說，柏林有著這種事實。

　　這些大城市的另一種景象，就是街道上沒有混雜的攤子，同時咖啡店門前露臺也是一樣；有好多的啤酒廠，但這兒的酒吧間卻不多，也沒有受過我們洗禮的咖啡店。無疑地這可說明街上沒有醉漢。

　　至於動物，我在野外看見羊群和一些常常駕著車的牛，我很少看

＊　譯者：這是一篇含蓄的速寫，從這裡面可看出幾個值得注意的問題。

到馬，不過有些城市裡面也有一種拖著車的，同時也有拖車一班懶漢和清道夫的車的馬，這些車是在載運住家的垃圾的。在人行道上，我沒有看過躑躅的狗，我曾看見四五隻卻是關著或假睡在主人的家裡。至於貓我僅僅在博物院的門丁家裡看見一隻。

這個記憶引起我來談談我們所參觀過的一些著名的博物院和房屋：歌德的出生家庭、西勒、李慈特、瓦格納、尼姆方堡的住家、羊術院等。我只想把在佛朗克府歌德出生的家裡略為敘述一下，嚮導一面告訴我們一些關於《浮士德》作者的父親的很舒適的環境和他的寒酸情形，一面叫我們看看歌德的父親在屋身挖一個窗，以便窺望他的兒子晚間回來。歌德當時愛上住在沿街較遠地方的少女。但是像所有的戀愛者一樣，歌德也會玩點手段，而他的父親則伏在這個有名的窗戶張望由後面將屋子的門倒關起來，而由一端的馬路返進到他的家裡。

在維馬我們去參觀一間舊優伶的退隱院，這是戈林夫人綺媚女士所建的。當她未與戈林上將結婚之前，她實在曾在舞臺上演過戲，為著紀念她的藝術上的生活，所以建築一間宏麗的屋子，現在住著三四十名年老的劇人，這是一個清靜的去處，充滿著空氣，光線和愉快；大家總以為這是一間招待旅客的華麗的旅店。我們參觀房間，我走入其中的一間，我驚奇地發見抽屜面嵌著一個四寸至五寸長的紙板，紙板上畫著一隻粉紅色的豬，並用德文刻著幾個字，這很使我茫然。我就問翻譯的人，他回答我說：「這是說明乾淨的事。「乾淨」，我驚奇地對他說，「為什麼寫在豬的上面？」他對我說：「豬上面所說的：不要拋棄你的雜屑，也不要拋棄殘餘的糧食，你們要知道我——豬——，可以用這些東西做糧食，一旦你們把我宰來吃的時候，會覺得很可口。」

我應該實在說，我沒有看見德國的桌上排著水菓，同時也沒有瓶子。要飲料如啤酒或酒，都是用杯盛著滿滿的。再要時可重新叫來在旅店中的生活最使我紀念的，就是我看見鹽室築在餐廳的前面。一塊香皂像大雪茄一樣，中間嵌著三角形的鐵，用著小鐵絲練掛在牆壁上……。我一位悲觀的朋友，他眼睛很近視，他拉到上面去，水龍頭沒有看見水流出來，他覺得很奇怪！

——載於《申報·自由談》，一九三八年十一月十八～十九日第三版

〈法國人遊德見聞錄〉一文圖影

穿巴維威式衣服的少婦獻了三色花

禁止猶太人坐的長凳

街上沒有瞧到乞丐

猶的色紅粉雙一着靈上板紙

中學生時代的普魯東

李萬居 作

本文

　　十九世紀法德產生了幾個著名的社會思想家；這幾個人不是生於貴族階級便是生於資產階級，例如聖西門（Claude Henri, Comte de Saint-Simon, 1760～1825）原是個貴族，傅里葉（Charles Fourier, 1772～1837）生於商業界，馬克斯（Karl Marx, 1818～1883）係一個著名律師的兒子，而恩格爾斯（Friedrioh Engels, 1820～1895）的父親乃是一個富商，只有普魯東生為平民，而永為平民（Proudhon uart people et reste people，引用恩師 C.Bouglé 教授的話），這是在歷史上很稀有的彼得・若瑟佛・普魯東（Pierre Joseph Proudhon）以一千八百零九年一月十五日生於法蘭西邊境的柏茸蓀（Besancon）郊外的一個小村落裡；其他屬於都布州（Doubs），與瑞士毗連，山明水秀，即浪漫派大詩人雨果（Viotor Hugo）的故鄉。普魯東的家庭異常貧寒，他的父親原是一家啤酒釀造廠裡的製桶匠，他的母親則當人家廚房裡烹飪的傭婦，他倆結婚後，前後生了五個兒子，而彼得・若瑟佛是居長的據法國大批評家聖柏甫（Sainte Beuve）所說普魯東的父親是個很善良的人，但極平庸，普魯東常常稱他做「單純」的人；他的母親恰恰相反：她是個整齊，明敏而具有優良品質的婦人[1]。他生平不多

---

[1]　作者注：見聖柏著的普魯東的生涯及其信札 P. J. Proudhon, sa vie et sa oorrespondane, pages 15-16。

談及他的父親，但是對於他的母親卻極其敬愛，後來把他的長女命名為嘉德琳（Catherine），沿用他母親的名字，蓋所以表示不忘慈恩的意思。

普魯東因受著貧窘的壓迫，自七歲起即幫忙他的父母親或做些田村的工作，或在牧場上看牛，他足足過了五年的牧童生活。下面這段話是在一千八百五十八年他對於兒童時代生活的回憶：

> 往日是何等的快樂呀，我好像我那些母牛要喫草似的在那繁茂的草裡打滾；我赤著腳沿著籬笆，在那平坦的小路上跑；一而把青翠的玉蜀黏拔起來，然後把兩條腿插入深而且涼爽的地洞中。有好多次在六月間火熱的晌午我曾脫掉了衣服，躺在草地上洗露水浴……。每天我都過度的喫著桑子、黨參、牧場上的「莎爾絲蕙」果、青荳子、烤熟的玉蜀黍、各種珠果、李子……以及野果子等等；我滿肚子喫了一堆足以殺害優養的小紳士的生東西但是這些東西對於我的胃腸不起什麼作用，祇使我晚餐時增加驚人的食量而已……
>
> ……我遇著了多少次的驟雨。無數次濕透到我的骨子裡去，我的溼衣服仍穿在身上讓給冷風去吹乾它或太陽去曬乾它。我時常洗著澡：夏天在河裡，冬天則在泉州裡。我攀登樹上我鑽進洞穴裡面去；我捕捉在跳跑的田畦；以及在土孔裡的蝦，幾乎碰著一只可怕的蚖魚，隨後，我刻不容緩地在炭火上烤起我的捕獲的東西來了……[2]。

這是十二歲了，一般資產者的子弟在他這樣的年齡正是受教育的時期，可是他仍悠然地在過著富於詩味的田野生活，他的父母每因受著

2　作者注：見正義論〔De la Justice〕二卷九十頁。

「窮」（La panvreté）這個字所困，所以終沒會，不，終不敢想及他們的兒子的教育問題。有一天他父親的朋友勒洛先生（M. Renand），即原來啤酒廠的主人，勸他們送普魯東進學堂去念書並願設法幫他們的忙可是他們不知道費了幾番的躊躇和計劃，才把他們的兒子送進學堂；又得勒洛先生代為運動普魯東竟得免費進柏茸蒁中學（College de Besancon）第六班為走讀生，這是普魯東正式受教育的開端，也即是他的都市生活的開端，他在世界思想史上遺留下許多燦爛偉大的痕跡也是在這一天播下種子的。當時歐洲的教育已極普遍，進學校讀書實在算不得什麼一回事，但在窮人的子弟卻像登天那樣難。普魯東後來激烈地抨擊一切的權力，否認一切所有權，而寄同情於工人階級，對於農民更是擁護不遺餘力，殆即淵源於此。

普魯東自進學校以後，即與一般膏粱子弟不同，終日孜孜矻矻，力讀不倦。但是他每每為著生計的關係以及受校役和學校內種種的拘束，所以他的上課極不規則，缺課成為「司空見慣」的事情。他的家庭既沒有錢可以給他買衣服，帽子和靴子，他每天不得不穿著一套破舊的衣服，光著頭，套上一雙笨重的木屐上學校去聽課。他每次一到學校的門前，便被看門的校役攔住，理由是因為他所穿的木屐的音響足以擾亂課堂裡的同學，所以須等他把那雙木屐脫了放在門房裡，才許可他進課室。同時他又沒有錢購買日常不可缺少的書籍，當教師問他的時候，他常常假裝忘記帶來，因此，屢次受教師的譴責。他雖然受著許許多多的刺激，但他仍極發奮攻讀：當要做功課或非有書籍不可的時候，他大清早就跑去在中學校的門前等待向他的幾個同班的朋友借書，把必需的材料全部抄錄在他的簿子上面；他要學習拉丁文，但是連一部字典都沒有能力去買，他的家庭窮到怎樣地步，於此可見一班。

他的故鄉柏茸蒁有一位學術院的會員休亞爾（Jean Baptiste,

Suard）死後留了一筆遺產在柏茸蓀學術院（Académie de Besancon），作為鼓勵窮苦青年向學之用，每三年一次，凡是都布州的青年無論是研究科學、文學、哲學、法學、經濟學的，若有特殊成績或有價值的著作即可得到這筆休亞爾獎勵金（La pension de Suard）一千五百佛郎。普魯東因想得這筆獎勵金以繼續他的學業，於一八三八年五月十一日寫了一封信給柏茸蓀學術院會員，對於他在中學校時代的生活描寫得頗詳盡而且有趣：

> ……受了父親的一位朋友的慇懃，我進柏茸蓀中學校當免費的走讀生。但是一百二十佛郎免繳的校費供一個家庭的喫穿不常是發生問題嗎？我常常缺少極必要的書籍；我自始至終學習拉丁文而沒有字典；我把一切我所能夠記憶的逐譯為拉丁文，而把我所不認識的字句留個空白。在中學校裡，我是坐人家的空位子的。我因為忘記帶書去，受了無數次的責罰；其實我沒有半本書。每次請假的日子，我不從事田裡的工作，便從事家裡的工作，這是因為要減少記僱一天人工；放假的期間，我自己一個人到樹林裡面去找尋父親——他是個酒桶匠——的工室裡所需要的製桶的材料。以這樣的方法，我能夠學什麼呢？我所得的成績是多麼的微少呀！[3]

普魯東處在這種艱難的環境裡，既無書籍和字典，且時時受著外界的揶揄和刺激，但這絲毫不足以挫他的勇氣，他仍百折不回，勇往直前以繼續他的學業。在這個時期他的家庭和人家打官司失敗，原來的幾畝薄田不得不賣掉，因此家中的景況一天比一天的蕭條不堪；早餐喫著玉蜀黍粉泡水，午餐喫著馬鈴薯，晚餐則喫一點以豬肉油煮的菜

---

[3] 作者注：見Lette de candidatnre à la penaion Suard。

湯，常常整個星期都是像這樣過活著，有時候甚至斷炊，而僅喫著乾硬的麵包和水度日，有一天他從學校得了榮譽的獎品，興高采烈的回到家裡，看見他的父母愁容滿臉，正在為著那天沒有飯喫而焦心；家裡是一無所有的了，同時又沒有旁的法子想，結果全家的人只好挨著餓捱過那天。當時普魯東對著這種淒涼不堪的景況，心中不知道充滿幾多的刺激和悲痛！他後來能夠得到偉大的成績，能夠在十九世紀的思想界佔一個位置，可以說完全是從他那顛沛困苦中體驗出來的。

他雖是一個很刻苦好學的學生，但他卻常常不滿意於他那些教授的教法，所以他差不多有兩年的光景常出入於柏茸蒎公立圖書館。在這個時期他所得的益處頗多，他一生的學問的基礎在這時候就造成了。他有一種與普通人不同的習氣：他在圖書館裡每每喜歡同一個時間借了一大堆書籍，或八冊或十冊，左翻右翻。有一次那位博學的圖書館主任倭伊斯先生（M. Weiss）看見這個小孩子的怪異的舉動，受了好奇心所驅使，跑近他的身邊低聲問道：「喂，小朋友，你拿這樣多的書作什麼呢？」這個小孩子抬起頭來，泰然地答說：「干你什麼事呢？」這段話是聖柏甫因為要作普魯東的生涯及其信札親身往普氏的故鄉時倭伊斯氏述給他聽的。

普魯東的家境既如是貧寒，到了十九歲的時候，他的父母已無能力使他繼續求學，於是他不得不中途輟業了。他要離開他所留戀不捨的母校，尤其是圖書館，他的心中著實充滿著無限的失望和悵惘，但是為著生計所迫，結果無可奈何地暫時拋棄他的書本，暫時消滅他那求學的熱情，而從學校的門踏進工廠的門了。他起初是在他的故鄉一家很著名的叫做哥迪耶印刷局（Maison Gauthier et Compaguie）當樣對工人，後來才當排字的工人。那時候印刷局正在排印關於希臘文與法文對照的神學書；普魯東雖整日胼手胝足的勞動，但他那向學的熱情卻時時在胸中激盪著。於是他便藉這好機會，一面排字，一面自己

學習希伯萊文，後來他對於神學造詣那樣湛深，就是在這個時期研究的。

惡運時時降臨在這個不幸的青年身上，他在哥迪耶印刷局約莫做了兩年的印刷工人便失業了，以後他的生活就更加窘迫，他非常喪氣，他陷在極端的失望中了，於是他不得不離開故鄉，而過著流浪飄泊的生涯：

> ……雖然政局的混亂和我私人的貧苦把我從孤寂的冥想中振拔出來，但是又漸漸把我投入那活動的生活的漩渦中去。為著生活，我不得不離開我的城市和故鄉，挾著衣服，拿著伴我周遊法蘭西的棍子，而從這家印刷局到那家印刷局找幾行要排印的字和些要校對的稿子。有一天我們在中學校所得的獎品——我永遠保存著唯一的圖書賣掉了。我的母親因此哭起來；我呢，我祇剩些從我的書上抄錄出來的手抄本。這些不能出賣的抄本到處都隨著我和慰藉我。我像這樣的跑遍了法蘭西的一部分，有時候我有失業和沒有麵包的危險，因為我敢於在僱主面前講實話，他不回答，反惡狠狠地驅逐我。就是同那年我在巴黎當校對工人，有一次我幾乎再做了我那鄉村的純潔性的犧牲者；倘若沒有我那班朋友的幫助——他們保護我，反對工廠裡的那個總管，我也許會受饑餓所困迫，也許會被迫而傭於某新聞記者的家裡。[4]

綜觀普魯東中學時代的生活，我們不能辨其是血或是淚。他雖陷在極絕望的環境中，但他不特忘不了「學」這個字，而且在百忙中還時時刻刻從事於學問的探討和研究；他之所以能獲得那麼偉大的成績，完

4　作者注：見「致柏茸蓀學術院會員信」十二頁，M Rivière版。

全是由他那刻苦自勵的奮鬥的精神中得來的。

　　　　　　　——原刊《中學生》一九三二年第二十九期

寫實派健將巴爾扎克略傳

李萬居 作

本文

　　從拿破崙第三即位至第三共和政立的初期，寫實主義（Réalisme）在法蘭西文壇上頗佔優勢，風行一時，至其誕生的歷史卻已經過相當的歲月：當浪漫派昌盛的時代，巴爾扎克，斯丹達爾（Stendhal），梅里梅（Mérimée）等人就已拋棄摹仿原來傳統的抽象的描寫，樹起與浪漫派對抗的鮮明的旗幟，而注重客觀事實的精細的研究分析，和描寫[1]。但是寫實主義的普通運動還是在一八五二年以後的事情，從這個時期起，無論是小說家、詩人、戲劇家、哲學家和歷史學家都是傾向於事實的精細的研究；因為自一八三〇年至一八四二年孔德（Auguate Comte）的名著《實證哲學講義》（*Coursde Plulosophie Positive*）陸續發表以後，法蘭西的學術界和思想界因受著實證哲學的影響，根本發生動搖，而突起一種新運動和新趨勢，就是文藝界也不能例外，而受了它很大的影響，所以寫實派才有一八五二年普遍運動的一幕。這是寫實派誕生及其運動的過程。

　　在寫實派的幾個先驅者中，巴爾扎克可以算是一個很重要的代表人物。在一八三四年他把已寫成的和在預備要寫的作品編集起來，標題為：風俗的研究（Etudes de Mceurs）；同時再把它分為幾

---

[1] 作者注：參閱現代法蘭西文學研究 M. Brannschvig: La Litterature Franc, aise Contemporaine, t. III, p. 104-116。

個種類：私人生活的狀況、州民生活的狀況、巴黎人生活的狀況、
政治生活的狀況、軍人生活的狀況、鄉村生活的狀況，在這個集子
成功以後，他又另編成一部份的作品，題為：哲學的研究（Études
Philogophiqucs）。一八四二年他又把全部的小說編為一集，題目叫
做：人間的喜劇（La Coméjie Humaine）。人間的喜劇是用拿破崙帝
國末日，王政復興和七月政府時代的法國社會做背景，範圍極其廣
泛。他把一切的環境（沙龍的生活、中產階級的、平民的和農民的風
俗）和一切的職業（醫生、律師、僧侶、記者、商人、銀行家、辦事
的職員、僕人……等）都淋漓盡致的描寫在那裡面。在他的作品中，
處處都以事實為根據，而不是虛構的描寫，普龍斯維格對於巴爾扎克
曾有如下的批評：「兩種特別的腦力幫助巴爾扎克成功他的作品：事
實明澈的觀察的天稟和豐富的創造的想像力……。人類的觀察者和生
命的創造者，巴爾扎克是個寫實小說的真正巨擘……。」[2]是的，巴
爾扎克是寫實主義派的巨擘。我們覺得這種批評是非常恰當的。

　　批評家兼歷史學家譚奈（H. Taine）在他的著作《批評與歷史新
論》（Nonveauxe essais de Critique et d'Histoire）這樣說：「精粹的作
品不是僅以精神做源泉。整個的人都獻身於作品的創造；這個人的性
格、教育和生活、他的過去和現在、他的熱情和腦力、他的德行和缺
點，他的心靈和動作的所有部份，都會留著痕跡在他所想的以及他所
寫的東西裡面。要了解和批判巴爾扎克，應該認識他的氣質和他的
生涯。這兩者都是洗鍊他的小說的；這兩者像二條液流一般，供獻
這朵脆弱，奇異而艷麗的花以色彩，這朵花就是我們在這兒要敘述
的（Lesœuvres d'esprit ń cut pas l'esprit seul pour peie. L'homme entier
contributes les produire, son caraetere, son édueation et sa vie, son passé et

---

[2]　作者注：見法蘭西文學研究 Notre literature étudiée, t. II, p. 603。

son present, ses passions et ses facultes, ses vertus et ses vices, toutes les parties de son âine et de son action laissent leur trace dans ce qu'il peuse et dans ce qu'il éciit. Pour con prendre et juger Balzac, il faut connaitre ε on humeur et sa vie. L'une et l'antre out nonr ri ses romans; comme den conrants de ε eve el es out fourui des conleeurs àla fleur maladive, étrange et magnifique que l'on va écrire iei）。凡是要了解一個人的思想的來源或作品的構成，都非先明瞭他的環境和他的生涯不可，這就是作者首先要簡略地介紹巴爾扎克的生涯的一點動機。

　　巴爾扎克（Honoré de Balzac）以千七百九十九年生於法蘭西東南部的吐爾斯（Tours）地方。他原是研習法律的，後來當過了代辯人和錄事的書記（參閱Lanson著《法國文學史》頁302和des Granges著《法國文學史》頁872）。他本是一個做事業的人，而且是個負債累累的人。從二十一歲至二十五歲，足足經過四年的時光，他老是窮窘地住在他所租賃的一間最高層的亭子間裡，專心一致創作悲劇或小說，從一八二二年至一八二五年他曾用「筆名」發表了許多作品，但這作品他自己也知道不好，結果歸於失敗；並且他從事文藝創作的這種工作，他的家庭是異常不贊成的。他每每收到家庭一點微乎其微的款子，自己的收入又不多，所以窘得不得了，大有「鶉衣百結」之慨！他常為窮困所迫，不得不去做機械上的職業，可是自己卻幹不來，同時又受榮譽心和文學的「創作慾」的衝動所苦，當時他的處境可謂極人生之苦事！他想要獨立，便去做投機事業，最初做發行者，後來當印刷業者，後來又當鑄印的商人。一切都不行，結果他跑上了破產之途。歷盡了四年的苦悶的滋味之後，他不斷地把賺來的錢還帳，但他仍是負著一身債務，於是他就想努力寫小說來還債。他所欠的債務都是重利借貸的，所以越還，數目反越增加，毫無用處，這肩可怕的重擔始終是沈重地壓在這個可憐人的身上。他終

身的生活沒有一時安定，且天天充滿著恐懼驚慌。一八四八年他的
朋友Champflenry見他住著一間優雅的屋子，以為這間屋子是巴爾扎
克的，巴爾扎克趕忙對著Champflenry說：「這些東西沒有一項是我
的；這是一班朋友叫我來住的；我是他們的守門僕人」。他工作做得
太多，常是很疲勞的；他每天平均要做十五小時的工作，半晚起來，
喝喝咖啡，或嚼著咖啡粒以刺激精神，一鼓作氣不停地寫了十二個鐘
頭的小說；一下他就跑到印刷局去，一面在校對稿子，一面又在想新
的計劃。他創辦兩個雜誌，有一個差不多完全是他自己一人編輯的。
他的作品都是在匆忙中寫成的，有時候印刷工人來找原稿子，他還
正在修改，但不致使工人久待，他常常以「文壇驢的拿破崙」自負
（Napoleon des Lettres）。他曾有三四次試作過戲劇。他有二十種投機
事業的計劃，有一次他跑去賽爾巔（Sar daigne）看羅馬人所開挖的
灰鑛有沒有含著銀的成分在裡面，要怎樣還債？怎樣才會成為闊人？
這是無時無刻不在他的腦海中盤旋著的問題。有一次他幻想有一個慈
善的銀行家而兼愛好文藝的朋友對他說：「你在我的櫃子裡儘量地拿
吧，你去請還你的債務吧，讓你自由。我佩服你的才能；我願救助你
這位偉人」。有一次他狂熱起來了，他飄飄然覺得他成為世界的第一
人了，成為學術院的會員，議員，閣員了。一剎那間他跌在地下，原
來是一個夢，是一個愉快的極佳的夢，他翻身起來就跑到他的辦事處
和印刷局的管理員那邊去，他像樵夫似的便幹起工作來。又有一次他
正在跟人家談話的中間，突然停止，自己詛咒自己：「畜生，下流東
西，你應該寫稿子，不應該談話」。隨後他就計算談話時所失掉的時
間應賺的多少錢，若干行給報館，若干行給書局，若干行付印刷，若
干行重版，這樣一算起來便成為一筆驚人的數目。啊，金錢！到處
都是金錢，永遠都是金錢；為著需要、名譽、幻想、希望等等，他變
成了金錢的奴隸了。這種萬能和萬惡的金錢壓迫著他不得不工作，迫

著他思考，驅逐他入於夢想之途，支配著他，陶冶他的詩，洗鍊他的
文筆，使他在他的作品上留著偉大光輝的痕跡。畢竟他了解金錢是現
代生活的要素；他計算他所描寫的那些人物的財產，說明那些財產的
來源，說明財產的增加和金錢的用途，估量收入和支出，他在小說上
間常寫著預算表。他敘述買賣、經濟、契約、商業上的冒險，實業創
辦、投機生意的計畫。他描寫銀行家、立證人、律師等等，他處處都
寫著民法和支票。他把事業弄成時藝化了。他平常寫東西都是根據他
親身去搜集的正確材料或裝人家代為調查的，一八三六年六月間他因
為要寫一篇「失掉的幻夢」（Tllusious perdnes），曾寫了一封信給加
洛太太，對於他所需要的材料作極詳細的詢問：

> 我想知道那條你們可以通到「桑樹廣場」（Place du Murier）的
> 街道的名，這條街就是你們那位馬口鐵匠住的；其次就是那條
> 沿著「桑樹廣場」的一直通到拍爾若斯先生（M. Berges）的
> 第一家以及審判廳；其次就是那個向著大禮拜堂的門的名等等
> （Lettre date de juin 1836 à Mme Carand）。

自法蘭西的「德謨克拉西」制度成立和政府的權力集中以來，一般人
的慾望更隨著時代增高和燃燒起來了；榮譽、金錢、娛樂成為難填的
慾壑和需求，而為人所日夜追逐的。巴黎是座舞臺，好像黑蟻穴似
的，各色各樣的人都麕集在那兒，因而生活極其緊張。對於當時巴
黎的情形，譚奈曾有如下的描寫：「在外省人家一疲倦九點鐘就去睡
覺，或者去那僻靜的道上一面安閒地，慢慢地散步，一面看看平坦無
垠的平原和想想明天他要工作的時間。看看巴黎在這時候呢：煤氣在
燃燒著，大街上充滿著人，戲院裡擁擠得不堪，群眾都在想享樂；完
論什麼地方，嘴、耳朵、眼睛都在愞量娛樂，群眾競尚於巧妙，反自
然的娛樂，嗜好能夠刺激而不滋養的有礙健康的烹調……」（見《歷

史與批評新論》）。這就是當時巴黎的情形。

　　這個時代可以說是人慾橫流，放蕩不羈的時代。巴爾扎克本是染有巴黎習俗的和巴黎的氣質的人，同時他又是另有一種嗜好，他喜歡珍貴的家具，他又愛好精裝的書籍、古式的靠手大椅、雕刻的框板，精選的繪畫。有人說他在 Cousin Pons 一書裡面所描寫的美術儲藏室就是他自己的。不過雖有這種傳說，但是否真實卻無從考據。巴爾扎克處在這種環境中，一面債務火焰似的煎逼著他，一面自己又想求生活的充實，因此他不得不加倍工作，有時候他忙得幾乎要窒息起來，他常自己一個人關在房裡工作，六星期乃至二個月他的腳沒有踏出戶外半步，甚至連朋友或與他有關係的人的信件來，他都沒有去披開起來看：

> 平常他關在房子裡六星期乃至二個月，外窗和窗簾是緊緊地關著的，一封信他都不看，有時候他一天做十八小時的工作，點了四支蠟燭，身上穿著白色的僧袍[3]

　　他是個很健強的人，他的身材又胖又矮，兩肩寬闊，他的頭髮蓬蓬然極為濃密，眼光灼灼而顯出旁若無人的神氣，一張嘴帶著肉感的樣子，兩排牙齒好像是鉤子一般，他常常「哈哈」的笑；他的朋友 Champ fienry 說他的神情好像是一隻愜意的山豬一樣。他賦性頗驕傲，但實際上他卻是一個很善良的人，就是在小孩的時候也是一樣。不過從小的時候，他就頗自負，十四歲時他便向人家誇張他自己未來的聲譽。跟人家談話或是寫信，一講起他的小說，他便說：「名著」，名著這兩個字不知不覺間屢屢在他的鋼筆下或嘴唇上流露出來。他曾對人家說：

---

[3]　作者注：法國人常於工作時穿著白長袍以遮避污穢，一眼看去好像寺院裡的傳教士一樣。上文見 Werdet: Balzce p. 275。

「巴黎祇有三個懂得法蘭西文學的人：雨果、哥迪葉和我而已」（Tl n'y a que trios homes s paris aui sachent leur langue: Hugo, Gautier et moi.）。其自負有如是！

二十年間他陸續地寫成了五十卷的作品，而且是世界上的不朽的作品，他那種精力真可驚人，真可使人拜倒，他不愧稱為十九世紀法蘭西文壇上的怪傑。Ch-M. des Granges 稱他為最偉大的「靈魂創造者」：「巴爾扎克或許與莫里哀（Molière）同樣的，我們敢說他與莎士比亞同樣的為「最偉大的靈魂的創造者（Le phis grand "Créateur d'ames"）。他所描寫的那些人物，我們一讀他的作品，便覺得宛然活躍於我們的眼前。他頗受著當時自然科學家聖底勒爾（Gcoffroy Saint-Hilaire, 1772～1844）的解剖學的影響，因而他每把人類社會看成為與動物界有同樣的物質[4]。

他於一八五〇年春間與一位波蘭少婦名為罕斯佳（Hanska）伯爵夫人結婚。他們倆人互相愛慕由來已久，自十六年前以來，他們的香艷纏綿的情書即不斷地往來著。這些情書到了巴爾扎克逝世後，人家把它們刊成一集題為：〈給外國女人的信札〉（Letters à l' Ètrangère）。

結婚後僅僅五個月——這個時期，可說是他這一生的最幸福最愉快的時期——，不幸他竟於一八五〇年八月十八日一病不起而與世長辭了！他死時年祇五十一歲。他致死的原因，乃為他的血液被夜間過度的工作和咖啡所吸盡。他的早死不僅是法蘭西文壇上的不可彌補的重大的損失，而且是世界文壇上和人類精神上的極重大的損失！

——原刊《現代學生》一九三二年第五期

4　作者注：參閱 La Preface de la Comedie Humaine。

瑞士的少女

李萬居作

　　法國哲學家巴斯加爾曾經說過：從行為的見地看來，善惡是隨著地方而不同的問題。換句話說，人類的行為是有地域性的，在這兒叫做罪惡，在那兒卻叫做美行，在這塊地方一般人謂某種行為是可笑的，但在那塊地方則為一般人所讚許。真的，所謂「風俗」也者，確是一種極不可思議，而又極有趣味的東西。斯丹達爾有一部著作叫做《論愛情》，裡面所描寫的，尤其是描寫瑞士柏爾勒一帶少女的習俗，頗饒興趣。

　　瑞士的女子在青春時期的行為是浪漫的，天真的；而那兒的家庭對於這種行為，也持著一種特殊的態度。據說有一個著名的法國軍官，某次因登山須在奧柏朗地方一個極荒僻而又極秀美的山谷中過夜。到了山中之後，他便借宿在山谷裡一位官吏的家裡，這是當地最富有而且最有勢力的一個人家。這個客人進去的時候就注意著一個芳齡十六生得非常嬌艷的少女。這個少女是這家主人的女孩。那晚剛好有個鄉村的跳舞會；因為這個少女生得太美麗動人了，這個軍官免不了設法去親近她，奉承她。最後他竟鼓起勇氣來，問她可不可以讓他晚上偷到她的房裡過夜。這個少女答說：「不行，我是跟我的表姊一塊兒睡的；不過晚上我可以到你的房裡來。」晚餐吃完了，旅客站了起來。妙齡的少女便拿著洋燈送他到他的房裡去；他看見這種情形，以為今晚總可以享到艷福了。可是這個少女帶著天真爛漫的神氣說：「不，我應當先請求媽媽的許可。」這句話真像晴天的霹靂一樣，把

他的魂都嚇掉了，可是他還沒有來得及攔她，她已出去了；軍官只好放大了膽子，跟在她後面，潛伏在那用木板建築的客廳外面偷聽他們究竟講些什麼。他聽見那位少女撒嬌地要求她母親許可她所希望的事情；結果，她達到目的了。這個老婦人對著她那已經躺在舖上的丈夫說：「老東西，你不是贊成托麗妮麗去跟那位軍官過夜嗎？」「十二分願意，她的老丈夫回答；像這樣的人，就是把我的女人借給他過夜，我也願意的。」接著那老婦人便對托麗妮麗說：「那麼，好！去吧；不過要勇敢點，不可把裙子脫去………」

黎明時分，這位少女從客人的床上起來，她仍是潔白無瑕的，晚上旅客尊重了她的意思，並沒有強迫她做她所認為過分的事情。她把被褥床舖整理好，把咖啡和牛奶弄好拿來給這個軍官，隨後她坐在舖上，同他一塊兒用早餐。吃完早餐後，她把蓋在乳房上的胸衣剪下一塊給他道：「留著這個做我們這幸福的夜晚的紀念吧！我終身不會忘掉這晚的………」於是，她給這個軍官一個最後的接吻，驚鴻一般地逃去了，以後他就再沒有見到她了。

——載於《申報・自由談》，一九三二年十二月十五日

日本國民的厭戰情緒

李萬居作

　　這是日俄戰爭中的一段故事。某天有一個日本軍官經過營房的時候，偶然地瞥見一個士兵手裡捧著一封信，一面讀著，一面流著眼淚。這個軍官忍不住氣起來，跑近士兵的面前喝問道：「在哭什麼？怎麼這樣沒有男子氣呢？」這個士兵即刻立正，一面行禮，一面說明他接到他母親寄給他的信，祈禱他為日本帝國戰死。他因此被感動到禁不住眼淚滴下來！說完的時候，他把那封信遞給那個軍官看，軍官讀這封信的時候，也被感動到滴下眼淚來！

　　這段「祈戰死」的故事在日本不但傳為美談，而且被編入教科書來灌輸日本國民侵略思想啊！

　　三十多年來，日本由封建社會逐漸轉變為資本主義社會。它的國民生活已起很大的變化，因之思想亦不得不稍稍發生了變質。十七個月來的中日戰爭，充分分地證明了日本的士氣遠不如日俄戰爭時代。「師直而壯，曲而衰，」日本軍閥不知道愛惜這種士氣，並且加以摧毀濫用，做為對外的侵略，這也是日本國民精神日趨衰頹的一個大原因——現在在日本的國內和軍隊中，無論用什麼方法都找不到這種美談的資料了。我們說八一三全面抗戰展開後，日本在精神方面已打了敗仗，也許不是誇張吧。

　　日本國民這種厭戰的情緒和士氣的不振，我可以從它的文藝作品來找出證明。「矮子群中出不出長人」，這句話使我對於日本文藝及其他一切感不到興趣，哪管他們怎樣自吹自擂是「世界的」，然而總

引不起我的注意。無論日本在軍事上能夠得到怎樣的勝利，畢竟日本沒有什麼可使我欽仰的東西。我很少瀏覽日本的文藝就是這個原因。抗戰後，特別是最近幾個月，因為想知道一點日本的內部精神，偶爾得閒也翻閱一下報紙上雜誌上所記載的有關於日本的文章；在一些文藝作品裡面無意中每每發見日本國民的厭戰情緒。日本一年多來的精神動員，所得的結果可以說只是厭戰的表現。

十一月號《主婦之友》所載的「傷兵職業戰線」中的獨臂的音樂伍長伊藤武雄的談話：「當時，創痛困惱相續壓迫，我只有在夢中才安享快慰，夢見有手腕的夢。阿阿，沒有手啊，醒轉來這樣想著……」在高砂理容館裡一個在戰場受傷返日本的戰客說：「天末已來，時時在肩胛痛到胸際，唉，想起了還在作戰中的戰友……」（吞煙一點亦停止了享受，呀，這是真的）。一歸來後，接受了親兄的「祝生還」的晚宴，那些豐美菜饌是戰友所不能享有的，想一想胸中充滿了無限的悵觸。戰友們在背囊的一隅取一片堅硬麵包，互作聲調的嘴嚙著充飢，香煙連一支亦沒得吸，這戰爭繼續下去，將不知道何世才能吸得一口呢？……」日本的所謂「一死殉國」的精神，給了「我只有在夢中才安享已然慰，夢見有手腕的夢」完全掩蓋掉了；在日俄戰爭時，是「祈戰死」，在這次中日戰爭，卻是「祝生還」，正好是個對照。三十多年日本國民的精神會這樣變質，不是他們的軍閥所賜與的嗎？

橫濱賀海軍醫院慰問記中轟夕起子寫道：「夕空晴朗裡吹排著西風，昆蟲鳴泣但月影的暗落裡；懷念遙遠故鄉的天空，啊！我的父母生活又如何？——像是年輕士兵所唱，當真，誰都盼望會一會父親和母親，希冀著看故鄉的青空吧！不禁潸然淚下」。（節錄楊慶光君譯文），這裡從士兵的懷念他們的故鄉和他們的父母而反映出厭戰的主理。

　　「日本民食的故事」裡，前臺灣總督府民政長官，現任貴族院議員兼中央物價委員會食料品專門委會委員長下村海南描寫Ａ與Ｂ的話：「Ａ因肉價昂貴之故，什麼細切肉，精肉，有許多都是假裝的，即在重量方面亦時有偷少之弊。所以我主張寧可不要食肉而實行一菜或二菜主義，作一個徹底節約者。Ｂ：同感……可是……Ａ：歐戰後的德國還要行食品節約，像我們這樣貧乏的日本人更應該大在節約才對」。民以食為天，自由主義者下村的筆下直接表現戰時日本食物的貧乏，間接則無意中傳達出厭戰的心情。高唱百年戰爭的日本僅僅戰了一年，就現出了這樣的可憐相，假使再延長一二年，不知道要怎樣維持呢？「戰時日本的樂壇」所寫的以木履代替洋靴，因外應受限制，不但外國唱片禁止輸入，甚至外國版的樂譜也不易購得；最好景氣的要說「軍歌」，戰爭並開時，歡送出征的軍歌，每天從早至晚不絕於耳，後因當屬禁止出征軍人的戚友到車站送別，其勢始滅，報館，播音臺，唱片公司，軍樂隊，甚至連總理大臣也懸賞重金徵求軍歌的新創作，但徵求的成績，毫不見得好。他又寫道：「呀，我不能忘記了告訴你關於野村這一件事。在×××橋畔音樂舖的主人，西洋名曲唱口的蒐集者。去年十月間，他突然他接到預備出征的通告，從那天起，對朋友他就一言不發。隔了幾天，召集入營歸隊的第二次通告寄來了。在出征前一晚的送別宴會中，他很沉默，和喝了不算過量的酒。散會後，他一個人坐著一部汽車回去了，但不知怎的，半路上當汽車橫過電車鐵軌時，他從汽車上翻下來，給車輪子礫傷了腳部，而且傷勢很重。入了醫院後，朋友間沒有誰敢去探問他，只間接地知道了據醫生所說的，所傷的腿骨有醫治的可能，痊癒後仍有從軍資格」。這是一面暴露日本的困窮，一面則說明日本國民不但厭戰，並且開始在逃避戰爭了。

　　文藝春秋十月特別號辰野九紫一篇〈世相愚話〉裡所寫的日本的

汽車不但沒得汽油，並且連木炭也要用木片代替了，此外描寫碎鐵，錫，鉛，銅的搜集，處處表現日本物資如何的缺乏。最有趣的，同期岡成志那篇「沒有領帶，木屐靴」中寫道：「然而，此後在若干年的我國戰爭間，生活的形態和樣式當然有多少的變革。因為鋼製品的統制除了「平髮剪」和剃刀外，全被禁止，頭髮須要刮得光光的。羊手製品輸入受限制，西裝布料不得不摻排紙質，穿起來射出閃閃的光。其次皮革受統制，半皮靴沒有製造，代用皮革不夠供給市場，不久上面穿著西裝，腳下著著木屐的姿態便會出現了。於是，今日所有流行的風俗，在明日的薪俸階級就是不戴帽子。剃光頭，不結領帶，紙質西裝，而腳上則踏著木屐靴的姿態……」。這些話雖是女人的幽默但也可反映日本國民由生活困難，而對戰爭感到苦悶和厭倦了！

　　房飛慶君摘譯的日軍十三師團一一六聯隊第八中隊的上等兵中野信衛的日記，更充分地表現出日本士兵的厭戰情緒：「十九日（去年九月），舉行授旗禮，全體官兵在操場上作閱兵太萎靡了。廿九正午過下關，四時登船，五時出發。當此離國的剎那間，想起了家中的老母和敏子，依依不忍去——十月八日，喝的水也沒有，吃的也沒有，住的房子亦復沒有，這豈不更苦惱死人——十一月九日，夜間夢見朝華太傅和母親。從夢中見著的時候，相對大哭，醒後淚猶未乾。十六日，夜間從夢中哭醒了，醒後淚痕滿面。廿四日，夢見了親愛的敏子——一月二日（今年），晚接家書並附有正美本內和母親的相片。夜裡就夢見了他們，夜間夢見了敏子，醒後懷念不已，未能成寐；於是起來披著衣服寫了一封信，告訴她我在怎樣的相信她啊！「從這裡面更顯現出日本士兵的精神是怎樣的頹唐和厭惡戰爭！」尤其是中野之妻敏子在她和她的幼子合照的相片後面所題的詩：「夜長傷往事，打子問征夫，子哭儂亦哭，不知夫何處。」讀著使人為她掬一把同情人之淚！唐詩描寫少婦閨怨：「……忽見陌頭楊柳色，悔教夫婿覓封

侯！」這是少婦自動地叫她的夫婿去覓取封侯。可是敏子的丈夫卻是給日本軍閥抓來中國做侵略戰的砲灰，並替日本軍閥做升官發財的犧牲品！

吉田弦二郎的《山村雜記》中更充分暴露出日本國民這次侵略戰所得的慘禍和厭戰的情緒：「某所小學裡的一位先生，上面算術裡時，曾出過這一條問題：『蘋菓共若干個，分了幾個給爸爸，幾個給媽媽，幾個給哥哥，自己尚餘幾個？』這時有一個男學生聽了，突然伏下書案來，哭泣著。這位先生有點驚訝，行近這學生的身邊，問他為什麼要哭呢？這孩子說：『我！我已經沒有父親了！』這學生的父親是一位上尉，最近在戰場上戰死了。『忍氣一點吧。孩子！我的算題出得太壞了！』這青年的教師擁抱著這孩子，一起在哀泣著」（節錄張風君譯文）。這樣文句真是使人不忍卒讀！

上面僅是隨手拈來的幾個例子而已，在今日日本的文藝作品裡，像這樣的厭戰作品，可謂舉不勝舉，這是日本國民由胸坎中自然地流露出來的心聲！日本軍閥怎樣橫暴，用什麼「精神總動員」，仍不能壓制其國民內心的厭戰的思想呀！戰事延長，這些作品更會滋長增加的。

現地，日本國民已由「厭戰」漸漸進入「怨戰」的階段，再下去就是「反戰」，到那時候，日本軍閥的末日便降臨了！

——載於《申報·自由談》，一九三八年十二月十五～十六日

附錄

李萬居生平著作年表初編
（1901～1966）

西元	民國紀元	年齡	生平創作紀事	備註（相關記事）
1901	明治34年 清光緒27年 民國前11年	1	・7月22日（農曆6月23日）生於雲林口湖鄉梧北村（嘉義斗六廳尖山堡槺梧庄第八百〇二番地）。父李錢，母吳氏嬌，姐李氏藕。	
1908	明治41年	8	・進入私塾就讀。梧北村的調天宮，名鎮修軒，啓蒙老師李壇及同學皆屬李氏宗親，學《三字經》、《百家姓》等。	
1910	明治43年	10	・父病逝，家道中落。爲了家計輟學。而後進入海口厝公學校口湖分校就讀。	
1916	大正5年 民國5年			・李萬居在母親的奔走相求之下，到了母親娘家林投園設館收徒授業，收七八個年紀在七八歲間的小童，擔任漢文教席賺取收入。同村另一蒙館先生見此心存輕視，尋機想來個下馬威瞧瞧。某日，老先生讓人送來一上聯，寫道：天無二日，山無二主，僻鄉何用二夫子。李萬居接過上聯看後，思索片刻，隨即揮筆寫出下聯：地有雙冬，海有雙龍，林投可請兩先生。
1919	大正8年 民國8年	19	・在鄉里前輩林平霄先生引薦下，擔任嘉義布袋街「鹽場監視補」。 ・8月17日，母吳嬌無力繳較納租稅，不堪日吏威逼，自縊身亡。	
1924	大正13年 民國13年	24	・西渡中國，取道福州，赴上海求學，並當排字工人。初至閩北國語補習學校，習注音符號，啓蒙老師齊鐵恨先	・李萬居回臺期間，根據大陸的革命經驗和臺灣的現狀，指出：

（續）

西元	民國紀元	年齡	生平創作紀事	備註（相關記事）
			生，是年秋入文治大學。	「我回來臺灣至感法律非常嚴重，要如方能解除束縛？這當然不是一兩人的力量可以致之，希望各位研究這個方法，為達此目的我們恐非到流血不可。」（見《臺灣總督府警察沿革志》）
1925	大正14年 民國14年	25	・夏，返臺探親。回上海後，轉入民國大學就讀，與章炳麟有師生之誼。迫於生計於中華書局打工，受到中國青年黨人及國家主義學說的影響。	・譯作〈噴水泉〉收入孫怒潮編《注釋國文副讀本中》，中華書局，1925年6月。
1926	昭和1年 民國15年	26	・夏，二次返臺探親。獲得李西端等親友襄助，初秋，赴法國留學。	
1928	昭和3年 民國17年	28	・2月26日，〈蛇蛋果〉刊《臺灣民報》第197號。 ・3月4日，〈威爾幾妮與保羅〉刊《臺灣民報》第198號。又刊《醒獅週報》第188期。 ・進入巴黎大學文學院，主修社會學，兼修政治學，在普格勒教授（Prof. Bougle）與霍可拿教授（Prof. Fauconnet）的指導下攻讀社會學，研究法國大革命的思想及普魯東（Pierre Joseph Proudhon, 1809～1865）的學說。並於留法期間加入中國青年黨。	
1931	昭和6年 民國20年	31	・4月，出版《詩人柏蘭若》，上海中華書局印行。	
1932	昭和7年 民國21年	32	・秋，由法國返滬，將留法期間的譯作出版，在翻譯圈中小有名氣。初任教職，兼事翻譯法文著作。 ・〈寫實派健將巴爾扎克略傳〉刊《現代學生》第5期。 ・〈中學時代的普魯東〉，刊《中學生》1932年第29期。 ・12月5日，在《申報・自由談》發表〈瑞士的少女〉。	・施蟄存曾在一個刊物上看到一位作者名叫「李萬居」，他就將「居」字改為「鶴」字，成了「李萬鶴」，用來作為自己的筆名。
1933	昭和8年 民國22年	33	・應孫科之邀，任中山文化教育館編輯。 ・譯作〈日俄關係之惡〉，刊《時事類編》第1卷第12期。 ・譯作〈遠東未來的爭端〉（譯自法國Lu週報），刊《時事類編》第1卷第	・劉捷在《我的懺悔錄》提到陳煥圭為其夫妻訂購船票到上海。陳氏好友李萬居先生由南京來滬，在旅社設宴接待，胡風也是李

（續）

西元	民國紀元	年齡	生平創作紀事	備註（相關記事）
			13期。 ・譯作〈歐洲當前的問題〉（原作者那丹 Roger Nathan），刊《時事類編》第1卷第13期。	萬居好友，陪座參加。 ・《時事類編》原旬刊後改半月刊，發行至5卷15期，於上海創刊，1935年與中山文化教育館移至南京。抗戰爆發，改名為《時事類編特刊》，發行至70期。從1937年12月起，發行地移至漢口，1938年3月移至重慶。
1934	昭和9年 民國23年	34	・譯作〈得救的鄉村〉刊《時事類編》第2卷第22期。 ・10月25日譯作〈鄉村中的鎗聲〉刊《時事類編》第2卷第24期。 ・譯作〈薩爾問題〉（原作者耶卡爾Fr—中國）（雨貢洛著）刊《時事類編》第2卷第28期。 ・〈懷疑主義的詩人比蘭台羅論〉刊《文化月刊》第15期。	
1935	昭和10年 民國24年	35	・與鍾賢瀞結婚。婚後搬到南京定居。在南京期間任職於中山文化教育館。 ・6月4日，棺材商人（A.S Pauchkne）（一）刊登《中央日報》11版。 ・6月5日，棺材商人（A.S Pauchkne）（二）刊登《中央日報》11版。 ・6月6日，棺材商人（A.S Pauchkne）（三）刊登《中央日報》11版。 ・6月7日，棺材商人（A.S Pauchkne）（四）刊登《中央日報》11版。 ・6月8日，棺材商人（A.S Pauchkne）（五）刊登《中央日報》11版。 ・6月10日，棺材商人（A.S Pauchkne）（六）刊登《中央日報》11版。 ・6月11日，棺材商人（A.S Pauchkne）（七）刊登《中央日報》11版。 ・6月12日，棺材商人（A.S Pauchkne）（八）刊登《中央日報》11版。 ・6月20日，棺材商人（A.S Pauchkne）（九）刊登《中央日報》11版。 ・6月21日，棺材商人（A.S Pauchkne）（十）刊登《中央日報》11版。 ・9月30日，長子李南輝出生。 ・譯作〈金集團之將來〉（奧朋）刊《時事類編》第3期。 ・〈為誰寫作？〉刊《時事類編》第3卷第4期。	・胡風亦在《時事類編》任職。胡風曾言參加過李萬居的婚禮。 ・〈上海市政府咨第三五二零號：為據公安局轉據福建詔安縣人李萬居聲請回復中國國籍檢同原附件咨請核辦見復由〉刊《上海市政府公報》第155期。 ・〈上海市政府訓令第一三二八九號：令公安局：為准內政部咨復核准李萬居回復國籍填發許可證書令仰遵辦由〉刊《上海市政府公報》第155期。 ・〈咨外交部為查復臺灣籍民李萬居回復中國國籍情形〉刊《內政公報》第18期。 ・〈普魯東的少年時代〉收入中學生社編《偉大人物的少年時代》開明書店，1935年6月。

（續）

西元	民國紀元	年齡	生平創作紀事	備註（相關記事）
			・譯作〈英國與歐洲之關係〉（斯賓勒）刊《時事類編》第3卷第4期。	
			・譯作〈英法會商對於歐洲之影響〉（巴黎時報）刊《時事類編》第3卷第4期。	
			・譯作〈懷疑卡義的詩人比蘭台羅論〉（菲勒蒂）刊《時事類編》第3卷第4期。	
			・譯作〈意大利的農業與國家的設施〉（加武蒂）刊《時事類編》第3卷第5期。	
			・譯作〈西洋的戲劇與教育（上）〉（奢賽・波洛夫斯基共著）刊《時事類編》第3卷第7期。	
			・譯作〈西洋的戲劇與教育（下）〉（奢賽・波洛夫斯基共）刊《時事類編》第3卷第8期。	
			・譯作〈站在軍事化的歐洲面前的法國〉（格拉塞）刊《時事類編》第3卷第8期。	
			・譯作〈法國政府的經濟自由主義〉（巴黎月報）刊《時事類編》第3卷第8期。	
			・譯作〈危機時期的法國安全〉（貝當大將）刊《時事類編》第3卷第9期。	
			・譯作〈一九二五的羅迦諾條約與一九三五的倫敦協定〉（拉普拉特爾）刊《時事類編》第3卷第10期。	
			・譯作〈天才遺傳的研究〉刊《時事類編》第3卷第10期。	
			・譯作〈比利時的恐慌狀態〉（馬勒斯）刊《時事類編》第3卷第11期。	
			・譯作〈生殖率與法國人口之減少〉（巴黎月報）刊《時事類編》第3卷第12期。	
			・譯作〈海軍新會議〉（特拉慈）刊《時事類編》第3卷第13期。	
			・譯作〈文化演進的方式〉（巴黎月報）刊《時事類編》第3卷第14期。	
			・譯作〈史的唯物論的起源和論題的評釋〉（特爾夫斯基）刊《時事類編》第3卷第14期。	
			・譯作〈失業問題面面觀〉（卜伊松）刊《時事類編》第3卷第14期。	
			・譯作〈英德海軍協定〉（拉・勃雷耶）刊《時事類編》第3卷第15期。	
			・譯作〈德國問題與當前的歐洲〉（查斯巴）刊《時事類編》第3卷第16期。	
			・譯作〈一九二九年以來美國資本的輸出〉（蘇達爾）刊《時事類編》第3卷第17期。	
			・譯作〈中國的命運〉（洛賽福）刊《時	

（續）

西元	民國紀元	年齡	生平創作紀事	備註（相關記事）
			事類編》第3卷第18期。 ・譯作〈蘇聯的公民教育〉（巴黎月報）刊《時事類編》第3卷第19期。 ・譯作〈德國倫理學的演進與法國社會學的立場〉（安若爾）刊《時事類編》第3卷20期。 ・譯作〈法國的軍隊與德國的強制服役〉（巴黎評論）刊《時事類編》第3卷第20期。 ・譯作〈羅斯福與美國輿論〉（薩爾）刊《時事類編》第3卷第22期。 ・譯作〈歐洲之危機〉（巴黎月報）刊《時事類編》第3卷第22期。	
1936	昭和11年 民國25年	36	・舉家遷居南京，任職南京中山文化教育館。 ・2月，出版《關著的門》，正中書局印行。 ・〈斯蒂：印度的將來〉刊《時事類編》第4卷第6期。 ・〈伯若萊：陣線運動的展望〉刊《時事類編》第4卷第6期。 ・譯作〈一九三五年蘇聯的清算〉（魯西亞尼）刊《時事類編》第4卷第7期。 ・譯作〈蘇維埃的外交與軍隊〉（畢爾）刊《時事類編》第4卷第8期。 ・譯作〈目前的德國經濟何以會繁榮〉（拉伐耶爾）刊《時事類編》第4卷第9期。 ・譯作〈法國的軍隊與自衛〉（法國Lu週刊）刊《時事類編》第4卷第10期。 ・譯作〈法俄公約與歐洲和平〉（耶麥里）刊《時事類編》第4卷第11期。 ・譯作〈俄蒙公約簽訂之後〉（拉敏）刊《時事類編》第4卷第12期。 ・譯作〈平民陣線的當前危機〉（特萊慈）刊《時事類編》第4卷第13期。 ・譯作〈遠東問題與世界問題（上）〉（華伊）刊《時事類編》第4卷第14期。 ・譯作〈遠東問題與世界問題（下）〉（華伊）刊《時事類編》第4卷第15期。 ・〈莫泊桑論〉，刊《文藝月刊》第9卷第3期。	・與宋斐如、沈雲龍等人相識。
1937	昭和12年 民國26年	37	・3月29日，長女湘如出生。 ・中日發生盧溝橋事變，國民政府由南京搬遷到重慶，李萬居此時參與編輯《戰時日本》半月刊。	・5月，與王芃生相識，交稱莫逆。

西元	民國紀元	年齡	生平創作紀事	備註（相關記事）
			· 9月，遷湖南長沙。 · 參加王芃生主持的「軍事委員會國際問題研究所」。 · 譯作〈歐州的局勢緩和了嗎？〉（特卡夫）刊《週報》第1期。 · 譯作〈法國對歐洲各國的外交關係（不全）〉（勃洛梭爾特）刊《時事類編》第5卷第1期。 · 譯作〈國聯盟約與安全的保障〉（波默爾）刊《時事類編》第5卷第2期。 · 譯作〈蘇聯非常大會〉（畢耶爾）刊《時事類編》第5卷第3期	
1938	昭和13年 民國27年	38	· 10月29日、11月5日，在《申報》上海復刊版發表〈日本存金究有多少？〉（轉錄申報香港版）。 · 11月19日，在《申報·自由談》發表〈法國人遊德見聞錄〉。 · 12月5日，在《申報·自由談》發表〈瑞士的少女〉。 · 12月13日，在《申報》香港版有〈法日糾紛與我國軍火運輸問題〉，內容分一、法日糾紛的裡因。二、軍火取道越南與法國輿論。三、法國應採取什麼態度。 · 12月15、16日，在《申報·自由談》發表〈日本國民的厭戰情緒〉。 · 〈南侵敵軍的陰謀〉，刊《戰時日本》1938年第4期。 · 〈日本民眾的反戰運動〉刊《文化批判》第6卷第1期。 · 在越南河內與日本反戰人士青山和夫相遇，並攜之回大後方。 · 參與重慶《戰時日本》半月刊編輯工作，任編輯委員。研究戰時日本的戰略與外交，並且常常發表相關社評。	· 〈蘇聯日本與外蒙〉收入胡愈之等著《蘇聯與中日戰爭》，戰時出版社。
1939	昭和14年 民國28年		· 在香港、廣州灣一帶活動，任國際問題研究所港澳辦事處主任官拜陸軍少將。與李純青、謝東閔等人相識。 · 1月28日，〈日本宣傳在法越〉刊《大公報·文藝》第513期。 · 〈敵人的最後一著棋〉、〈論英日利害衝突及其妥協的過程〉、〈中國在勝利中邁進〉、〈汪精衛出走的前後〉，分刊《戰時日本》第1、2、5期。	
1940	昭和15年 民國29年		· 4月15日，次子南雄在香港出生。	

（續）

西元	民國紀元	年齡	生平創作紀事	備註（相關記事）
1941	昭和16年 民國30年	41	・奉調返重慶，家小返湖南銅官。 ・〈從一八〇度子午線論美日關係〉刊《改進》第5～9期。 ・〈日本往那裡去〉，刊《戰時日本》1941年第4期。 ・〈泰髮爭端的幕後〉，刊《戰時日本》1941年第6期。	・12月，港九淪陷。
1942	昭和17年 民國31年	42	・〈從一八〇度子午線論美日關係〉刊《改進》第10～12期。	
1943	昭和18年 民國32年	43	・日軍進犯廣東，與家人離散，逃往海南島。	
1944	昭和19年 民國33年	44	・擔任臺灣調查委員會專門委員。 ・〈福建與臺灣〉刊《東南海》第1期。	
1945	昭和20年 民國34年	45	・擔任臺灣革命同盟會行動組長，並擔任《臺灣民聲報》發行人。 ・4月，〈太平洋戰局與臺灣解放〉刊《臺灣民聲報》創刊號。 ・5月1日，〈馬關條約五十週年紀念的意義　民國三十四年四月十七日在重慶廣播大慶馬關條約五十週年紀念會致詞〉，《臺灣民聲報》半月刊第2期。 ・5月16日，〈由歐戰結束談到臺灣問題〉，刊《臺灣民聲報》第3期。 ・6月1日，〈確立臺灣的法律地位〉刊《臺灣民聲報》半月刊第4期。 ・6月16日，〈臺灣淪陷五十週年紀念感言〉刊《臺灣民聲報》第5期。 ・7月16日，〈如何安置來歸的臺灣青年〉刊《臺灣民聲報》半月刊第7期。 ・初任臺灣省行政長官公署前進指揮所新聞事業專門委員。 ・隨臺灣省行政長官公署赴臺灣進行接收，他拒絕接收銀行，而出任臺灣新生報社長，後出任董事長。 ・10月25日，〈我國對於臺灣的發見〉，刊《臺灣新生報》。	・4月17日，謝南光〈用血汗洗刷馬關條約的恥辱〉刊《臺灣民聲報》第4期。
1946	民國35年	46	・2月10日，〈臺灣民眾並沒有日本化〉刊《政經報》第2卷第3期。 ・6月30日，擔任臺灣棋社理事，見《民報晨刊》第287號第1版，同時有林茂生。 ・當選臺灣省首屆參議員並當選副議長，同年十月又當選制憲國民大會臺灣代表。	・黎烈文應法國巴黎大學同學李萬居先生之請，來台擔任《新生報》副社長。（陳玉慶〈也慨談《公論報》一段因緣〉，2007年6月13日／聯合報／E7版／聯合副刊）
1947	民國36年	47	・10月25日《公論報》創辦。揭示「民	・國民政府裁撤臺灣省

（續）

西元	民國紀元	年齡	生平創作紀事	備註（相關記事）
			主」、「自由」、「進步」的理念，使得公論報有「臺灣大公報」的美稱。	行政長官公署，成立臺灣省政府，命魏道明爲第一任省主席。國民黨黨部爲控制《臺灣新生報》，將李萬居升任爲《臺灣新生報》董事長，不過此舉意將李萬居在《臺灣新生報》內的權力架空。遂創辦《公論報》，意爲「欲留公論於人間」。 ・委陳玉慶主編《公論報》副刊。副刊定名爲「日月潭」，寓義於本土性、永恆性（日月）和公談（潭）性。社址在臺北市桂林路僻巷中一家老舊的印刷廠中。（陳玉慶〈也慨談《公論報》一段因緣〉）
1949	民國38年	49	・5月，全省勞軍運委會成立，通過全省擴大勞軍運動辦法，選李萬居爲副主委。 ・10月15日，「把握天時趕快種蔗 十月十四日在臺灣電臺廣播」刊登《中央日報》5版。	
1950	民國39年	50	・2月5日，「報業公會推定常理 李萬居謝然之馬星野」刊登《中央日報》4版。 ・3月2日，「省參議員李萬居等，赴虎尾視察糖業，討論蔗農糖運銷問題」刊《臺灣民聲日報》5版。 ・3月19日，「黃朝琴李萬居 昨訪晤吳主席 交換地方自治意見」刊登《中央日報》4版。 ・4月7日，「政府尊重臺民意 臺胞必支持政府 李萬居讚臺縣市自治」刊登《中央日報》2版。 ・5月5日，「新聞界歡宴席上 李萬居致詞 強調爭取新聞自由 促進中美合作反共」刊登《中央日報》1版。 ・6月5日，「李萬居昨晚播講 鼓勵同胞購買儲券 有錢人出錢，保衛臺灣和國家民族，同時也是保護自己的安全，現在是時候了。」刊登《中央日報》5版。	

（續）

西元	民國紀元	年齡	生平創作紀事	備註（相關記事）
			・6月6日，幼子少禹初生。 ・7月19日，「徹底改善本省鹽業 省參會短期內擬成方案 李萬居昨訪吳國楨陳述」刊登《中央日報》5版。 ・8月15日，「區域調整方案 省參望早核定 李萬居率全體駐委 今日謁院長副院長」刊登《中央日報》5版。 ・8月16日，「陳院長吳主席等 審議重劃行政區 李萬居等昨陳述意見」刊登《中央日報》2版。 ・8月28日，「鄭成功與臺灣 李萬居在軍中電臺播講」刊登《中央日報》2版。 ・9月21日，「自由世界全面反共 印度不智殊足遺憾 民主國家覺悟 世界正義伸張 李萬居等談聯大拒共匪」刊登《中央日報》2版。 ・10月24日，「走向進步之路 爲臺灣光復五週年作」刊登《中央日報》3版。 ・10月26日，「臺灣紀念光復五週年 省垣各界熱烈慶祝 十萬群眾冒雨遊行 李萬居痛斥討論所謂臺灣問題」刊登《中央日報》1版。 ・11月11日，「李萬居等致詞激勵 兩縣長述忠誠抱負」刊登《中央日報》5版。 ・11月23日，「省參會林業攷察團 完成太平山攷察 李萬居盛讚林場主持得人 沈場長切望政府協助造林」，刊登《中央日報》5版。 ・12月16日，「省參第十次大會 今晨隆重揭幕 李萬居提案 簡化出入境手續 請政府禁止體刑」刊登《中央日報》4版。	
1951	民國40年	51	・1月1日，「臺北市各界 昨宴克難英雄李萬居盛讚克難成績」刊登《中央日報》1版。 ・2月4日，「農民節獻言」刊登《中央日報》4版。 ・2月5日，「李萬居播講 農民節意義」刊登《中央日報》4版。 ・2月18日，李萬居任副團長，說：今日金門前線將士，實爲民主自由而戰。 ・3月1日，「紀念總統復職 李萬居昨廣播」刊登《中央日報》1版。 ・3月7日，「提高防空警覺 李萬居昨應邀演講 王叔銘今廣播呼籲」刊登	

西元	民國紀元	年齡	生平創作紀事	備註（相關記事）
			《中央日報》3版。 ・3月23日，「李萬居 昨日廣播演講 痛斥匪幫暴行」刊登《中央日報》3版。 ・4月2日，「抗暴吼聲 公教人員提出控訴 李萬居昨廣播呼籲」刊登《中央日報》3版。 ・5月8日，「李萬居建議省府 繁榮農村經濟」刊登《中央日報》4版。 ・6月12日，「黃朝琴李萬居 今謁王世杰」刊登《中央日報》4版。 ・10月4日，「輸電工程艱鉅電力得來不易 李萬居等視察歸來談」刊登《中央日報》3版。 ・10月18日，「李萬居勸告匪諜及時悔過自新 望臺胞協助政府檢肅」刊登《中央日報》1版。 ・10月22日，「桃園候選省議員昨續有四人登記 李萬居已在雲林領取申請書」刊登《中央日報》5版。 ・當選首屆臨時省議員，但競選副議長時落選。	
1954	民國43年	54	・8月2日，「省議會施政總詢問中 嚴主席答李萬居問」刊登《中央日報》3版。 ・8月23日，「清除赤毒黃害黑罪運動 李萬居等發表談話」刊登《中央日報》3版。 ・9月10日，「李萬居住宅昨遭火災焚燬」刊登《中央日報》3版。李萬居在議壇上言人所不敢言，在報紙上報導有關官方缺失，因此素爲官方鎖定的對象，其於臺北市康定路的居所瀞園甚至遭火燒毀。	・柏楊曾記載：「記得十年前臺北《公論報》發行人李萬居先生家失火，他正在接長途電話，急叫曰：『失火啦，請快掛斷。』對方相應不理，仍喋喋不休，結果報警電話叫不出去，弄得全家一掃而光。遇到這種情形，法律便可出籠，把那個死不肯掛斷的朋友，重打四十大板，才能收懲一儆百之效。」（《劣根：脫鞋露腳》北京市：現代出版社，2009年9月）
1955	民國44年	55	・3月8日，「李萬居接怪信 主席交警查辦」刊登《中央日報》3版。	
1956	民國45年	56	・2月25日，「李萬居問，十六問題」，刊《臺灣民聲日報》3版。 ・3月22日，「王地由李萬居陪同，晉謁嚴主席，報告競選縣長事宜」刊《臺灣民聲日報》3版。 ・5月29日，「李萬居抵嘉市，勘查水廠廠址」刊《臺灣民聲日報》3版。	

（續）

西元	民國紀元	年齡	生平創作紀事	備註（相關記事）
			・8月15日，「李萬居提議，要求政府扶植，文化出版事業」刊《臺灣民聲日報》3版。	
1957	民國46年	57	・省議會總質詢，李萬居提出十二問。 ・4月12日，「李萬居等廿二人士昨日在醉月樓座談」刊《臺灣民聲日報》3版。	
1958	民國47年	58	・9月20日，「李萬居呼籲臺省同胞 為保衛鄉土而戰」刊登《中央日報》2版。 ・籌組「中國地方自治研究會」。	
1959	民國48年	59	・1月16日，「周主席答李萬居 專挑壞的講 態度不公正 要看全部顧到整體」刊登《中央日報》4版。 ・4月28日，「敲詐李萬居 一嫌犯被捕」刊登《中央日報》4版。 ・6月13日，「省議員李萬居，昨提出十六條詢問」刊《臺灣民聲日報》3版。 ・9月27日，「許欺李萬居案 地院昨日審結 四被告均分別處刑」刊登《中央日報》4版。	
1960	民國49年	60	・2月10日，「公論報訟案 李萬居上訴」刊登《中央日報》4版。 ・4月15日，「李萬居信守諾言 支持林金生連任 蘇東啓要求助選被拒 老羞成怒聲言要報復」刊登《中央日報》3版。 ・7月1日，仲夏「1.談現行高普考的考試制度 2.李萬居先生在選舉改進座談會委員會議第一次會議致開會辭全文」刊登於《自由中國》雜誌。 ・8月4日，「關於高錦德詐騙案 對李萬居談話 警總昨予說明」刊登《中央日報》4版。 ・9月1日，雷震、李萬居、高玉樹「選舉改進座談會緊急聲明」刊登於《自由中國》雜誌。 ・9月14日，「李萬居申請撤銷公論報公司登記 建設廳昨依法公告如有異議限期提出」刊登《中央日報》6版。 ・10月18日，「雷案為政治問題之說 係反法治反民主見解 對於李萬居高玉樹聲明 任卓宣昨答復記者詢問 軍法主管機關亦將發表聲明」刊登《中央日報》3版。 ・10月19日，「王超凡昨就雷案審判發	・雷震被捕下獄，「中國民主黨」胎死腹中。 ・10月16日《公論報》刊殷海光〈雷震並沒有倒──給李萬居先生的一封公開信〉。

西元	民國紀元	年齡	生平創作紀事	備註（相關記事）
			表嚴正聲明 駁斥不使雷劉對質等蜚語 對李萬居等誹謗軍事審檢人員 認非政治藉口能免其法律責任」刊登《中央日報》3版。 · 10月28日，「胡適勸李萬居等不要走極端 對政府不應有敵對心理」刊登《中央日報》3版。 · 11月12日，「公論報改組訴訟案 地院昨下午宣判被告李萬居敗訴」刊登《中央日報》4版。 · 11月22日，「公論報聲請給付案 李萬居擔保金准用有價證券」刊登《中央日報》4版。 · 〈中國民主黨創立宣言草案（稿）〉（雷震、李萬居、吳三連等秘密擬稿）。	
1961	民國50年		· 2月8日，「公論報發表告讀者書 聲明「李萬居訟案」 與政治問題無關」刊登《中央日報》第4版。 · 2月14日，「公論報案假執行部份 高院審結李萬居敗訴」刊登《中央日報》4版。 · 2月28日，「李萬居盼免假執行 請以有價證券作保」刊登《中央日報》4版。 · 3月1日，「李萬居有價證擔保 經裁定不准」刊登《中央日報》4版。 · 4月4日，「李萬居上訴案 高院駁回」刊登《中央日報》4版。 · 4月27日，「李萬居等兩異議案 地院裁定 分予駁回」刊登《中央日報》3版。 · 12月5日，「公論報社訟案 法院判決確定 李萬居提上訴 最高法院駁回」刊登《中央日報》3版。	· 6月19日，〈李萬居被病魔纏倒〉刊《時與潮》第77期。 · 《公論報》改組，李萬居被迫交出經營權。
1962	民國51年		· 5月30日，「李萬居貧病省議員關切 發起捐款救濟」刊《臺灣民聲日報》2版。	· 因為公論報已經負債，貧病交加，因此住院期間由省議會同仁發起捐款以為醫資。
1963	民國52年		· 當選第三屆省議員後，便住進了臺大醫院，由於糖尿病日趨嚴重，影響了視力，近乎失明。住院期間，夫人四處張羅醫療費用。	· 1月21日，蘇夏〈李萬居病中訪問記〉刊《時與潮》第157期。
1964	民國53年	64	· 4月8日，「周百鍊促建大同堤老師里里民昨獻旗 燃炮歡迎支持競選臺北市長省議員李萬居預祝周氏成功」刊	· 12月28日，〈李萬居請解救農民疾苦〉刊《時與潮》第177期。

（續）

西元	民國紀元	年齡	生平創作紀事	備註（相關記事）
			登《中央日報》3版。 ・12月14日，〈李萬居：談時事（專訪報導）〉刊《時與潮》第176期。	
1965	民國54年	65	・6月23日，「李萬居夫人鍾賢瀞病逝」刊登《中央日報》3版。李萬居頓失依靠，傷心欲絕，日夜哭泣，屢以詩作抒懷。 ・12月31日，〈臺灣光復二十週年紀念日感懷〉刊《臺灣風物》第15卷第5期。	・2月22日，〈李萬居強調應根絕擾民〉刊《時與潮》第181期。 ・4月19日，〈省議員李萬居憤慨指責政府專權〉刊《時與潮》第185期。
1966	民國55年	66	・1月10日，李萬居〈哭倪師壇兄〉刊《時與潮》第204期。 ・1月14日，「李萬居背信 處徒刑一年 二審宣判緩刑兩年」刊登《中央日報》4版。 ・1月24日，李萬居〈陳腔濫調依舊故我・捧場攻訐仍然慣見〉刊《時與潮》第205期。 ・4月9日（農曆3月19日）病逝臺大醫院。10日，「省議員李萬居 因心臟病去世」刊登《中央日報》3版。	
			以下為相關報導及研究概況	
				・4月11日，「黃主席電唁李萬居之觀遺缺將不補選」刊登《中央日報》3版。 ・4月18日，〈李萬居遺稿：哀大陸〉刊《時與潮》第211期。 ・4月24日，「李萬居遺體 今葬陽明山」刊登《中央日報》3版。 ・4月25日，「各界人士祭悼 省議員李萬居」刊登《中央日報》3版。 ・5月2日，熊徵宇〈敬悼李萬居先生〉刊《時與潮》第212期。 ・5月2日，〈李萬居先生之喪輓聯摘載〉刊《時與潮》第212期。
1970	民國59年			・1月16日，「政大優秀同學獲新聞事業獎李萬居新聞獎人選決定」刊登《中央日報》

（續）

西元	民國紀元	年齡	生平創作紀事	備註（相關記事）
				4版。
1979	民國68年			‧10月1日，沈雲龍〈追懷我的朋友——李萬居〉刊登於《八十年代》雜誌。
1981	民國70年			‧5月1日，「1.報人典型猶在 2.李萬居的心聲」刊登於《八十年代》雜誌。 ‧5月1日，李賜卿「追思李萬居先生」刊登於《自由鐘》雜誌。 ‧5月1日，「千餘位朝野人士集會紀念李萬居八十冥誕」刊登於《自由鐘》雜誌。 ‧6月1日，李南雄「記一位臺灣報界、議壇雙棲人物——懷念先父李萬居先生」刊登於《八十年代》雜誌。 ‧7月1日，蔡憲崇「臺灣民主政治的典範——記李萬居先生」刊登於《亞洲人》雜誌。 ‧8月12日，謝坤銓〈李萬居先生逝世十五週年追思記〉刊登於《新知識》第159期。
1982	民國71年			‧8月1日，1.司徒生 2.方聞「1.李萬居先生生前的典範常存 2.林鈺祥的外號是「老虎」刊登於《自由鐘》雜誌。
1983	民國72年			‧4月5日，曾文溪「李萬居先生剪影」刊登於關懷雜誌。 ‧4月5日，陳川流「看不破的真愛——寫給李萬居先生」刊登於《關懷》雜誌。 ‧4月5日，謝坤銓；田朝明；田孟淑「1.永遠的社長——老友憶公論報社長李萬居

（續）

西元	民國紀元	年齡	生平創作紀事	備註（相關記事）
				2.什麼是「費逆」?」刊登於《關懷》雜誌頁36。 ・5月5日，吳心百「最偉大的臺灣人——李萬居」刊登於《關懷》雜誌頁47。
1985	民國74年			・4月16日，田孟淑「念公論報社長李萬居先生」刊登於《蓬萊人》雜誌。 ・6月16日，「臺灣人辦報的滄桑——李萬居與公論報」刊登於《生根》週刊。
1986	民國75年			・3月27日，「李萬居、雷震：『中國民主黨創立宣言草稿』」刊登於《政治家》雜誌。 ・4月12日，謝德錫「牛山的烏鴉——紀念李萬居逝世廿五週年暨八十五歲誕辰」刊登於「八十年代」週刊。 ・4月14日，「1.封面、目次、封底，2.封面裡：李萬居無畏的聲音，3.封底裡：「形象牌」真漏氣，4.臺北論政：拒絕民意，所為為何！」刊登於《臺北檔案》週刊。 ・管叔夷「頑將風雲榜之廿七——落拓書生李萬居——李氏一生為民主自由而奮鬥，但是卻一直侷限於書生論政的狹窄領域中，而未能一展抱負，終至憂患一生。書生落拓，賣志以終，空留餘恨而已！」刊登於雷聲雜誌。 ・11月25日，「我一定要為「政黨政治」參選到底——王席珍以「李萬居的傳人」自許」刊登於《全民》

（續）

西元	民國紀元	年齡	生平創作紀事	備註（相關記事）
				雜誌。
1995	民國84年			·劉荊〈李萬居與《公論報》訴訟案〉刊《新聞愛好者》第2期。
2004	民國93年			·文建會補助在雲林縣口湖鄉梧北村設立了李萬居故居精神啓蒙紀念館，供民眾參觀憑弔。
2011	民國100年			·李佳徽《知己？異己？港臺知識人李萬居與李南雄父子的中國認識》，中山大學中國與亞太區域研究所碩士論文。 ·邱家宜《戰後初期（1945-1960）臺灣報人類型比較研究——吳濁流、李萬居、雷震、曾虛白》，世新大學傳播研究所博士論文。 ·徐暄景《省議會黨外精英與臺灣民主政治發展——以李萬居問政研究爲例》，中正大學政治研究所博士論文。

參考文獻

楊瑞先　《近代中國史料叢刊續輯 809：珠沉滄海——李萬居先生傳》　臺北市：文海出版社　1968

楊錦麟著　《李萬居評傳》　臺北市：人間出版社　1993

王文裕　《李萬居傳》　南投市：臺灣省文獻會委員會編印　1997

李達編　《臺灣地方派系》　香港：廣角鏡出版社有限公司　1987年12月

戴宛真　《李萬居研究——以辦報與問政為中心》　中興大學歷史系碩
　　　士論文2008年
《時事類編》、《臺灣民報》、《李萬居先生史料彙編》

國家圖書館出版品預行編目(CIP)資料

李萬居譯文集 / 李萬居著.
- 初版. -- 臺北市：萬卷樓, 2012.03
面；　公分
ISBN 978-957-739-750-8(平裝)

813　　　101003639

李萬居譯文集

2012 年 4 月 初版 平裝

ISBN　978-957-739-750-8　　　　　　　定價：新台幣 480 元

作　　者	李萬居	出　版　者	萬卷樓圖書股份有限公司
編　　者	許俊雅	編輯部地址	106 臺北市羅斯福路二段 41 號 9 樓之 4
發　行　人	陳滿銘	電　話	02-23216565
總　編　輯	陳滿銘	傳　真	02-23218698
副總編輯	張晏瑞	電郵	editor@wanjuan.com.tw
編輯助理	游依玲	發行所地址	106 臺北市羅斯福路二段 41 號 6 樓之 3
編輯助理	吳家嘉	電　話	02-23216565
封面設計	斐類設計	傳　真	02-23944113
		印　刷　者	百通科技股份有限公司

新聞局出版事業登記證局版臺業字第 5655 號

如有缺頁、破損、倒裝　　網 路 書 店　　www.wanjuan.com.tw
請寄回更換　　　　　　　劃 撥 帳 號　　15624015